唐十郎のせりふ

二〇〇〇年代戯曲をひらく

新井高子
Takako Arai

幻戯書房

奇想と知恵
――まえがきとして

劇作家、唐十郎。「鬼才」という語がこれほど似合うひとがあるだろうか。

彼の芝居小屋は仮設のテント。新宿花園神社で、雑司ヶ谷鬼子母神で、はたまたほかの町の広場で、紅色のそれが夕闇に包まれるころ、劇団員の声が高らかに響き、客入れがはじまる。小さな入口をくぐってテントに足を入れ、天井を見上げれば、まるで巨大な生きものの皮膜のように赤い布地がたわんでいる。ここを胎内に喩えたひとがこれまで幾人あっただろうか。

腰を下ろし、めいめい筵《むしろ》に座りだす観客たち。前方と花道の脇から席が埋まっていく。袖すり合う縁になったお隣りさんに、挨拶するひともある。舞台を見やれば、どこかの裏ぶれた一角が設《しつら》えられ、開演まで暗転しながら息を潜めている。テント後方の小さな屋台のような音響室では、奥ゆかしいオープンリールの再生機もその開始を待っている。

このような特別な道具立てで、唐十郎の演劇は半世紀以上つづいている。一九六〇年代に、いわば時代の寵児として、状況劇場を引っさげて登場した彼は、八〇年代末にそれを解散したのちも、新たに立ち上げた劇団、唐組で、独自のテント興行をさらに貫き通した。

劇中、役者への掛け声が響いたり、しきりに客席から笑い声が上がったり、時にしのび泣きが聞こえたりするそこでは、劇と人間のつきあいが懐かしいほどに濃い。さらに、鬼才ゆえの幻想性に富む奔放なその作品は、しばしば「迷宮」と評されてもきた。

正直に言えば、一見だけですべてを摑むことはできないのだ。それにもかかわらず、芝居が跳ねても、真っすぐうちに帰れないような、なにかにとり憑かれてしまったかのような、強烈などどきが胸に宿る。頭を揺らす。

詩や小説など、ほかのジャンルを含めて見渡しても、唐演劇の複雑さ、奇々怪々さは傑出している。凄まじいことばの坩堝《るつぼ》がここにはある。劇評や人物論、行為論はこれまで数多くしたためられてきたが、そのことばが記された「戯曲」に殊に注目し、文芸としての魅力を捉えたものがむしろ稀れであったのは、もしや難解さのせいであったかもしれない。だが、ゆえにこそ、それは汲めども汲めども尽きない宝箱である。

本書は、これまで言及が少なかった唐組時代、その成果が実った二〇〇〇年代の戯曲の面白さを、できるかぎりひらき、風を入れてみたいと思う。迷宮とくぐるだけでなく、その複雑なせりふを読み込むことで、扉を開けて内側に分け入り、テーマや劇作術をできるかぎりとき放ちたいと思うのだ。

読売文学賞、紀伊國屋演劇賞、鶴屋南北戯曲賞をトリプル受賞した唐組の代表作『泥人魚』（二〇〇三年）の手前ごろから、じつは唐十郎は、状況劇場時代とは異なる鉱脈をしっかと当て、掘り進めていた。その寵児を卒業した彼は、時代なるものをむしろ距離をもって突き放し、その上で、なにを働きかけるか、いまの状況になにを投ずるべきか、果敢に追求してきたのである。その思想と方法は、かつて以上に考え抜かれているとさえ思う。河原乞食を標榜し、テント芝居を長らく続ける劇作家ならではの、地べたに近い、低みの目線が貫かれた一作、一作。現代批評に満ちたそれらは、唐十郎という稀代の知恵者による哲学の凝縮であるとも思う。

本書の各戯曲論では、二〇〇〇年代に主に唐組で上演されたものから、十五作品をとり上げる。「I　幻獣篇」は、その劇に親しみのない読者への案内にもなるよう、唐十郎という人間、また、状況劇場から唐組への変化と継承が伝わりやすい作品を選んだ。前掲した『泥人魚』の考察も収めつつ、本書の入口になればと思う。

「II　宝箱篇」は、『泥人魚』前を扱う。唐組時代に摑んだその鉱脈がここで鮮明になる。

「III　疾風篇」では、『泥人魚』後を取り上げる。I、IIで論じた唐の世界観がさらに発展するとともに、紙芝居やラジオドラマなど、みずからの幼少期をふり返って原点を再構築する戯曲も執筆された。

「IV　謎海篇」には、二〇一二年五月、突然の転倒事故によって脳挫傷を患い、筆を折った唐の最晩期に当たる作品をまとめる。

なお、『透明人間』『虹屋敷』『ジャガーの眼』は、二〇〇〇年代の上演に際し、旧版の改訂がそれぞれなされた。唐によって新たに投じ直された大事な戯曲なので、新作ではないが、改訂版を底本に本書で論じた。

終章の総論「V　巨耳篇」は、二〇〇〇年代を中心にしながらも、状況劇場時代との比較なども踏まえて、「唐十郎のせりふ」の特徴をさまざまな角度から考える。また、各論を補足するとともに、魅惑的なことばの源泉を探る。

唐十郎という摩訶不思議な才能、奇想のかたまりのようなその戯曲の、さらなる羽ばたきの一助になれば幸いである。本書は、せりふの行間をさぐる旅、その迷宮に対する一種の「探偵」かもしれない。

目次

II　宝箱篇

III 疾風篇

IV 謎海篇

唐十郎のせりふ

——二〇〇〇年代戯曲をひらく

目次および章題の漢数字は、論の底本にした戯曲（改訂版含む）を最初に上演した年を示す。

I 幻獣篇

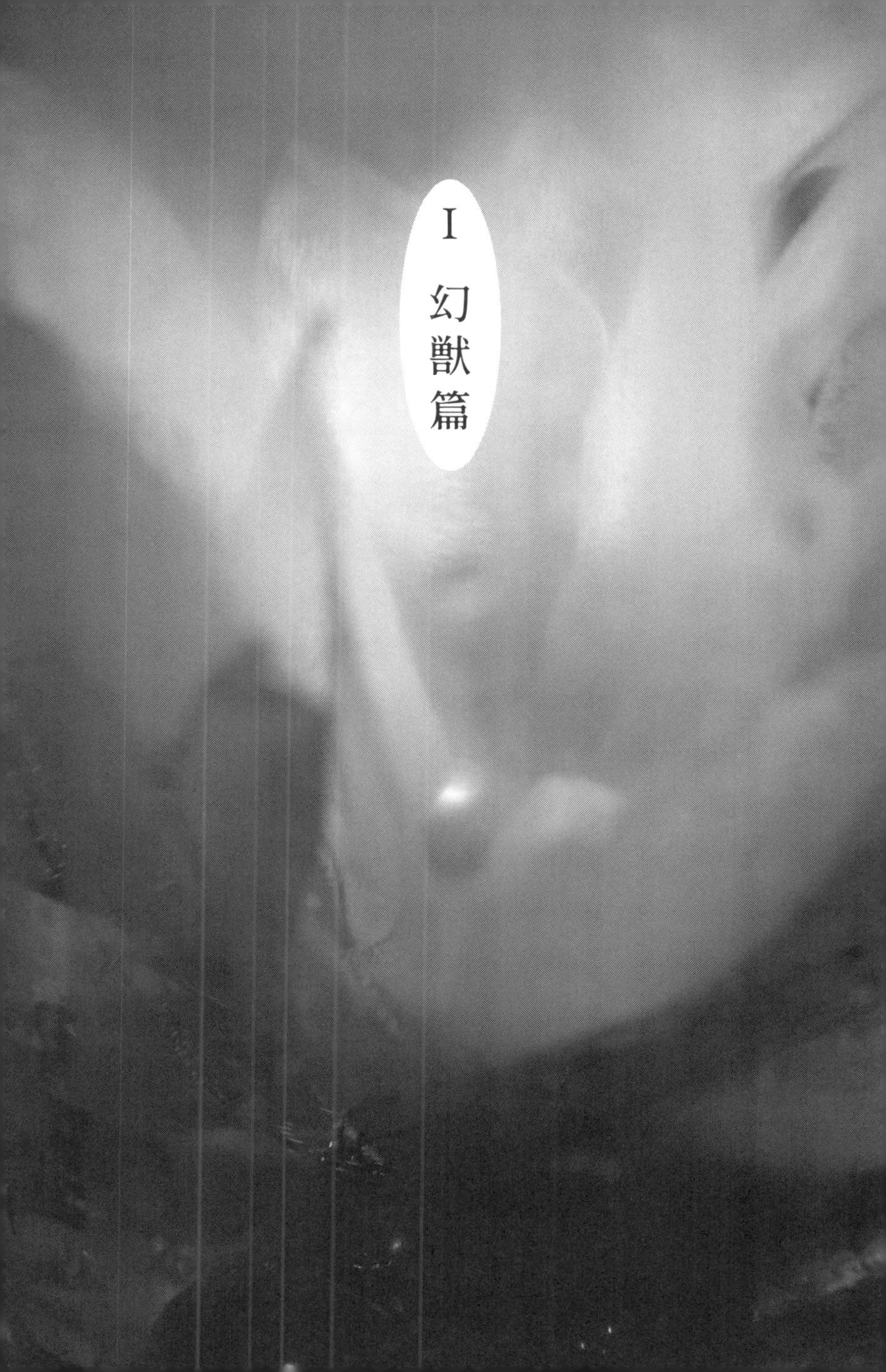

鉄砲水よ、分裂のかなたで咲け！

――『透明人間』

二〇〇六（改訂版）

1　風はどこから

〽風はどこから吹いてくる
沖のジャンクの
帆を吹く風よ
情あるなら、教えておくれ
あたしの姉さん、どこにいる

（モモとモモ似の劇中歌）

戦時中の中国大陸へ、紅《あか》テントの観客を誘なうこのうた。原節子と高峰秀子が共演した映画『阿片戦争』（監督・マキノ雅弘、一九四三年）の主題歌として西條八十が作詞したものを踏まえつつ、[*1]唐十郎は、もとの歌詞「風は海から」を「風はどこから」と問いかけにし、その姉さんも「どこで待つ」から「どこにいる」と存在をぼかしている。微妙な匙かげんでいっそう謎めく囁きの風にうたを仕立て直し、まるで双生児でもあるかのような二人の女、「モモ」と「モモ似」に何度も口ずさませる。そうして、官能的なその声が不思議な異郷を舞台に浮かび上がらせる。

状況劇場をたたんだ唐が、新しい劇団、唐組で育んだ傑作戯曲のひとつである。唐組を立ち上げて二年後の一九九〇年、状況劇場時代に書いた自作小説『調教師』(一九七九年)を下敷きにして戯曲に発展させた。再演をくり返しながら本作の書き直しを続けることで、じぶんの子どもほど年の離れた役者たちから成る唐組で何を仕掛けるか、唐十郎は執拗に問い続けたのだろう。

読めば読むほど底が深くなる。日常の巷を踏み台にしながらも、まるで焼き網に膨れていく餅のように、幻想が肥大する。鮮烈なせりふのリフレインが幻を螺旋状に巻き上げるのだ。二〇〇六年版戯曲を底本に、劇迷宮の内側に分け入ってみたい。[*2]

主人公は、特別な事情である裏町を訪れた青年「辻」。『透明人間』は本書で取りあげる作品のなかでもレトリックの高度さ、複雑さにおいて屈指だが、せりふの行間をも推し量りつつ、この青年を柱にまずはあらすじを綴ってみたい。

2 「モモ」の世話

舞台は、焼き鳥屋の二階。そこで起こるある揉め事に、第二次世界大戦中の出来事が幻想として絡み合う。まずは巷の揉め事のほうを活写しよう。

「水を恐がりますので、水を遠くにやってください」と書かれた小旗を上げて、狂犬病らしき犬とそれに付き添う男が町内を闊歩しているという噂が立っている。そのため、保健所員の「田口」は調査をしているが、探し当てたのがこの店だった。

犬の飼い主「合田」は、戦時中に福建省の兵学校で軍用犬を育てていた人物で、抜群の能力を備えた当時の軍犬「時次郎」の名を、いまの犬にも名付け、店の押入れでともに暮らしている奇人。だが、じつはその犬に病気はなく、つれ添って徘徊しているのも彼ではなく、その知り合いであることがしだいに判明するが、そこで少年が咬まれる事件が発生する。おかしなことに、咬んだのは犬ではなく、つれ添った男のほうだった……。保健所の「課長」に田口はこのように説明する。

田口　御心配には及びません。狂犬の発生した兆候はどこにも見受けられません（中略）。ただ、問題は恐水幻想です

課長　恐水幻想？

田口　ええ、恐水症は見受けられないんですが、恐水の感受性を呼び起こす水とその水に於ける会話がおびただしいために、あたかも恐水症が起こったような誤解を招いているのです

（傍点筆者）

つまり唐は、狂犬病を劇の入り口にし、そこから水を恐れる「幻想」だけを切りとろうとしているのだが、ありもしないその病を宣伝し、少年を咬む人騒がせを働いたのは「辻」という若い男。

本作の主人公である。

彼は、合田と同じ兵学校で犬の調教師をしていた者の息子だが、戦時中は四つ足で野山を駆け回ったというその父は、「モモ」という名の犬を溺愛し、男女の営みさえ交わしたという。犬の臭いが染み込んだ皮ジャンを愛用した父の、その息子への遺言は、〈モモと呼ばれる女がいたら、できるだけ面倒をみてやってくれ〉だった。

皮ジャンを引き継いだ息子は、犬のように曲がった背中で、口の不自由な焼き鳥屋の女店員を、「モモ」だと思い込みたい様子でほどなく懇《ねんご》ろに……。だが、町内の騒ぎが収まると、彼はその女を雨水の桶に突き落として追い出してしまう。そして、モモと呼ばれるもう一人の女、「モモ似」（モモに似た女）を店員にすげ替えるのだ。父と息子、二人のモモ、すなわち二種の相似形によって、唐は物語を攪拌する。

そのモモ似はソープ嬢とおぼしき中国人だが、仕事の惨たらしさに逃げてきた。じつは、辻は、行く先々で風俗嬢をさらっていく男でもあって、業界では、足抜けの世話をする邪魔者としてすでに知れ渡っていた。彼女の店のマネージャー「上田」は、あしざまに罵倒して、

上田　このモモたらし（中略）、てめえが、この町に向かった時から、この業界じゃ、モモンガアが、そっちに向かったと、ハム通信がとびかったんだ

手荒い暴行を受ける辻。だが、店に戻りたくないモモ似からは、上田を殺してくれとすがりつか

れる。一方、合田の飼い犬、時次郎は、町内にできた大きな水溜りで、辻がすでに溺死させていたことが発覚。彼らは揉み合い、上田が引いた拳銃に心臓を射抜かれ、あえなく辻は倒れる……。

ここで、父の遺言、〈できるだけモモの世話をすること〉に仕組まれたトリックが巧妙である。「僕のオヤジはくたばった。この都会に五万といるだろう「モモ」の名がつく女の面倒を僕に押しつけ」（傍点筆者）と、息子の辻が吐露する場面があるが、唐は彼には〈できるだけ数多くの「モモ＝ピンク嬢」の世話をすること〉[3]と、遺言の文意をズラして捉えさせているのだ。つまり、わざと「誤読」[4]させることで、特定の女ではなく、できる限り大勢の風俗嬢の面倒見へ、その仕事を膨らませた。それによって風俗業界そのものを敵に回す男へ、主人公のスケールを拡大させたのである。

焼き鳥屋の女店員がすげ替わる際の仕掛けも面白い。まるでインチキな複製のように、モモの服をそっくり着て、べつの役者がなりすます。[5] 背中の瘤は食器のボールで作った偽物だったことが終幕で明かされる最初のモモも、唐のほのめかしを掘り下げれば、かつて助けた元風俗嬢なのだろう。[6] このようなすげ替えの連続によって、息子の辻は、みずからが「モモ」だと思うピンク嬢の足抜けを、なんの見返りもなくつぎつぎと助け、とうとう弾丸に挫かれたのである。

父の遺志を汲むことに執着したこの男は、煙草も口ではなく、皮ジャンの胸穴で吸う。つまり、父に吸わせてやっている。唐は、この男に「透明人間」の父を背負わせた。

3　水中花の下で

では、なぜ、彼はありもしない狂犬病を吹聴して回ったのか。そこに横たわるのは、戦時中の父の因縁、そして、それを端とするこの男の妄想だ。

かつての兵学校時代、合田が贔屓にした軍犬、時次郎が発症した病気こそが狂犬病だったのだ。辻の父が寵愛した犬、モモも感染が疑われ、沼での恐水判定で殺処分されかかるのだが、何としてもその父は阻止しようとする。息子の辻はそれを回想して、

辻 医務官は、ほとりに咲いていたダリアの花を引っこ抜き、その根に石を重りにつけて、投げこんだ。（中略）モモは、沈んだ花をとらず（中略）そのあえぐ姿は、水を恐がっているように見え、医務官は、拳銃で射ち殺しかけたが、その時、親爺は、沼に飛び込み、モモの足を持って水底深く潜っていった

花を投げ、恐れずにとるかどうかで狂犬病を判断しようとした医務官。沼に潜り、辛うじて愛犬を逃がし得たその父は、その後、知り合った中国人の情婦にも、モモという名を与え、福建省の村でともに暮らしはじめる。

二人は睦まじくしていたが、辻も感染していると決めつけた合田らは、住まいを探し当てる。漂うのは、軍隊特有のリンチの臭い。その真意は、犬を逃した当て付けに、彼らを踏みにじること。男の留守中、それと性交したからにはお前も狂犬病の疑いがあると情婦にゴリ押しし、犬のモモにしたのと同じように、花を投げて沼水を怖がるかどうかの判定をはじめる。そして、酷くも彼女は

溺死する。

つまり、この陰惨な事件を、唐は息子の辻にも背負わせたいのである。だが、一般に用いられる手法のように、入れ子的なコラージュで、過去を易々と挿入する劇中劇は採用しない。かわりに唐が行ったのは、前述した保健所がらみの世俗の揉め事のうえに、すっぽり二重写しで、この過去の物語を重ねること。むろん、映像などは使わない。せりふだけで。なんと驚異的な筆力か。

すなわち唐は、透明人間の父にとり憑かれた息子の辻に、その殺戮事件の復讐を抱かせ、ありもしない狂犬病事件をいまの巷にでっち上げさせた。焼き鳥屋の揉め事は、辻の立場からすれば、仕返しのための再現でわざわざ仕出かしたこと。ゆえに、いまの時次郎を狂犬だと言いふらし、背の曲がった女は犬のモモ、中国人のピンク嬢はかつての情婦、町内の大きな水溜りは兵学校の沼、せむしの女を水中へ追い出してつぎの風俗嬢を呼び寄せたのも、父の情愛交替の踏襲……。そうして、仕返しとして、いまの時次郎を溺死させたのである。

むろん、そこには「無理」がある。だが、唐の狙いは、この男がする無理強いのイ、ビ、ツ、さ、じたいを書くことなのである。その歪みによって、戦争から何十年も経過した時の隔たりが維持されたまま、見事なまでに複雑な二重写しが立ち上がる。ズレがあるからこそ、過去と現在が摩擦し合いながら同時出現するのだ。それは、保健所員の田口がたどる巷の日常と、辻が抱える妄想世界の衝突でもある。立場によって見える世界が異なり得る戯曲ならではの複眼性が絶妙に活かされている。

中国人のピンク嬢が転がり込んだあとでは、焼き鳥屋の座敷は、辻によって父が暮らしたあの村の住まいにも見立てられ、かつての情婦の溺死事件を教え込まれた風俗嬢は、その様子を語り出す。

つまり二人は、福建省での暮らしの「シバイ」を、いまの部屋で稽古しはじめる。

モモ似　男は数人おりました。（中略）一番えらそな医務官は、また、道端から、ダリアの花を抜きとり、それに重しの石をつけ、もう調教師はつけない、モモ一人で、取ってこさせる、そう言って、沼底に放りこみました。（中略）あたしは、モモと叫ぶあなたを見上げ、もう、モモと呼ばないで、そう呼ばなければ、許される、藁をもつかむ気持ちでそう言っておりました

ここでは、前述した足抜けの騒動も同時進行している。マネージャーによる暴力沙汰も起こっているのだが、追い詰められるたび、辻と女の口からくり返される鮮烈なせりふは、はるか戦中の物語、男の妄想の目を通して引き寄せられた「過去」が唱えられる。

辻　モモは

モモ似　医務官を殺せと言いました（中略）。雨音で伝わらず、情しらずの沼底で、何度も（中略）

辻　医務官を殺してくれと

マネージャーの上田は、ぴたりと軍の医務官に一致していく。ピンク嬢の足抜け騒動が福建省のリンチ事件と二重写しになるのだ。

劇中で「知るわけないいてめえの過去」と揶揄されるように、戦争の実体験があるのは合田だけで、息子は「父＝透明人間」に突き動かされているに過ぎない。それゆえにこそ、不思議な滑稽味とともに、渺々《びょうびょう》とした哀愁が醸《かも》される。

座敷の天井には、赤いダリアの水中花がランプのように吊るされている。辻は「俺の心臓」と指さすが、福建省の沼水の忘れ形見であると同時に、父の記憶を手繰らせる走馬灯としても置かれているだろう。

4　幻想と地べた

過去を引き寄せる流麗な長ぜりふが、何度もくり返される本作。それによって悲痛な幻の時空が螺旋状に巻き上げられ、舞台に溢れる水と飛沫《しぶき》の官能性もまた美しい。

さらに、そのリフレインは苛烈さだけに留まらない。「上田＝医務官」を滅多打ちにし、一度は辻のほうが仕留めたかのように見えたとき、

辻　犬と合田に導かれて……、言ってくれ、誰が来るのか
モモ似　もう、来ない
辻　来ないけど、この話の中では、生きてんだ
モモ似　（さっき、殺したと言ったじゃないのと、中国語で言う）

辻　殺した、医務官は俺が殺した。しかし（中略）、何度も語り、何度も殺さなければならないんだ、モモ、分るか、この皮ジャン着ているかぎり、おまえはそれを夜伽するんだ

（傍点筆者）

辻の脳裏では、父の物語は永遠に終わらない。医務官は何度でも殺される。つまりここで、二重だった巷と幻を唐はついに乖離させ、統合失調症的な幻想肥大を立ち上げる。だが、すぐさまそれを果てさせる。仕留め切っていなかった上田の弾丸に、男の胸を射抜かせて。そのとき心臓から噴き出したのは、血ではなく、透き通った「水」。幻想がもつ根源的な凶暴さのために、それを抱いた肉体こそが透明化したような……。

幻一色の劇空間が作られないことにも注目したい。劇中人物にどれほど妄想を追いかけさせても、ゾンビのように医務官役を複数化し、舞台上で増殖させることを唐はしない。狂気の平易な一人歩きはさせないのだ。スレスレで地べたに足を付けさせた状態で、どれだけ妄想を飛ばせるか。唐十郎のせりふの凄みはその足搔きゆえだろう。

劇中たった一人、戦争が仮想でない人物「合田」の存在が効いている。戦争という無理無法を熟知し、焼け跡の貧しさのまま時間を止めたような人物だ。底辺で生きる人間だけが発し得る、ひとを喰ったもの言いが秀逸。保健所員の田口に向かって、「それだけ汗をかくと、どれほどの日当がもらえんだ？（中略）それもただの汗じゃない。とびきり臭い小役人の汗よ」。このような皮肉が、地べたから遠く隔たることを拒む劇の重石にもなっている。

5　新しい肉体のために

前述したように、この戯曲『透明人間』は、七〇年代に書かれた小説『調教師』を基礎にしている。読み比べると、唐が本作で挑んだことが浮き彫りになる。

小説では、辻の父は死者でなく、生者として描かれる。息子の辻、そしてモモ似や上田は登場しない。そこでは、父の辻が、戯曲のなかでの息子と同じように人騒がせな咬傷事件を起こし、焼き鳥屋で働く背中の曲がった女に接近する。そして、かつての仕返しもあって時次郎を溺死させるのだが、合田とさかんに諍《いさか》いになるのは、いまの時次郎が感染しているか否か。狂犬だとゴリ押ししたい辻は、じぶんで傷付けた腕を咬まれたとうそぶく狂言芝居に出るが、そこには本作のような過去と現在の二重構造はない。

つまり、狂犬と狂気というテーマは共通しているが、地に足を付けるという観点ならば、小説はしっかり着地している。小説の辻、つまり父は、息子より肉感的で臭みがあり、その狂気もコケ威《おど》しの激化によるもの。息子がとり憑かれた、現実から遊離してそれをも凌駕《りようが》しようとするスキゾフレニアの兆候はない。

かりに『調教師』を七〇年代に唐が戯曲化しようとしたならば、小説の辻をそのまま劇中人物にしたのではないか。一世代若返った本作の辻は、唐組という新しい劇団、親子ほど年齢の離れた役者たちとの関係が作らせたものだろう。戦中世代の物語を、それをじかに知らない世代に担わせるために、透明人間という媒介を立ててその狂気を観念化し、スキゾフレニア的に被せた。その設《しつら》えが、前述した驚異的な二重構造を引き寄せたのである。

そこには、唐が標榜する「特権的肉体」を、いまの時代に立ち上げるにはどうしたらよいかという問いもあったに違いない。麿赤児《まろあかじ》（のちに麿赤兒と改名）、李礼仙《りれいせん》（のちに李麗仙と改名）、大久保鷹など、焼け跡を体験した肉体が抱える奔放さ、含蓄の濃さは、当世の役者の個性とは違う。高度経済成長、バブル経済とその崩壊、情報化時代の到来を経て、滑らかになった若いからだと向き合った唐十郎が、そこで見出したひとつが、「妄想する肉体」をみずからの複雑なレトリックによって構築することだったのではないか。それによって新しい肉体に強度をもたらそうとしたに違いない。

当世の若い身体が、時間や現象の厚みを背負うために、どんな方法があり得るのか。その問題意識によって、起承転結のような古典的な展開を戯曲の底に押し込めた上で、激しく結晶化した妄想の被覆という修辞が導かれたのだと思う。いかにすれば歴史を継げるかという観客らへの問いかけもあっただろう。

現代劇が第二次世界大戦という巨大な歴史とこのように激しく摩擦しながら二重映しで繋がることで、劇空間は高らかに羽ばたく。東京下町と思われる巷のしょぼたれた焼き鳥屋が、時空を超えて戦時中の中国福建省と結ばれるスケールの大きな芝居だ。

戯曲の重層性は、状況劇場時代から唐劇の特徴のひとつだが、二〇〇〇年代には極限までそれが押し進められた。それゆえ、すじは錯綜するが、フィジカルな局面とメタフィジカルな局面、現実の巷と妄想の脳内が並行して同居する。九〇年代から練り直しを続けた『透明人間』は、そのような劇作術に唐が自信を得た作品であったろう。状況劇場時代の戯曲が小説的とすれば、唐組時代の複雑さは詩的と評してもいい。せりふの行間が深いのだ。

6　あれは誰の涙か

わたしが見たのは二〇〇六年、二〇一五年の唐組公演だった。役者のさらなる世代交代が始まった一五年公演（一九九〇年初演台本を使用）は、病気療養中の唐に代わって指揮をとる久保井研が、きめ細かい演出によって若手を鍛え上げた舞台だった。[*7]

「辻」を演じたのは、どちらも稲荷卓央。一見、色悪だが、モモやモモ似と懇ろになろうが、ハッタリや乱暴を働こうが受けようが、彼の意識の中心は俗世にはない。その心は、ひとりぼっちで透明人間を追いかけている。それが、見返りもなしに〈モモの世話〉を続けるダンディズムを導く。いかがわしくも切ない男。

広場で辻に腕を咬まれた少年「マサヤ」も、女たちと同じようにいつのまにか彼を慕いはじめるが、「あれは透明人間が歌っていたんじゃない。孤独な男の歌だった」とマサヤが評するこの劇中歌は、稲荷卓央のストイックな声であればこそ痺れるのだろう。批評家の堀切直人は、「暗く甘美な悪の雰囲気を漂わせて、観客をぞくぞくさせた」（『新編唐十郎ギャラクシー』二六四頁）と絶賛する。

〽あれは誰の

涙だろ
夜中に
いつも聞いている
ひさしにあたる
さみだれは
いつも代りに
泣いている
あれは誰の涙だろう
誰の代りに
ひっそりと
ぬれた涙が
かわかない

（辻の劇中歌。傍点筆者）

「いつも代りに／泣いている」。涙とは、道の半ばで折れただれかを偲んで、その代わりにこぼすのが本質のひとつだと唐は言いたいのではないか。

父になり代り恐水幻想のただ中を疾走した男。じつのところは本人こそが透明化していたのである。終幕まぎわ、心臓から噴き出した澄んだ鉄砲水には、そんな哀しみも入っていただろうが、この「透明人間」がくり広げた二重の時間は、凄まじいほど華やかだった。彼こそが水中花であった。

註

＊1　西條八十のもとの歌詞は以下。「風は海から吹いてくる／沖のジャンクの　帆を吹く風よ／情けあるなら　教えておくれ／私の姉さん　何処で待つ」。本作の劇中歌は、唐らしい微妙な「誤読」によって、歌い手や姉さんの存在、風の来し方をあいまいにし、漂流性を強調している。

＊2　一九九〇年初演の台本は、『少女都市からの呼び声　戯曲篇』に収められている。読み比べると、一九九〇年版は田口のモモへの恋心が濃く描かれ、彼の存在感も強い。一方、二〇〇六年版は主人公としての辻の求心力がさらに高まり、彼じしんが透明人間になり果てたことが強調される幕切れになっている。本稿もそれを踏まえてしたためた。なお、二〇〇一年にも、「水中花」と題名を改めて唐組で上演されている。

＊3　唐は『ビニールの城』（一九八五年）でも、ビニ本の写真モデルとして裸体をさらす風俗嬢を「モモ」と命名している。

＊4　唐十郎じしんが「誤読」の達人と評され、他の文学作品等を引用する際には、みずからの文脈に引き付けて敢えて書き替えたり解釈し直したりした上でとり入れる。＊1の西條八十の詩の引用もそうであったが、この場合は、その態度を登場人物の辻に当てはめている。

＊5　モモとモモ似の役者はとくに顔立ちが似ているわけでもないのに、そっくり入れ代わる。まるで急に降板し、代役が登場したかのようで、いかにもキッチュな演劇的仕掛けになっている。演じるという行為は、じつは悉くすげ替え可能だということを、唐は舞台上で逆手にとった。

＊6　冒頭の「風はどこから」の劇中歌を、モモとモモ似が中国語でともに歌う場面が二幕にある。しばし声をそろえたあと、中国人とおぼしきモモ似は、「あんた、前から知ってたみたい」とモモに話しかける。つまり、モモは、モモ似が任《にな》った内容を了解しているようなのだ。

＊7　久保井は唐の戯曲に対するみずからの演出について、このように語っている。「「戯曲をどう読んだか」を見せればいいんじゃないかと思ったんです。

自分はこう読んできた、ということを役者たちに伝えようと。（中略）自分の想像力と役者の個性をどうミックスさせれば豊かな劇空間になるかと考えるようになった。（中略）唐さんは自分を、ウルトラ・センティメンタリズムだなんて語ることもあった。そういう部分こそ書きたかったんだろうし、それはどうしたら伝わるだろうかと考えていました」（『劇団唐組ライブ』）。その演出には、精緻かつ繊細な眼ざしが生きている。

戯曲『透明人間』参考書誌

二〇〇六年上演台本収録：『唐組熱狂集成』（ジョルダン株式会社、二〇一二年）

資　料

マキノ雅弘監督映画『阿片戦争』（東宝、一九四三年）
唐十郎『調教師』（中央公論社、一九七九年）
唐十郎＋第七病棟『ビニールの城』（沖積舎、一九八七年）
堀切直人『新編唐十郎ギャラクシー』（右文書院、二〇〇七年）
唐十郎『少女都市からの呼び声　戯曲篇』（右文書院、二〇〇八年）
劇団唐組『劇団唐組ライブ』（千代田組、二〇二〇年）

二〇〇六年唐組秋公演『透明人間』

〈演出〉唐十郎
〈配役〉辻（稲荷卓央）、田口（久保井研）、モモ（藤井由紀）、モモに似た女（赤松由美）、合田（鳥山昌克）、上田（丸山厚人）、マサヤ（十貫寺梅軒）、白川（唐十郎／辻孝彦）、ほか唐組役者陣

ひょうたん池の海底《うなぞこ》は、永遠
――『風のほこり』

二〇〇五

1　不思議な母探し

〽海ふかく
沈んでく
捨てられし
アコヤ貝
今しも
ひらり
そらり
と舞って
産んだ

ものを　そこに残して　果てしなく
忘れてく

（加代の劇中歌）

詩情の深さ、濃密さ。わたしは『風のほこり』を何度観ただろう。唐十郎が二〇〇五年に劇団・新宿梁山泊のために書き下ろした本作を、主宰者で演出家の金守珍《きむすじん》はくり返し上演してきた。下北沢のスズナリで、浅草の木馬亭で……。この芝居に欠かせない大道具、螺旋階段が、いつしか新宿梁山泊のスタジオに設営されると、「風のほこり専用劇場」とも称される。

主人公の名「田口加代」は、唐十郎の母親「大鶴《おおつる》ミネ」（旧姓・田口）のペンネーム「加代子」を踏まえたもの。[*1] 文学少女だったミネが二十歳の頃、じぶんの書いた脚本を浅草の劇団「カジノ・フォーリー」（駄洒落で「風のほこり」とも呼ばれた）に売り込みに行った逸話をもとに、この戯曲は執筆されたという。左目の悪い加代が、借りた義眼を返す道行きが本作の大きな流れだが、それはそのまま不思議な母探しの物語でもある。一般にはそうとされない存在を、独自の手法で劇的に抽出してその母性を唐は露わにする。そして、実母をモデルにした若い娘に探させる。そのとき浮上する魔的で斬新な「母」とは何か。

実際、この芝居には、いろいろなお母さんが渦巻いている。瞼の母としては、浅草芸人の「奇々なる面影」。登場人物みんなの母さんとして戯曲の遠景に控える「ジュゴン」は、母なる海の幻獣だろう。さらに、劇中劇のなかで、スカートのホックを外し、貝がらのような純白のお尻をまる出しにする「加代」じしん、母貝として真珠を育む。たくさんの母さんたちが擦れ合ったり、弾け合ったりしながら、もっとも濃厚な「母」に向かって、本作の迷宮は旋回する。

左目のない加代だが、哀れっぽさは微塵もない。おっとりした役柄とともに、義眼を真珠玉に見立てた唐十郎が、美しい貝の幻をその身に纏わせているから。加代が劇中劇として自作戯曲を自演しながら、借りた義眼の来歴をたどって、記憶の深層に降りていこうとするとき、唐は、彼女を「アコヤ貝」にやつさせる。まるで、ひょうたんの上部から下部の膨らみに潜るように、日常から深層空間へ飛び込む娘。すると、そこにはなま恐ろしい魔窟が。

本作は、浅草・玉木座の舞台下、すなわち奈落にある文芸部室での出来事を描くが、舞台上で使った水が漏れてきたらしく、部屋には池のような水溜まりができている。[*2] 深層への入口を暗示してもいるだろう。

2 ブラックパールの秘密

『風のほこり』は、先輩の劇作家「水守三郎《みずもりさぶろう》」、その内妻「浅子」、それから加代の三角関係が盛り込まれた淡い恋愛劇でもある。また、劇場の地下室が舞台のため、多数の芸人や芸術家も登場し、にぎやかな群像劇の側面ももつが、義眼にまつわる母探しを掘り下げるため、錯綜するすじ立てのなかから、加代と、加代に義眼を貸した男「湖斑《こむら》」に焦点を絞って綴りたい。暗示の手法によって唐が行間に込めた部分も想像しながら、わたしなりの眼ざしですじを表わしてみよう。

時は、華やかなモダン文化の末期、「エロ・グロ・ナンセンス」ということばが流行した昭和五年。エノケン（榎本健一）や二村定一らが活躍する浅草で、軽演劇に夢中になった劇作家志望の「田口加代」は、舞台袖で脚本家「水守三郎」とぶつかる。その拍子に、左目にはめていた義眼を彼女は落としてしまう。眼科医院でともかく代わりを入手するが、半年したら返さねばならない。

芝居は、その返却期限をうっかり過ぎてしまった頃からはじまる。加代はじぶんの落とした義眼を探し続けているが、文芸部室の水溜まりに沈んだようで、どうにも見つからない。そこで延長手続きをしようと奔走しかけたところで、義眼の貸し主「湖斑」が来訪する。

湖斑のなりわいは、スゴ腕の義眼細工師。主に人形のために製作している彼は、人間より人形を、生身の目よりガラスの目玉をこよなく愛する男だ。ある展示に使われている人形に特別な愛情を注いでいるが、加代に合うのは、そのために拵《こしら》えた瞳だけ。そこで、片目を貸し出すことになった人形「浪子」にはしばらく展示を休ませながら、特別に用立てたのだと当て付ける。

延滞日数分の目の埃りを払うため、この細工師による奇怪な儀式「みそしぎ」を受けた加代だが、このさきも借り続けるためには、滞っている人形の仕事を、人間の加代が、代わりに務める必要があると湖斑は訴える。玉木座の文芸部室を借り切った彼は、ともかくここを舞台にし、トランクに入れて持参した多数の義眼を観客の目として、背負ってきた人形・浪子の前で、その仕事をやってみろ、演じてみせろと理不尽を言うのだった。

が、ほからならぬ貸し主の依頼である。義眼がなければ人前に立てない娘に断れるはずがない。じぶんが執筆している戯曲「尻子の旅」と繋げながら、浪子の来歴を演じはじめる彼女。その劇中劇には、文芸部室を訪れる芸人たちも乱入し、頓挫や脱線を謳歌して、かえって湖斑の反感を買う始末。だが、そんななりゆきのなかで、人形の瞳「ブラック・パール」の秘密がしだいに明らかになる。つまり、浪子を演じろという湖斑の奇妙な要求は、その瞳の謎を加代が咀嚼することを促してもいた。

ひょうたんの下層部、劇中劇の深層の水溜まりへ飛び込む「加代＝アコヤ貝」。美しい貝のお尻がそんな海底でゆき着いたのは、浅草・奥山の龍宮城か……。否、身の毛の弥立《よだ》つ博覧会場である。

この「衛生博覧会」という語に、唐は本作の謎を凝縮させている。かつて浅草寺周辺で実際に催されていたそれは、人体模型や奇形の標本、梅毒など性病患者の蠟人形、活き人形を並べた怪奇趣味の見世物小屋だった。つまり、浪子人形の仕事とは、その見世物のゴザ小屋に展示されること。

そもそもは、「浪子」という娼婦がいたのだった。湖斑が出会ったときは、くわえ煙草で「火を貸してちょうだい」と、誘惑の隠語を操りながら、路上に立った街娼。関東大震災前には、浅草の眺望塔「十二階」の階下の魔窟で春をひさいでいたが、そのとき浪子は宿痾《しゅくあ》を患う。そして当時、彼女を慕った一人が、まさしく若かりし加代の父。ほどなく彼は堅気の女と結婚するが、浪子に移された業病は、新しく誕生したいのちに伝染する。

加代の目の患いはそのためだった。十歳で左目を摘出したが、その直後、じぶんの住まい、根岸の長屋の窓辺に、病み衰えた女が佇《たたず》み続けているのに気付く。声をかけると、「ゴメン」と謝り、眼帯の下のぽっかり空いた娘の眼窩にこう問いかけた。

加代　父は元気か

湖斑　と言った

加代　母もたっしゃか

湖斑　とまでおっしゃる（中略）

加代　すると、あの浪さんは、「あたしはどう継ぐのか」と言ったんです　（傍点筆者）

さらにそれから約十年ののち、再び姿を見せた浪子。それが、湖斑の背負ってきた舞台上の人形である。今度は衛生博覧会の不気味な梅毒人形として、いや、成人した娘の左目にもっとも合う美しいガラスの瞳を持った活き人形として……。

没後に作られた似姿の浪子人形を舞台上に招くことで、唐十郎は死者を復活させ、その業病を取り出してモノ化したと言っていい。そしてガラスの眼玉に、浪子と加代の因縁を閉じ込めた。病んだ目を押し付けた女を、そうであればこそ「目の母」と捉えかえし、二人が交換できるガラスの瞳を親子の証《あか》し、ほかに替わることのできない母性のしるしとしたのである。異様に尖った唐のペン先から、おぞましくも艶やかな梅毒の母がここに立つ。

湖斑　だから、どうする？

加代　あったものは、あったところへ。長くお借りしたその品を、〈目の母〉に返します

湖斑を逆撫でしながらも、自作劇によって心の深海へ降りて行き、ブラック・パールの秘密、す

なわち、暗黒の母の存在を噛みしめた〈目の子〉、加代。返却の求めに応じた彼女は、グッと眼穴に指を入れ、しかめた顔から抉《えぐ》り出される「黒真珠＝義眼」。もっといっしょにいたかった……と呼びかけながら、人形の穴へはめ入れれば、母・浪子が燦然と屹立する。

〽海ふかく
沈んでく
捨てられし
アコヤ貝

眼を返すことで真珠を失うアコヤ貝、加代。だが、返されることでまた別れ、捨てられていく母貝、浪子もいる……。壮絶な宿縁であればこそ、いっそう切ない水底の女たち。

湖斑　いこうか、浪子、（加代を見て）その抜け殻をそこに残して。ここは、近寄りたくないお歯黒ドブ[*3]になっていくから

立ち去り際、非情にも、湖斑は文芸部室の水溜まり、幻想の深海に墨汁を垂らす。これでは前に落とした自前の義眼さえ見つけることができないと、動転する片目の加代。が、水が漆黒に染まれば、むしろ白いガラス玉は際立つだろう。冷酷を装いながら、じつは湖斑は助け舟を残したのだ。

終幕、水守の力も借りつつじぶんの義眼、すなわち、もうひとつの真珠を見つけた加代は眼穴にはめ、地下室の海を去ろうとする。

加代　サイナラ……誰か
　　　　サイナラ、その目

3　母なる死者

二〇〇〇年代の唐十郎戯曲の中で、『風のほこり』は異色性において随一と言えるだろう。実母の乙女時代、昭和五年が設定の本作は、唐には珍しい時代物。そして書き連ねてきたように、途方もない闇を抱えた作品である。

劇中、「羽化して三分の命だけど、ばかゆえに何年も飛んでいる」と呟きながら、加代が緑色の蚊帳《かや》を羽織って、薄羽蜻蛉《うすばかげろう》になりすます印象的な場面がある。本作の闇、水底のブラック・パールを包む秘密は、かくも濃厚でありながら、たしかに薄羽蜻蛉のように儚い。娼婦の浪子は、実体としては現れない。人形に託した面影、記憶のなかの幻影として劇空間を漂っているだけの存在。そして、不意に捨てられる。

むろん、一言も発しない。だが、そうであればこそ、加代と湖斑は浪子について豊饒に語る。二〇〇〇年代の唐戯曲は、幻や死者を劇中にたえず取り込みながらも、幻影役や幽霊役の役者を置くことはほぼしない。唐独自の手法で、劇空間に暗示的に出現させる。洗練されたその筆遣いに、この時代の特徴のひとつがあると思うが、『風のほこり』はその点でも傑出している。

さらに、この戯曲が描きだす母像とは、「呼びかけられて、ふり返る」影。浅草芸人コンビの「呑界」と「奇々なる面影」は、子の呼びかけに、ふり向き応える母の一場をえんえんと稽古する。水族館に泳ぐ母「ジュゴン」は、話しかけたときにだけ人のことばを立ち上げる。何より浪子もまた、幼い加代に声かけられるまで、背中を向けて路頭で待っていた。

たくましい地母でも、子のためなら命も投げだす慈母でも、それを喰い殺す鬼母でもない。漂いながら、半ば忘れられながら、子を待ち続けている母親。唐が創った、新しい母性の原像ではないか。永遠に待って漂う死者として、母なるものを捉え、濃くも儚い幻影の母像を作った。

4　あたしはどう継ぐのか

くわえて、その幻影に呼びかけようとする子の立ち位置も複雑だ。終幕の少し手前には、寒風吹きすさぶ水溜まりで、じぶんの義眼を探しあぐねている加代に、これまでの道化役から豹変した「奇々なる面影」が、滔々《とうとう》と述べる長ぜりふがある。初演では、状況劇場の看板役者でもあった大久保鷹が、風の化身の神託のように端然と演じた。

面影　昭和五年が、風のほこりをそこに残して、どんどん過ぎる（中略）。加代さん、でも、あんたはほこりにならない。その未完の脚本を、まだ書き上げていないのだから（中略）。書くことが行ないだった。行なうことが、書くことだった。

（傍点筆者）

演劇批評家であり唐の盟友であった扇田昭彦は、『風のほこり』劇評でこれに触れ、つぎのように書いている。「脚本家を目指した加代の思いと遺志は、母を思う息子の唐十郎がそれを引き継いだという形で今もしっかりと生きている（中略）。「書くことが行ないだった。行なうことが、書くことだった」という事態は（中略）、唐十郎の現在とぴったり重ね合わされた」（『唐十郎の劇世界』二八八〜二八九頁）。

加代と唐を重ね合わせる扇田の指摘を発展させるなら、『風のほこり』は、実母をモデルにした娘を主人公にすることで、その子、唐十郎じしんが、みずからの「母なるもの」を追い求め、引き継ぐものを噛みしめていると言っていいだろう。劇中、呑界によって幾度となく「お母さあん」という声が響きわたるが、それは、唐じしんの呼びかけでもあったはずだ。だが、幻影に呼びかけながら唐が継ごうとしているものは、実母の遺志をさらに越えているのではないか。それは、本作の深層にあるもの、すなわち、浅草に咲いた大輪の徒花《あだばな》、娼婦・浪子の黒真珠ではないだろうか。

浅草には、昭和二十年代まで「ひょうたん池」という名の池があった。幼少の唐はしばしば訪れたというが、そこは、東京随一の歓楽街としての象徴だった。紅テントを引っさげて、奔放かつ繊細に、人間という暗黒幻想を追い続けてきた彼の戯曲には、八〇年代の代表作のひとつ『下谷万年町物語』（一九八一年）をはじめ、ひょうたん池がしばしば描かれる。そして、その消滅とともに沈み去った娼婦や男娼、芸人や役者もしきりに登場する。

唐十郎は、まさしくその水に沈んだ彼らの眼を借りながら、戯曲を書き続けてきたと評していいだろう。今は失われたこの池こそ、昭和五年の文芸部室に流れ込んでいる溜り水の源泉だろうし、ひょうたん池のその水面こそ、闇の母から唐が引き継ごうとした目、劇作家・唐十郎の「義眼」であったはずである。

浪子から加代への問い、「あたしはどう継ぐのか」に、戯曲の文字ははっきり答えていない。ひょうたん池に拘《こだわ》って、その「水の眼」を通して戯曲を書き続けること、書くことを行ないにすること、それが唐の答えだからではなかったろうか。

水に沈んだ真珠玉を探す本作は、ある面では、「目のなかの目」探しと言ってもいいかもしれないが、さらに、なんとも苛烈な血まみれの夕焼けが匂う。それは、母なるものの血肉を掻き分け、それを越えて、最も暗く捨てられやすい娼婦の肉体、ましてその病巣に、親子の縁と同じ絆を見出した劇作家の、狂気の親探しだからだ。

唐十郎の思想のひとつに、「義」がある。初期の代表作『ジョン・シルバー』は義足の男だが、生身や血縁を越えたツクリモノやニセモノに、むしろ強烈な物語性を嗅ぎ付けてきた。「偽」のなかにこそ「義」を見出そうとしたのである。実際に片目が義眼であったという実母をモデルに、幻想を立ち上げた本作は、その思想のはじまりをついに明かしたと評していい。

なお、樋口良澄が『唐十論論』でとり上げ、拙稿でも第V章で後述するように、唐は第一作[*4]『24時53分「塔の下」行は竹早町の駄菓子屋の前で待っている』（一九六四年）の公演パンフレットに、当時、浅草で催された衛生博覧会の様子を詳しくしたためている。ある意味で、そこは唐演劇を発火させた場所のひとつだったのだ。唐十郎は、舞台下の奈落、すなわち地下を劇空間にした『風のほこり』で、みずからの根の姿を表したのである。

5　義眼へのキッス

天才義眼師「湖斑」についても記しておきたい。人間より人形を、生きた目より義眼を愛するこの男。偏執的な硬物趣味というべきか。多数の自作の義眼をトランクに入れて、湖斑が文芸部室に運び込んだとき、水守たちは震え上がる。

湖斑　コワクないっ（中略）。こいつらはとてもいい奴なんだ（中略）。ナマ客の目のほうが、まるで、わけ分んねえもんだぞ（中略）。ありゃ、付和雷同のバカ目ん玉だ。だが、みんな、これは違うぞ、これは、律儀だ、固く、みんなの行ないを、まばたきもしないで、その目の奥にしまってくれる

「付和雷同のバカ目ん玉」がズラッと並ぶ客席を前に、見事な諧謔。かつ、痛烈な観客論だが、ガラスの眼にそこまで湖斑は入れ込んでいる。その常軌を逸した一途さは、どんな冷淡なふるまいにも、一縷の滑稽を宿らせる。その言動は、本人の意図さえ越えて多義的になるのだ。唐は、義眼細

工師の非凡さをそこに込めてもいるのだろう。

浪子へのオマージュから、人形を活き人形に高めているのもこの男の情熱だ。魔窟の影が舞台上に満ちているのは、摩訶不思議な彼のエロスによるところが大きい。それは、ある場面では加代にも向かう。延長手続きを忘れた加代が彼から受ける「みそしぎ」は、義眼に付着した埃りを拭うため、延滞の日数分、その目を舐められるというもの。いわば、気味悪くも神々しい「義眼へのキッス」である。

初演からしばらく、湖斑役は鳥山昌克がつとめた。その集中力、物腰の切れ味、そして男臭い色気に、「アタシもみそしぎされたい」と感じた客も多かったのではないか。

「田口加代」を演じた渡会久美子も、この芝居によって開花。迷宮使いの唐十郎は幾つもの人格を主人公に重ねる。彼女は「加代」であり、その脚本の主人公「尻子」であり、真珠の母貝「アコヤ貝」でもある。さらに劇中劇では、「浪子」の代役さえ務めようとする。つまり「娘」であって「母」でもある「田口加代」。たおやかにその色が変化する渡会の声は、娘と母の間を往還する脈どころをすっと摑んだ。

唐十郎の迷宮世界に相対する金守珍の演出は、持ち前のロマンチシズムを糧にする。この劇に登場する芸人たち、芸人志願者たちの華やかさは、金演出の真骨頂である。再演を粘り強く続ける方針は、芝居を育てるため、もっとも率直かつ稀有な方法だろう。

芝居がくり返されるたび、まるで詩のリズムのように、暗がりに潜む「母」の永久性もまた深まる。

註

＊1　母の本名「ミネ」と筆名「加代子」の関係は、扇田昭彦「母への思いと虚実の間――『風のほこり』掌論」に詳細な検討がある。

＊2　唐によると、玉木座に立った喜劇役者のエノケンは、実際にステージで水をこぼしたりしていたという。そのため舞台の奈落にいる加代たちは、長靴をはいて登場している。

＊3　遊郭街だった吉原のまわりの溝。黒く濁っていたためにこう呼ばれた。

＊4　二〇一八年開催の企画展『「実験劇場」と唐十郎 1958-1962』（於・明治大学）をきっかけに、明大在学中の一九六一年に本名の大鶴義英の名で執筆されたシナリオ『幽閉者は口あけたまま沈んでいる』が発見された。学生時代の原点として大事な作品だが、本書では、唐十郎じしんも多くの資料で戯曲『24時53分「塔の下」行は竹早町の駄菓子屋の前で待っている』を第一作として語っているので、それを踏襲する。

戯曲『風のほこり』参考書誌

収録：唐十郎＋新宿梁山泊『風のほこり』（右文書院、二〇〇六年）

資料

金守珍「「水の鍵」を摑み続けていきたい」『風のほこり』（右文書院、二〇〇六年）
堀切直人「「風のほこり」となって舞う九人集」『風のほこり』（同）
新井高子「二つの「風」を追ッ掛けて」『風のほこり』（同）
扇田昭彦「母への思いと虚実の間――『風のほこり』掌論」『唐十郎の劇世界』（右文書院、二〇〇七年）
樋口良澄『唐十郎論――逆襲する言葉と肉体』（未知谷、二〇一二年）
唐十郎「幽閉者は口あけたまま沈んでいる」『文藝』二〇一八年冬号（河出書房新社）

二〇〇五〜六年新宿梁山泊公演『風のほこり』（初演）

〈演出〉金守珍

〈配役〉田口加代（渡会久美子）、水守三郎（大貫誉）、湖斑（鳥山昌克）、〈奇々怪々一座〉の怪々をやる呑界（コビヤマ洋一／金守珍）、奇々なる面影（大久保鷹）、君枝（三浦伸子）、暗（広島光）、浅子（梶村ともみ）、高見刑事（米山訓士）、浪子の人形、ジュゴン

詩は溢れる、極小の海に
――『泥人魚』

二〇〇三

1　しゃっぱの海

泥海の輝く中を、あの子らは今、どこまで行ったのか
みな
それぞれの
滑板《すべりいた》に腹這って
見えない島をめざして
掻いた
そして
泥海ふかく溺れた児《こ》らは
透明に

透けるよな
無数の
しゃっぱに
化身した

（誤読による「有明海の思い出」）

唐十郎が本作で扮するのは、「伊藤静雄」。近代詩人「伊東静雄」をひねりつつ、あるときは詩人、あるときはボケ老人という愉快な人物だ。冒頭の詩は、伊東の代表作「有明海の思ひ出」[*1]に唐らしい「誤読」がほどこされつつ劇中で諳んじられたもの。[*2]原作の古風な情感はとき放たれ、子どもらの飛翔性がさやかになっている。批評家の坪内祐三は「永遠の解釈更新者」とその翻案を評しているが、遠浅の湾、その泥海のなかで、しゃっぱ、すなわちエビに化身していく子どものイメージは、本作の底に鮮烈に流れる。

執筆にあたり、唐が参考にした小説、浦野興治『諫早《いさはや》少年記』には、海とひとがふれ合う様子がこのように描かれる。

海は一面に干潟が現れていた。
西尾のじいちゃんは滑板《すべりいた》を止めるごとに、潟土《がた》に手を突っ込んではアゲマキ、アサリ、アカガイなどを次々と桶に放り込んでいった。面白いほど捕れて、桶の中ではエビとシャコがピンピン跳ねていた。

祐次も、ちょっと海水が溜まっている穴に、腕まくりして手を突っ込んでみた。すると、何やらコッと硬い甲羅のようなものに当たり、確かにシャコがいるようだったので、さらに力を入れた。その瞬間、祐次は前のめりになって潟土に突っ込み、滑板から落ちていた。
「誰かが、手ば引っ張りよる！」

（浦野興治『諫早少年記』四三〜四四頁、抄録）

豊饒な干潟に棲む無数の小さな生き物たち、滑板にのって捕る大人や子ども、泥海の底にいるという不思議な獣、美しい不知火……。これらは、『泥人魚』の登場人物たちが海を思うとき、その目のなかに生き生きと浮かぶ原風景と言っていい。

だが、諫早湾のこの風景は干拓事業によって一変する。全長七キロの潮受け堤防が建設されたその内側は、農地と淡水の池に変わり、海により添う者たちにとって宝庫だった干潟は消滅した。潮流の変化で、堤防の外側でも名産のタイラギ（平貝）が死滅。「ギロチン堤防」という通称は、一九九七年に最後に残った一キロの区間を塞ぐ際、宙づりにされた多数の鉄板を一気に落とす工法がとられたため。それゆえ、劇中、元漁師の螢一は、グワンと響く金属板の音に恐怖症になっている。

そして、新聞などで報道されている通り、漁民を中心に堤防の開門を求める運動が勃興。漁業と土建業、環境と防災、公共事業の見直しとごり押しが対立する壁、ギロチン堤防は、二〇二一年現在も開いていない。初演は二〇〇三年春の唐組公演だが、干拓と堤防を巡る紆余曲折はなおも続く。

唐十郎の戯曲『泥人魚』は、このような背景を踏まえつつ、多重の幻想によって記憶を再構築し、その対立は小さな局部を切り取ることによって、むしろ滑稽なまでに当事者たちの葛藤を晒す。読売文学賞、紀伊國屋演劇賞、鶴屋南北戯曲賞を受賞した本作は、唐組戯曲の代表である。

主人公は可憐な娘。彼女には姓がない。つまり、素姓は不明で、漁師の養父に育てられると「やすみ」という魚の名で呼ばれるが、かつてある船長に育てられていた時代は「つばき」と花の名で呼ばれた。ひとと魚の二面性を持つ娘だが、両面がヤヌス的にあるのではなく、「ヒトか魚か分らぬコ」と、唐ならではのとぼけた設定だ。時おり、魚のそぶりをしたがるヒトの娘が、その心の内側を探られつつ、ついに幻の人魚になり遂げようとする変身譚である。

2　奇妙な約束

キーワードの「ウロコ」に注目しながら、不思議な娘を中心に、ある程度細部まで捉えてあらすじを書いてみたい。劇作家の思考を追いかけるために。錯綜する劇構造を「迷宮」と評することに留めるのではなく、その内部に踏み入ってみたいのだ。

そこは東京[*3]。下町とおぼしき所にある、落ちぶれたブリキ加工店が舞台である。かつて長崎から上京し、ブリキの湯たんぽを商う「伊藤静雄」の自宅、兼、店さき。諫早に縁のある者たちが集まり、その海を「思うこと」じたいが幻になる東京で、唐は劇を進める。

そこへ、最近、同郷の青年「浦上螢一《うらかみけいいち》」が転がり込むが、静雄はすでにボケ老人。そのボケはまだらで、午後六時を過ぎると明晰になり、詩人に変わるというくせ者だ。

じつは螢一は、しばらく前までは漁師で、片目の「ガン（眼）」を頭目に、諫早湾で漁をしていた。ギロチン堤防が造られ、やめる者が相つぐなかでも仕事を誇りにしていたが、そのなかに季節労働者として加わったのが「しらない二郎」。詩の修業をしたこともある洒落者で、すぐに溶け込む。

ある日、その二郎は、ガンに奇妙な賭けをもちかける。もしじぶんが漁師をやめたら、ガンが飛ばす軽蔑の唾（つばき）を甘んじて受けるが、ガンのほうがやめたなら、その養女（やすみ）を堤防の内側の池で泳がせてほしい、つまり、汚れた溜め池で人魚になってもらいたいと……。安請け合いしたガンだが、ほどなくそろって廃業。こともあろうか、すぐに見つかる喰いぶちは、堤防内の埋立て、つまり敵視していた土建業しかない。やむなくガンは土木会社を作るが、海を愛する螢一は、そんな故郷を捨てて上京を選んだ。

ところで、その賭けは、二郎は約束を済ませたが、ガンは果たさぬままだった……。すると、ブリキ店に二郎が来訪する。じつは、かつての詩の修業は静雄のもとで積み、その仕事は興信所員。諫早でしばし漁師になったのも、そもそもは、ある会社の秘書室長「月影小夜子」に調査を頼まれたからなのだ。最初からさぐり屋だった。

そうと知らない螢一は、二郎と旧交を温めるが、つぎに店を訪れたのは「やすみ」。はるばる長崎からやって来て、喉が渇いた彼女に、螢一がコップと水さしを差しだすと、

やすみ　そいば口には入れまっせん
螢一　乾いたんじゃないのか（中略）

やすみ　（銀の水さしをとり）ここが、下半身が、（中略）その様《よう》なのです

　スカートを腰までたぐる。

片方の素足のももからひざ、ふくらはぎにかけ、一条のきらめくものがはりつけてある。

やすみ　さあ、波に洗われましょうか

銀の水さしを傾ける。（中略）

さらさらと、水が足を滑っていく。

一枚、二枚と、はりつけたものが、はがれる。

螢一　（それを摘んでひろって）やすみ、これは鱗じゃない。桜貝だよ！

やすみ　だめです、そんなふうに思っては

　　せっかく

　　その気で

　　来たんですから

　華奢な足のいちめんにうす紅の貝がらが貼り付けられている。そこに水が注がれると、「ヒトか魚かわからぬコ」のリリシズムが、ひらひらと立ち上がる。

やすみは、差出人不明の葉書に、「人海の海で泳がす、その海の貯水池で、言ったとおりの人魚になれ」（傍点筆者）と書かれていたため、ガンの約束を果たそうと、人魚になりきる決意で上京したのだ。

3　鍵のゆくえ

一方、詩人かぶれの二郎もまた、じぶんの調査メモに不思議なことばを記していた。

ヒトか魚か分らぬ女だ
そのウロコをはがさぬかぎり
その女はヒトには戻らぬ

にわかに運ばれてきたのは、何枚ものブリキ板。どうやら月影らの策略のようで、ずらっと並んだその板により静雄の店内は分断される。つまり、月影たちは、それをギロチン堤防に見立てようとしているのだ。諫早の汚水が入った水槽がリヤカーで運び込まれると、東京という「人海」で、「言ったとおりの人魚になれ」の仕掛けが完成する。つまり、唐はここで、登場人物たちの目のなかの「諫早湾」、そのせりふに耳傾けてきた観客たちの頭のなかの海辺の想像風景を、奇怪なかたちで、東京下町に仮構したのである。さきの葉書の差出人もじつは月影だったが、そこには、やすみの「ウロコ＝桜貝」を入れた愛用の巾着袋も、必ず持参しろという添え書きがあった。

人魚の「ウロコ＝心」をもつこの娘は不思議な素姓だった。ある晩、溺れかけていた女の子をガンが助けると、アンデルセン童話『人魚姫』のつもりのようで、そのまま養女に。安魚に似ていると、「やすみ」と呼ばれはじめる。

だがその前は、「魚主《うおにし》」という男が養父で、当時は「つばき」という名。その男は、漁師を駆逐するため、漁場を荒らす闇稼業の工作船の操業者だった。やすみがじつはカタキの係累だったことが暴露されると、「人魚のウロコが一枚剝がれた」、「ウロコ＝秘密」がバレたと嘲笑する月影たち。

じつは、彼らは干拓を進めたい大手建設業者なのだった。工作船はその持ち船で、魚主が「つばき＝やすみ」に渡した鍵、すべての船のマスターキーをじつは追跡している。つまり、操業不能になった多数の工作船を再稼働させるため、月影が、鍵の調査を二郎に依頼したというのがことのはじまり。突き止められたありかこそ、やすみの鱗袋だった。ゆえに、彼らはそれにこだわっていた。

そこへ魚主が来訪し、「ウロコ（袋）＝鍵のありか」からそれを返してくれと懇願。海への思いを引きずりながらも、やむなくなかを探るやすみ。だが、ない。

現れたのはこっそり預かっていたガン。[*4] いまも漁師の誇りを胸に秘める男だが、月影たちの意向を察すると、じぶんの土建会社を助けるため、鍵を使わせてほしいと寝返る。

「やすみ（海）」と「つばき（干拓）」の間で、引き裂かれていく娘は、

ガン　（そろり、キーを出す）
やすみ　（つまむ）
二郎　（狂ったようにとびでる）みろお、エンジェル！　不知火だ！　この世はみんな不知火のお化け火だ！

星が落ちたな、螢一！　ここで、またでっかい星がマッサカサマだあっ。俺はこれが見たかったんだ

やすみ　こうじゃなきゃ、生きてらんねぇっ。ざまあみろ、こんなもんだ、どこもかしこも！

やすみ　（月影に）では、ここに来て下さい。この箱越しに、やすみはあなたにお届けします

泥水の箱の片側に立つ。

月影は、その反対側に立つ。

やすみ　（伸ばしてさしだす）どうぞ

月影　お帰り、ツバキ

手を伸ばし受けとろうとした時、やすみはその鍵を泥水の中に落す。

月影　！

やすみ　螢ちゃん、あたしはこうしてガンさんの仕事を潰してしまったよ

泥水の水槽、いや諫早湾の水中へ、行方知れずになる鍵。やすみは人魚姫のように短剣を突き立てるが、その切っ先はじぶんに向かう。

やすみ　張って、ここに鱗を一枚（中略）下半身が心臓ですから

人魚の心臓、すなわち太腿を突き刺すやすみ。海を守るため、養父たちの仕事を潰した罪滅ぼしに。いのちを捨て、幻の人魚になり遂げるために……。

舞台の暗転ののち、彼女への思いを込めて「(ブリキの)ウロコ＝(丈夫な)心臓」を作っている螢一の背中が浮かび上がる。彼方に見えてくるのは、ギロチン堤防だ。その板の一枚が上がって、開門。失意の男のもとに、幻獣のように美しいやすみが近付いてくる。

4　探偵と謎解き

唐戯曲には、小さなせりふでも、ふざけたように聞こえる一言でも、何気ないものはない。縦横無尽な線によってぜんたいと結ばれている。

『泥人魚』は、諫早湾の干拓を背景にした多層の謎解き劇である。娘の生いたちと流浪の理由がしだいに暴かれ、ついに幻の人魚になり遂げる。一方、それを究明する月影たちのほうも、仕事の素姓が明らかになるのは終盤だ。登場人物たちの正体は伏せられたまま劇は進行し、それらが明らかになる過程そのものを唐は劇に仕立てた。あらすじで表現したように、「じつは」「じつは」と、実体が表れる展開ぜんたいが、ある種の大きな探偵的物語となっている。

ギロチン堤防を巡る対立も、「やすみ」の名で海を背負い、「つばき」の名で土建業に加担する、可憐な娘の来歴に組み込まれる。そして、「鍵」という小さな物体に両者の攻防を閉じ込め、紛失の謎とゆくえを追わせた。

さらに、本来なら謎解きが稼業の興信所調査員、二郎が、すすんで不思議を煽っている。彼のメモノートは暗号めいたことばで綴られ、そのひとくさりを解明しようとして、劇は錯綜する。「ヒトか魚か分らぬ女だ／そのウロコをはがさぬかぎり……」（傍点筆者）の力点、ウロコは、左記に記した通り、名指す内容がつぎつぎに変化する。貝がら、心、秘密、鍵のありか、人魚の心臓、……。それらすべてが劇中では「ウロコ」と呼ばれることで、曲解や脱線をもひき起こしつつ、二郎のそのくだりは自在に読み替えられていく。

　これに先立つ二〇〇二年の『糸女郎』では、糸というひとつの物体に、数多くの意味合いを与えることで迷宮が作られたが、本作では逆に、ウロコの一語が、多数の物体などに転位することで、その解釈が膨張する。いわば、「はじめにコトバありき」。唯言論的な戯曲と評していい。堀切直人は、「海のイメージが豊饒で、暗喩として全篇にちりばめられていて、作者の想像力はそれこそ水を得た魚のように生き生きと働いている」（『新編唐十郎ギャラクシー』二四三頁）と評する。

　子ども時代の唐は、江戸川乱歩の明智小五郎物に耽溺していたという。一九九〇年代には「カンテン堂シリーズ」[*5]として探偵役を唐じしんが演じる作品が綴られた。後述する『ジャガーの眼』をはじめ状況劇場時代も含めて、唐戯曲の大事なモチーフのひとつとして、歯切れのよいテンポと究明力を劇空間に授ける「探偵と謎解き」はある。『泥人魚』もまた、それが爽やかに活かされた作品である。

5　溢れる詩人たち

では、なぜ、登場人物たちは、ここまでことばに拘《こだわ》るのか。

じつは『泥人魚』には、左記のあらすじの上に、もうひとつの領域、一言でいえば、詩の次元も構築されている。唐はそれぞれの人物に詩を追いかけさせることで、心象的なレベルを拓き、世俗空間にはらりと被せている。

前述したように、登場人物の多くは、なり損ないやまだらボケも含め、それぞれ詩人か、あるいはその愛読者である。二郎は調査員で詩人、静雄もボケ老人で詩人、月影は秘書室長でその愛読者、静雄を慕う待子はそば屋の店員で彼の詩のファン。つまり、それぞれがこのような二面性を持つがゆえに、さきの奇怪な暗号文や葉書文は、執拗に読み込まれるべき「詩」そのものとも化していく。

二郎を巡って、静雄は螢一にこう問いかける。

静雄　教えてくれ、あいつの詩はどんなのあるか

「仕事を歌にして語ってくれる人」と月影の寵愛を受ける二郎のメモノートは、じつは「詩集」と言っていいのだろう。心の底では漁の仕事を慕い、その復活を幽かに期待するロマンチストでありながらも、ゼネコンの片棒を担ぐ皮肉屋の二郎。詩のレベルの中心と言っていい彼のノートは、そ

の心の屈折ゆえに深妙に紡がれる。彼がガンにもちかけた奇妙な賭けも、娘が「つばき／やすみ」の二つの名を持っていることを見抜いた上での巧妙なレトリックだった。[*6]

月影に鍵が返されようとする前掲の山場では、「星が落ちたな、螢一！　ここで、またでっかい星がマッサカサマだあっ。俺はこれが見たかったんだ／こうじゃなきゃ、生きてらんねえっ。ざまあみろ」とうそぶく。ことばの表面では、海の暮らしの失墜を嘲りながら、胸のうちでは悲嘆する男。反語的なせりふ回しが光る。人物の思いの裏までも唐はせりふにし得ている。

また一方、静雄と螢一はこんな会話もとり交わす。

螢一　ある時、ぼくはこう言った「あの鉄の扉（筆者註、ギロチン堤防）のバリアーは、たった一枚の、それも厚さ〇・二ミリのウロコがあれば抜けられる。そんな人魚の背につかまり、夢の中を泳いで行くなら」

静雄　螢ちゃん、それ詩になるよ

人魚が堤防を開けることを夢見る螢一の純朴な詩心は、終幕の伏線でもある。

さらに冒頭に引いた伊東静雄の誤読詩は、待子に諳んじられつつ、ひときわ印象深く劇空間にこだまする。諫早湾の原風景の凝縮であり、ヒトが魚に変化《へんげ》する本作を支える金言と言っていい。二郎、螢一、静雄、月影、待子、一人一人が詩に関わる顔をもち、それぞれが紡ぐひとくさりが、あたかもグランドオペラのアリアのようにつぎの展開を先駆ける。心に秘めた思いや景色を発散する。そして、この「詩の海」で、もっともリリカルな作品を、しかもからだで綴っているのが、やすみという人魚だろう。批評家の樋口良澄は神話的な芝居と位置付けつつ、「現代の働く現場の困難を、人魚という幻を登場させることで詩的に描いた」(『唐十郎論』一六三頁)と評する。『泥人魚』がもつ観念的な崇高さは、世俗空間の上に、はらりと重ねられた詩の領域、詩人たちの輝きによって招喚されている。

6　極小の海で

くわえて注目したいのは、劇における枠の設定。その「小ささ」について。

ギロチン堤防という社会問題を扱っていながらも、漁業と土建業の単純な二項対立を唐は周到に拒んでいる。公共事業という巨大権力へ投礫することが動機のひとつになった戯曲であろうが、大摑みな構図では扱わない。

まず、そもそもが虚構空間である舞台上で、東京下町に「諫早湾を作る」という二重の虚構を唐は仕組む。その狙いは、現場からむしろ離れることによって、「極小の海」を再構築すること。そこが湯たんぽ屋の店さきに過ぎないことを了解しながらも、芝居に惹きこまれた観客には、小さな水槽に海原を幻視する「想像力のレンズ」があることを唐は見抜いている。

しかも、集まる登場人物の多くは「元漁民」だ。海への思い入れを失っていないものの、土建業に鞍替えしたり故郷を捨てたり、対立する二項の両方を腑甲斐なく背負う。やすみもまた、かつては工作船員の養女だった。つまり、この「極小の海」にいるのは、胸に傷もつ海の民ばかりだ。さらに、船の鍵をゼネコン側に返すよう頼むのは、彼らの「いまの暮らし」のため。かつての漁民じしんが干拓にしがみつこうとする。二項対立で割り切れない人間たちに焦点を絞った唐は、いわゆるリアリズム演劇よりもさらに低い視線をつかみ、地べたに生きる者たちの複雑な本音を捉えた。

カタキ役の月影にしても、大手建設会社に属してはいるが、ただの秘書室長。権力者とは言えない。非の打ち所のない「善」、巨大な「悪」、いわゆる社会劇に登場しがちな正義の新聞記者、俗悪な代議士、姑息な大金持ちは、ここにはいない。「いまの暮らし」のために右往左往する者だけに枠付けされた、小さな世間。そこを唐十郎は選びとって、凝視する。

さらに、やすみの変身も、決して大きな飛翔ではない。思えば、状況劇場時代、唐十郎が李礼仙に当て書き[*7]した女主人公は、雌狼や大蛇など、イメージとしてもスペクタクルとしても強烈だった。ところが、この主人公は、ボラに似た魚。やすみという名は、切り身が安価だからで、「この女の肉は安い」とはやされる始末。いわば、雑魚《ざこ》なのだ。人魚に化身しても、海峡をつき破る大胆さはなく、諫早の地魚にすぎない[*8]。

唐は、本作によって、二〇〇〇年代的な新しいポエジーをしっかり摑んだのである。雑魚ゆえにこそ、おまえは泥海に棲む「泥人魚」だよと、それ固有の愛すべき特権性を見出した。健気な生き物のささやかな飛翔に気付いたと言ってもいい。

さらに、舞台という伸縮自在な空間では、小さな魚も麗しい水しぶきを放つこと、さらに、みずからの劇作術を駆使して切り取れば、それをも大写しで観客に感じとらせることができるということも……。確信を持って「いま」という活魚を、この劇作家は捕まえたのだと思う。「やすみ」を演じた可憐な藤井由紀の出世作。紅テントを背負う主演女優としては、おそらくもっともつましい体格に違いない。当て書きの手法をとる唐は、藤井をいかに描くか苦渋した時期もあったかもしれないが、彼女の存在が清冽な詩情を授けた面があろう。足に貼り付ける桜貝がこれほど似合う役者がいるだろうか。

7　釣りと老人

唐十郎じしんが演じた「伊藤静雄」、この魅力的な人物についても記したい。ぼろ半纏を着たボケ老人が、六時の鐘と同時に、タキシードに身を包むギンギンの詩人に脱皮する。

単行本所収の唐によるあとがきに、諫早市に取材に出かけた折、新聞社の通信局で一冊の詩集と出会ったとある。それは、上村肇『詩集　浦上四番崩れ』。

わたしも入手し、巻末の略歴を見ると、上村は明治四十三年生まれ、詩集の刊行当時は、伊東静雄顕彰会の代表だった。作品を読みはじめると、本屋の店主でもあるとわかる。ひとを喰ったところがなかなか面白く、散文詩「老人と釣り」にたどり着く。

それは、毎日休むことなく、釣りざおを肩に本屋の前を通りすぎる老人の話。声をかけたことはなかったが、上村とその妻は、その老人のことをよく話題にしていた。そんなある日、冬の河原で彼を見かける。

老人は黒い雨具を身につけて、釣りをしていた。一見、そう見えた。枯れ芦の繁みの中に腰をおろし、古びた釣りざおを手にしていたが（中略）、釣り糸の下は水面でもなく、石をまじえた平凡な野の空き地であった。老人は目を閉じて半睡の状態のようであったが、気配に気づくとにぶい目をひらいて私を見、そして元の姿勢に返った。そしてその時、少しばかりさおを上げた釣り糸の先にはもちろん、えさもなく、釣り針もついていなかった。（九二頁）

伊東静雄の門下であった上村肇という「詩人」と、その作品中の「ボケ老人」を合体させたのが、もしや本作のユーモラスな「伊藤静雄」でなかったか。釣り好きな唐が、その少年時代、路上の小さな水溜まりで釣りをしようとした話はよく知られているが、恍惚のひとが垂らす糸さきにも、想像力の「極小の海」。そんな人間の頭のなかに分け入るところから、この幻想詩劇は開かれたのかもしれない。

堀切直人は、本作の冒頭で浦上天主堂が触れられているのを踏まえつつ、唐十郎がこれを手がける前、原発問題をとり入れた戯曲も構想しかけていたことを明かしている。「浦上」を姓に持つ螢一が、天主堂が炎上する夢にうなされる場面があるが、それは原爆の残像なのだった。

東日本大震災と福島第一原子力発電所の事故から十年余。原発再稼働や巨大防潮堤の建設を文学によって考えるためにも、「いまの暮らし」に翻弄される民たちを切り取った戯曲『泥人魚』がもたらす示唆は豊饒である。

註

＊1　伊東静雄の原詩「有明海の思ひ出」で唐の引用と重なる行はこのようである。「無限な泥海の輝き返るなかを（中略）／如何にしばしば少年等は／各自の小さい滑板《すべりいた》にのり／彼《か》の島を目指して滑り行ったださう／あゝ　わが祖父の物語！／泥海ふかく溺れた児らは／透明に　透明に／無数なしやつぱに化身をしたと」。坪内も指摘しているように、父祖の地を強調する伊東の原作に対して、唐の「誤読詩」は「見えない島」という彼方へ開かれている。

＊2　伊藤静雄の詩を愛する「待子」が、駅前の古本屋で、伊東静雄の本を読んで覚えたとして、劇中でその誤読詩「有明海の思い出」は諳んじられる。

＊3　『唐十郎　特別講義』のなかで、唐は東京か大阪かとふくみのある言い方をしているが、諫早から大阪、名古屋を経て東海道づたいに上京する螢一の友人が登場するので、東京で間違いないだろう。

＊4　二郎は諫早を去るとき、その義眼を奪ったため、ガンは片目に眼帯をして登場する。彼のその義眼は、海の記憶を宿す物体として劇中でとり交わされ、大事な小道具にもなる。

＊5　『桃太郎の母』（一九九三年）や『裏切りの街』（一九九五年）などがその代表作である。

＊6　その賭けは、「二郎がつばきを浴びること」と「ガンがやすみを（水）浴びさせること」の交換だったが、娘の素姓が明かされて「つばき＝やすみ」とわかれば、ことばの上ではほぼ等価なのである。

＊7　「当て書き」は唐戯曲の代表的手法のひとつで、演じる役者をあらかじめ決めて書くこと。その役者の声や語り口、身ごなしなどの個性が、劇中人物と相乗し合う。

＊8　『諫早少年記』の著者、浦野興治によると、ぼらの一種で目が赤いのを諫早ではやすみと呼ぶのだという。真水と海水が交わるところに生息しているため臭いということで、一般には安く売られているが、刺身にするとうまいそうだ。

戯曲『泥人魚』参考書誌

収録：唐十郎『泥人魚』（新潮社、二〇〇四年）

再録：『唐組熱狂集成』（ジョルダン株式会社、二〇一二年）

資料

杉本秀太郎編『伊東静雄詩集』（岩波文庫、一九八九年）

上村肇『詩集　浦上四番崩れ』（山口書店、一九九二年）

浦野興治『諫早少年記』（風媒社、一九九九年）

坪内祐三「伊東静雄と伊藤静雄の間に　唐十郎『泥人魚』」『波』二〇〇四年五月号（新潮社）

堀切直人『新編唐十郎ギャラクシー』（右文書院、二〇〇七年）

樋口良澄『唐十郎論――逆襲する言葉と肉体』（未知谷、二〇一二年）

唐十郎著、西堂行人編『唐十郎　特別講義――演劇・芸術・文学クロストーク』（国書刊行会、二〇一七年）

二〇〇三年唐組春公演『泥人魚』

〈演出〉唐十郎

〈配役〉やすみ（藤井由紀）、浦上螢一（稲荷卓央）、伊藤静雄（唐十郎）、腰田（近藤結宥花）、踏屋（夜）（鳥山昌克）、しらない二郎（田村文彦）、月影小夜子（赤松由美）、夕ちゃん（久保井研）、魚主（辻孝彦）、ガンさん（コビヤマ洋一）、待子（真名子美佳）、ほか唐組役者陣

Ⅱ 宝箱篇

唐版・卒塔婆小町
——『虹屋敷』
二〇〇二（改訂版）

1　どん底の巷で

田口　僕の会社はイカリ消毒株式会社です。イカリは、いつも所長がカンカンになっているからではありません。都会に浮かぶ幸せの船の、イカリのように（中略）。僕たちは、只、害虫を殺しているわけではない。なんのいいこともないこの都会を守っているわけでもない
サブ　じゃ、なにを守ってんの（中略）。都会を守っているわけでもないのに、こんなことしてたら、趣味かよ
田口　ええと
サブ　小動物殺すサディストかよ
田口　僕の箱庭、あなたの箱庭、いつかいっしょに暮す箱庭、それを守るためでありましょう

（『虹屋敷』冒頭のせりふより）

舞台は、浅草周辺と思われる東京の裏町。ゴム長をはいて側溝を右往左往している作業員は、手に消毒ノズルを持ち、顔には大きなマスク。初演は一九九二年、大幅に二幕を書き直した再演さえ二〇〇二年だが、まるで新型コロナウィルスがはびこる災禍のなかのようでもある。

さらに、その感染に打ちのめされた巷に似て、消毒作業員、キャバレーのホステスなど、町の片隅で働く登場人物たちは、貧窮のなかにある。借金返済に喘ぐ者、金貸しから揺すられている者、すでに自己破産した者……。そのため、リンチまがいの暴力も横行する界隈では、男たちの生傷、女たちの悲鳴が絶えない。どれだけ消毒しようが、ドブねずみも減らない。戯曲『虹屋敷』は、唐十郎による「どん底」芝居と言っていいだろう。かつて東京の三大貧民街のひとつと言われた下谷万年町[*1]に生まれ育った唐が、当世の若者群像を通して、新たにそれと向き合った作品だ。本稿は、二〇〇二年上演版を底本とする。

そこで、唐は問いかける。悲惨に押しつぶされても壊れることのない自己とは何か、破産しても破壊されない財産とは何か。

その問いをめぐって、底へ、底へと謎めきながら旋回していくこの戯曲は、終幕、その解らしきものへたどり着いたとたん、一気に逆回転をはじめる。それまで散りばめられてきた謎めいた断片やせりふの行間がにわかにつながり合い、そうすることで、もうひとつの劇空間を幻として浮上させるのだ。虹のように。

唐十郎の芝居の多くは、一種の変身劇と言えるのだが、本作の斬新さは、終幕の一瞬で、物語じたいにアクロバティックな宙返りをさせること。主人公は、消毒作業員の男、「田口」。彼の喜劇的な変装も目を引く芝居ではあるのだが、むしろそれを方便にして、影の主人公である老婆に、極太な抒情の一本線を貫かせる。そして、その思いを梃子《てこ》に、物語じたいの劇的変身を唐は仕掛ける。

2　ねずみの浅知恵

一幕の舞台設定は、歓楽街の裏道に流れているドブ周辺。下水溝に棲み付くねずみを、毒薬を使って駆除する会社「イカリ消毒」に勤める男、「田口」は、同僚の「サブ」に、ある頼み事をしてある。それは、失踪した職場の先輩、「虹谷」の多額の借金を肩代わりするため、彼の口座にじぶんの金を振り込む手続きだ。殺したねずみの死骸は素手で掴むものだと力説し、独自の殺生哲学を諭した虹谷への敬意もあるが、その妹で、キャバレーに勤める娘「かをる」が被る負担金を、田口は軽くしてやりたいのだ。バニー・ガール風な黒レオタードで、長い耳ならぬ、丸い耳を頭に付け、「ねずみのコンパニオン」として働いているキャバ嬢に、彼はゾッコンなのである。

しかも、この界隈は、はだけた胸や乱れ髪でしばしば女が飛び出してくる危険な町。ヤミ金融もはびこり、恐喝やレイプを屁とも思わぬチンピラ「トンボ」や整理屋「村雨」に牛耳られている。

ところが今月、田口は、肩代わりしたい金額の半分しか入金できなかった。じつは、振込を頼まれたサブが、じぶんの恋人にその半分を回してしまったのだ。満額を求めて、虹谷の返済を代わってしている人物を探しにくるトンボたち……。見かねたかをるは、じぶんの給料袋を田口にさし出すが、借金は到底片付かない。
そこで、彼女は、兄は失踪前に自己破産を準備していたと、田口に打ち明ける。とり立て地獄から逃れるために、兄に代わって申請したいが、それをじぶんがすると、人生を降参した引け目を兄に負わせてしまうと案じる。惚れた女の苦悶の前で、型破りな妙案を田口は思い付く。それならば、じぶんが虹谷に扮し、なり代わって自己破産を申告すればいい、と。

田口　僕は他人のために自己破産するんです。虹谷さんは、もう一人の僕のために自己破産させられてしまうんです
かをる　そうです
田口　ということは、僕は自己破産しないのです。彼も自己破産しないのです
かをる　え
田口　誰も現実に自己破産したことになりません
かをる　分りません、田口さん、とても論理的なようですが
田口　化けた僕だけが、自己破産するんです

「化けた僕」、すなわち架空の存在だけが破産を実行するので、虹谷も、田口じしんも何ら引け目を追うことにはならないという詭弁だ。いかにも唐らしいが、劇作家はここで、「ほんとうの現実」を謎かけてもいるのである。書類上の破産は、じつは、人生の深層にはさほど影響しないという底

意が潜んでいる。それはやがて別の展開へも繋がる。

二幕は、喫茶店が舞台。虹谷にすり代わるため、長髪のカツラを被り、度のきつい眼鏡をかけ、出っ歯の入れ歯をして変装した田口は、その日、裁判所で行われる破産申し立ての審尋を前に、かをると打ち合わせをしている。だが、申告を補助する弁護士やヤミ金融屋の詮索によって、虹谷には隠し不動産の噂があることが浮上する。

それは、年の離れた「轟夫人」なる老女と恋仲らしき関係にある虹谷が、その女の豪邸を相続できる立場にあるという噂だ。万一、本当なら申告は通らない。裁判所での対処を考えているところで、虹谷に金を貸した村雨が乱入する。

そして事態が紛糾するなかで、その屋敷の実体に拘る村雨が、それを見せるなら破産への不服申し立てを取り下げてもいいと迫った矢先、もう一人の虹谷が現れたという知らせが飛び込む。田口の扮装のウソはばれ、それは法の罰則行為だと糾弾する弁護士。すると、すべてを仕掛けたのは、田口のひとの良さに付け込んだじぶんだと、かをるは言い放つ。

かをる　けしかけたのは私です。兄に化け、自己破産の申請をしむけるように。あの方の性格、もろさを打算した上で（中略）。あたしは（中略）、兄に育《はぐく》まれ、兄が殺さずに生かした只一匹のメスねずみ……（中略）。そしていつか笑っていました。人間界のことなどは。破産しても痛くない。兄の代りに誰かを利用してもかまわない。それは私達の敵だから……とあちこちにねずみ殺しの罠が仕掛けられた町。だからこそ、どれだけ消毒されようが、最も大胆に闊歩していたのは、小賢しい雌ねずみだった。男を騙してなんぼの女。破産なぞ痒くもない。不潔なねずみを駆除する清掃業の男が、それゆえ、ねずみ姿のしたたかなキャバ嬢に悩殺され、翻弄される。小動物と小娘を繋げながら、唐は借金地獄の汚穢の巷へそれらを放ち、一人の男に追いかけさせた。だが、そんな貧者どうしの駆け引きの上に、さらなるどん底の女「轟夫人」の物語が被さると、ねずみ娘の浅知恵は、劇の片鱗としてつましく沈んでいく。この娘の何十年か後でもあるような老女の叙情に、飲み込まれてしまうのだ。

3　花のような屋敷

自己破産をめぐる前述の展開が、当事者の虹谷を欠いたまま、田口が代理して進行するのと同じように、「轟夫人」もまた、田口や村雨によって語られる耳の世界ばかりにいて、姿を現さない。かわりに、虹谷に変装した田口が、さらにその女を演じてみせるという込み入った方法で、面影だけが喜劇的に現れる。唐が戯曲に散りばめた断片から、その女の来歴をまとめる。

虹谷と轟夫人のなれ初めは、駅前で倒れていた老女を、虹谷が介抱して屋敷まで送っていったこと。それから、彼女は年の離れた男を駅で待つようになり、いっしょになったらじぶんの屋敷はともに使える、と……。虹谷の失踪は、金策のこじれだけでなく、二人の婚約指輪を「屋敷の湯舟に落としてしまった」と嘆く夫人のことばをうけて、探しに出たためでもあった。

そして、その隠し不動産のような屋敷の所在を、金貸しの村雨が追求するなかで、轟夫人とは、戦後まもない浅草フランス座で、額縁ヌードで鳴らした踊り子、「浅草ローズ」のなれの果てらしいことが明らかになる。

全盛期の彼女には、東京裁判の戦犯から首相にのし上がった岸信介さえ入れ込んでいたという。黒いキャデラックに乗ってショーを見に来た岸は、ローズにからだの関係を持とうと迫るが、女は見返りを要求。そこで、ある屋敷の前で車を止め、「これをこれから私達の物と致しましょう」。つまり、虹谷の隠し不動産と目される物件は、元首相から贈られたもののようなのだ。

往時のローズが演じたストリップショーを、男の虹谷（じつは出っ歯を付けて変装した田口）が、シュミーズ一枚で踊りながら再現しようとする場面は、男と女、美と醜が撹拌された本作の見せ場のひとつだ。彼女と懇意になった失踪前の虹谷当人も、「その屋敷があるかぎり、恐いものはない」と周囲に漏らしていた。

だが、バラのアーチさえあるというその邸宅の構えは、どうも尋常ではない。知らせによって、警察に突き出されていたことがわかった本当の虹谷は、二人の指輪を探して、屋根を突き破ることなく空から落ち、湯舟に飛び込んだというのだから。

インチキの変装がばれ、虚偽の破産申請が頓挫し、騒動が静まっていく終幕、じつは虹谷から聞いていたその屋敷の「実体」を、出っ歯をはずした田口はようやく語り始める。

田口　ゆっくり、しっかり、その輪かくを見せてくる（中略）。その朽ちた家の中へ、……先ず、花湯の入り口からのれんをくぐって、なにも破壊することなく、空気だけを突き破り、八両の箱車が、高い空の中に蛇行するレールの上で轟音上げて駆け降りる。黄色い声音の悲鳴と叫び……（中略）

浅草ローズは、それをもらったと言いました。駅前で倒れていたのを、虹谷さんに抱き起こされ、連れて帰ってと言いました。そのお屋敷へ。そして、そこで、共に暮らそと言いました。その屋敷の湯舟、女湯の深い湯舟には、婚約指輪も眠ってるからと。暮らしきれない屋敷に困り、兄さん、あの虹谷さんは、それそっくりのお屋敷つくってみせました。「ほら、これを眺めていると、この中を僕らが歩き、寄り添っているようじゃないですか」とも言いました。そのお屋敷の、今も台東区のあそこにあるお屋敷の雛形、模型がここにひっそり眠っています（中略）

ダンカン　言ってくれ、そのお屋敷は（中略）

田口　浅草の

皆　浅草の？

田口　花屋敷

風呂敷を開き、テーブルの上に遊園地の模型を置く田口。その屋敷とは、浅草・花やしきのことだったのだ。それをじぶんの邸宅と思い込むほど常軌を逸した、老ストリッパーの白昼夢。

その遊園地の古めかしいジェットコースターは、実際、作り物の下町風景のなかを走る。せりふが描写している通り、「花の湯」と看板のある風呂屋のセットは、箱車が通過できるよう、たしかに屋根がない。

4　虹のような屋敷

すると、その夢の切ない叙情のなかで、戯曲は猛烈な勢いで逆回転をはじめる。屋敷にまつわる逸話のすべてが「ウソ」だったと明かされたことで、終幕まぎわ、これまでのせりふの裏側がせり上がり、遊園地の箱庭の向こうに、もうひとつの屋敷、もうひとつの物語が、うすうすとほの見えてくるのだ。

それはこうだろう。

花やしきに隣接する空き地には、段ボールの家があった。一人の老女がそこに住み付いていた。皺だらけの顔を覗くと、なかなか彫りが深い。昔は美人だったろうと思わせる彼女は、界隈のひとに「轟夫人」と渾名される。

「あのホームレスのばあさん、じつは、額縁ヌードで鳴らした「浅草ローズ」だってよ」「一世を風靡《ふうび》した女はかえって惨めだねえ」と囁く人も。噂には尾ひれが付いて、「全盛のローズはすごい色気で、戦犯の岸も出獄してすぐ見に来たらしいよ」「なかなかジッコンだったって」「じゃあ、お屋敷のひとつももらったかい?」。

もちろん、岸の妾になったこと、まして豪邸をもらったことなどありはしない。ショーを見に来たのさえホラ話だろう。だが、からだを売って稼いだ時代もあっただろう老婆は、世間に虐げられていればこそ、すすんでその噂を纏いはじめる。いつしか、「轟夫人」になり切ってしまうのだ。隣の遊園地をじぶんの館に見立てて。

「とうとう頭もイカレちゃったね」「岸にもらったのは、あの花やしきだってさ」。

ある日、駅前の路上で倒れたものの、きつい臭いのそのからだに関わろうとする者はなく、清掃業の虹谷は見かねて助ける。そして、その箱の家まで送っていくが、「花屋敷でいっしょに暮らそ」という老女の思い入れに、むしろ心を動かされてしまう。

落ちぶれ果てた女が、そのどん底でさえ夢を見ている。同じように暮らしに詰まった虹谷は、だからこそそこに深みを見出し、女の夢に寄り添ってやりたい思いに駆られてしまうのだ。そうして、世話をはじめた男は、指輪がほしいという願いをかなえようとする。

終幕、舞台奥に、虹谷からビー玉の指輪を受けとる老いたローズのシルエットが浮かぶとき、テーブルの上の小さな模型に虹がかかる。ローズの幸福な心のなかには、さらに美しい七色の花咲く屋敷がそびえているだろう。唐十郎は、「虹屋敷」としてそれを宙に浮かばせ、舞台を見つめる観客の目蓋のなかにも投射する。

ただし、左記の物語はせりふとしては語られない。唐は、このような内容を戯曲の基層に置きつつも、噂や伝聞として屋敷があたかも実在するように登場人物たちに騒ぎ立てさせ、しかも最後に「ウソだ!」と引っくり返すことで、ローズの暮らしと心の住いの実体を、暗に、浮かび上がらせたのである。

火のないところに煙は立たぬというが、唐が試みたのは、煙だけを描くことで火を暗示する手法。このようなことばのアクロバットとも言うべき離れ業ができる書き手を、わたしはほかに知らない。せりふという話し言葉が孕む「噂」の力と働き、その転倒しやすい虚実が、最大限に活かされた。

劇中、経済破綻した人間たちの集団、「テンプル騎士団」と名乗る面々が、

魚骨　破産しても自己をなくすわけじゃありません。最終的に
恥骨　なにも残らないと言われても
魚骨　残している何かを
恥骨　ありますか

と、問いかける場面がある。金も不動産も、いや借金さえももち込めない最終的なじぶんの場所。破産しても、正気を失ってさえも、「残している何か」があるのか。物語じたいの変身という妙技で、唐が浮上させた虹色の空中楼閣は、浅草ローズの終の住処と言っていい。どれほど零落しようと、破産することのない最終的な住まいを、この女は「じぶんの現実」のなかで握っている。

ローズという名に、画家の棟方志功も入れ込んだという有名なストリッパー、ジプシー・ローズが踏まえられているのは言うまでもない。ただし、人気が下火になってからの彼女はアルコール中毒を患い、三十二歳で早世している。また、第二次世界大戦中、日本軍が連合国の前線向けに行った謀略宣伝放送の女性ラジオアナウンサーは、アメリカ兵によって「東京ローズ」と渾名されてい

た。その一人と見なされた日系アメリカ人のアイバ・戸栗は、戦争直後、反逆罪容疑で、岸と同様の巣鴨プリズンに収容される。のちに、彼女の名誉回復は図られたが、唐は、その「東京」に対抗して、「浅草」のバラは何かを問いながら、本作を着想した面があったに違いない。

また、『虹屋敷』の物語から、『ヨコハマメリー』という映画にもなった横浜・伊勢佐木町の老娼婦を思い起こすひともあるのではないだろうか。戦後しばらくは米兵相手の誇り高きパンパンとして鳴らした、通称「メリー」の周りには、横浜の山手に豪邸があるとか、皇族の末裔であるとか、ガセとわかりきった噂が漂っていた。老いて客が取れなくなってからは、雑居ビルの廊下に寝泊まりしていたが、行きつけの美容院では、最愛の将校にもらった指輪をなくしたと嘆き、しばらくすると、あったのよ、と嬉しげに口にしたとも。

敗戦後の闇社会を生き、それを貫いた女が、もはや都市伝説と化した噂を引き受け、虚実の境い目を越えてなり切っていた例は、唐が馴染んだ浅草という花街にもあったに違いない。

5　明るい闇

李礼仙に当て書きしていた状況劇場時代の唐十郎は、『あれからのジョン・シルバー』ではダンスホールのダンサー、『ベンガルの虎』では戦時中の南洋で働いた娼婦の遺児など、敗戦の闇を引きずる女を数多くものした。当世の東京下町で裏方稼業に就く若者群像を描きつつ、その遠景にかつての女を「影」として際立たせた本作は、前述した『透明人間』と同じように、いまの若者に

「代理」をさせる手法で、唐が追求し続けてきた「焼け跡」を浮かび上がらせたと言っていい。そうすることで、現在に戦争直後という歴史が招喚された。

「焼跡の空がギリシャの空よりも青かった」[*2]という名せりふのある『あれからのジョン・シルバー』の執筆意図を、当時の唐は「黒澤明監督の映画『酔いどれ天使』にもみられる敗戦直後のあの異様な〝明るさ〟とは一体何だったのか、それを形而上劇として構成してみたいと思った」（『唐十郎全作品集　第二巻』三四六頁）と書いている。「むやみに明るかった闇」とも評されるそれは、居直って路上に立ったパンパン、米軍キャンプやナイトクラブ、ストリップショーで稼いだ女たちがまず象徴したが、日本研究者のマイケル・ボーダッシュは、その著書『さよならアメリカ、さよならニッポン』で黒澤明の『酔いどれ天使』を考察し、身を揺すりながらクラブで情熱的に歌う映画内の笠置《かさぎ》シヅ子を、肉体の解放と位置づけながら、そのシーンについてこのように分析している。

「笠置による〈ジャングル・ブギー〉のパフォーマンスは脅威をもたらす――抑制の効かない、破壊的な衝動を呼び起こし、松永（筆者註、三船敏郎扮する主人公のやくざ）から男らしさを奪おうとするのだ（中略）。占領は国家の去勢につながるというイメージや言説は、この時期、特に男性たちによる作品のなかで、決して珍しいものではなかった」（二八頁）。

　浅草ローズの屋敷にまつわる逸話のすべてがホラであるなかで、その贔屓として唐が岸信介を敢えて選び、ストリッパーに接近させたのは、このあたりと繋がっているのではないか。劇中、岸のふりをした金貸しの村雨は、このように語る。

老人　岸です。昭和の妖怪・岸信介と申します。よく通ったフランス座、その頃、彼女……浅草ローズの股の向うに私を置いてけぼりにした時代が世界がほの見えた。まぶしく輝き……と申しても、時代は私を置いていったが、遅ればせながら時代にケジメをつけたのも私です。〈日米安保条約〉を締結さしたのは、ぼくなんですから（中略）

田口　安保条約取り消して

岸　隠れられるものならばアメリカの傘の下にちぢこまろう。そう教えてくれたのはローズ、きみの肩にかかった、今にも落ちそなシュミーズが風にそよいだ時だった

むやみに明るかった闇の女たちのからだは、実際の客が日本の男たちであったとしても、瞳の輝きは太平洋の彼方へ向こうとしていた。だから、その名も、ローズやメリーを引き受けたのだろう。条約締結を、むしろ言うも愚かに感じている最底辺の女たちの冷めた目線。彼女たちにしてみれば、日本の去勢はとうに済んだこと。さまざまな角度から捉えることのできる日米安保条約に、このように見透かした女たちの視線もなり立ち得ることを、喜劇的なヌードショーを通して、唐はさし出したのだと思う。

一九六〇年の反安保闘争のデモに、明治大学の学生だった唐が加わったことは、樋口良澄監修『「実験劇場」と唐十郎 1958-1962』に詳しい。そして、条約の自然承認によって運動が退潮していくなかで、明大の学生劇団、実験劇場の有志は、現実の生活者に分け入ることを思い立つ。茨城県の農村に向かった彼らは、稲を干す木材と筵《むしろ》で作った仮設舞台で芝居を打つが、そのとき、唐は、

かしこまった劇場ではなく、こういうかたちの芝居がやりたかったと周囲に漏らす。[*3]
この体験がのちのテント興行の原点のひとつになっているのではないかと樋口は指摘しているが、安保闘争の挫折とその後の試みは、唐にとって、右翼・左翼の範疇に拘泥せず、できるかぎり地べたに近いところにある攻撃的な目線から、市井を見つめ直すことを気付かせもした。その条約と絡めた本作の額縁ショーの場面は、青年期の葛藤が込められた深妙さを孕む。
その唐が演じたのは、借金返済に苦しむ正体不明のバレリーナ「ダンカン」。彼はこう言う。

ダンカン　水が、水であることに耐えられません
臼羅　なに
ダンカン　満月が満月であることに
臼羅　ちょいまち
ダンカン　毎日が毎日であることに僕が僕であることに、あんたが、あんたでおさまっていることに
臼羅　なにしにきた
ダンカン　だから、なにしにきたのか分らないんです

もはや存在にも時間にも耐えられない。名も国も営みも持ち物も、ことごとく捨ててしまった恍惚と衰弱の果てで、老女の目蓋にほのかに浮かび上がる虹色の屋敷。最後に残るのは、あやふやな

それだけ。だが、彼女はそれを握りしめている。

あなたにはありますか――。唐版・卒塔婆小町を通して、確かな何かがあると思い込んでいる観客に、唐十郎は揺さぶりをかける。財産も地位も衣装も持ち込めない今際《いまわ》の瞬間、あなたは鮮やかな屋敷に包まれることができますか。

『虹屋敷』は、むやみに明るかった闇の女たちへのレクイエムとも言えるだろう。

註

＊1　現在は東京都台東区北上野の一部になっている、旧町名・下谷万年町二丁目の長屋で唐十郎は誕生した。映画監督の父・大靏日出栄、母・ミネの次男。本名は大靏義英（「大鶴義英」と署名することもある）。

＊2　『唐十郎　特別講義』等のなかで、三島由紀夫のエッセイ集『太陽と鉄』から、このようなイメージの霊感を得たと唐は述べている。

＊3　冊子『「実験劇場」と唐十郎 1958-1962』所収の樋口良澄による解説文中には、永堀徹（茨城の農村で打った公演の作者）のコメントとして、「大鶴君はマントのような衣装を着てビラを配ってまわり、帰ってきて舞台ができあがっているのを見て、『こういう形で芝居をやりたかったんだよ。帝劇のようなかしこまった劇場じゃない、観客との距離が近い舞台で』と語っていたのが印象に残った」（一七～一八頁）と記されている。

戯曲『虹屋敷』参考書誌

二〇〇二年上演台本収録：『唐組熱狂集成』（ジョルダン株式会社、二〇一二年）

資料

唐十郎『唐十郎全作品集　第二巻』（冬樹社、一九七九年）

上坂冬子『東京ローズ――戦時謀略放送の花』（中公文庫、一九九五年）

紀田順一郎『東京の下層社会』（ちくま学芸文庫、二〇〇〇年）

井上ひさし／こまつ座編著『浅草フランス座の時間』（文春ネスコ、二〇〇一年）

黒澤明監督映画DVD『酔いどれ天使』（東宝株式会社、二〇〇七年、映画公開一九四八年）

中村高寛監督映画DVD『ヨコハマメリー』（レントラックジャパン、二〇〇七年、映画公開二〇〇五年）

マイケル・ボーダッシュ著、奥田祐士訳『さよならアメリカ、さよならニッポン――戦後、日本人はどの

ようにして独自のポピュラー音楽を成立させたか』（白夜書房、二〇一二年）

唐十郎著、西堂行人編『唐十郎　特別講義——演劇・芸術・文学クロストーク』（国書刊行会、二〇一七年）

樋口良澄監修『「実験劇場」と唐十郎 1958-1962』（明治大学唐十郎アーカイヴ、二〇二〇年）

二〇〇二年唐組秋公演『虹屋敷』

〈演出〉唐十郎

〈配役〉田口（稲荷卓央）、かをる（藤井由紀）、名月弁護士（赤松由美）、村雨（田村文彦）、サブ（久保井研）、ダンカン（唐十郎）、酔客の弁護士・宇都宮（中袴田克秀）、ユリコ（真名子美佳）、ほか唐組役者陣

※二〇一二年秋には、「唐十郎＋久保井研」の演出として、二〇〇二年上演台本が唐組で再演された。

人形が人間になるとき

——『夜壺』

二〇〇〇

1　冷たい肌

〽あなたのその手は
あなたの手により
あなたも知らない
誰かの手に
代る
でも
あなたはきっと
思い出せない
それがいつ

そうなったのかを

（織江の劇中歌）

唐十郎が敬愛する作家として泉鏡花や夢野久作、ゴーゴリ、アンドレ・ブルトンらが挙げられるが、十九世紀ドイツの幻想作家、E・T・A・ホフマンもその一人だ。一九七〇年代半ばの状況劇場の戯曲『下町ホフマン』では、人形と心中しかけて記憶を失った両性具有の主人公が「ホフマン」と名付けられるが、この芝居『夜壺《やつぼ》』は、ゼンマイ仕掛けの自動人形、オリンピアに恋する男を描いたE・T・A・ホフマンの小説『砂男』等を下地にしながら、人形と女と男の不思議な三角関係を描く。

初期の唐の代表作『少女仮面』では、腹話術師の男とその人形、そしてその妻の縺《もつ》れた関係が描かれ、また『下町ホフマン』のみならず、『ジョン・シルバー』『吸血姫』、前述の『風のほこり』、後述の『ジャガーの眼』等でも、人形は重要な役割を果たしているが、ホフマンと同様、唐もまたそれに独自の拘りをもっている。

美しさと無気味さが同居した存在、人形。状況劇場の役者だった時期のある人形作家、四谷シモンとの対談では、空襲の記憶をじかにはもたずに焼け跡で育った世代だとじぶんを捉えた上で、このように語る。

唐　人形の冷たい肌ってのは、僕ふうに思い出すと、たとえば、僕の少年時代っていうのは（中略）、焼け跡に、よく匂いガラスっていうのがころがっていたんです。こすると、甘ずっぱいリンゴの匂いがするんですよ。それは飛行機の風防ガラスだったらしくて、だから、それを知ってる人には不吉なものだけれど、僕たちにとっては（中略）、現実の体験とか痛みとかを超えて、いわば夢の季節にそんなものを持ちこんじゃう。つまり、非常に夢遊病的な世代だったって気がする。（中略）そんなところから人形の肌っていうのを考えると、まだこすられたことのない、風防ガラスの破片というふう（後略）。

（『乞食稼業』一一二～一一三頁）

唐にとって、人形は、むしろその肌の冷たさゆえに、現実やそれが抱える不吉さを越えていく硬質な媒体のようだ。触れる者を夢遊病的な芳香の世界に誘《いざな》って……。『夜壺』の劇中では、中心人物の一人「有霧《ありぎり》」に、人形に触わる感覚を、「蠟のような、その冷たい感触は、ただ冷たいんじゃない。ただ一瞬の膜なんだ。それを過ぎたら、温《あった》かさが通い合う」と語らせるが、びくっとする冷感があればこそ、むしろ人形に心惹かれ、夢想のぬくもりが注がれる。

さらに同じ対談で、人形師、人形作りについてはこう述べる。

唐　人形作りってのは、作ってしまった人形に、おびやかされるみたいなところがあるんじゃないかと思うんだ。（中略）作りあげた人形におびやかされる、そういう時間がたいへん好きだというようなところが人形作りにはあるんじゃないか（中略）。冷たい肌を五万と作りたい、次々と作っていって、最後には群が出来あがってくる。自分の、こねあげる技術でもってあるものを造形化し、そしてそれを見る、見たって相手はなにも言わない、そのやり口ってのは、多分にファシスト的ですね。ただもうこれは逆説的なファシストで、今度は逆に（中略）、およびやかされる側にまわるわけだけどね。

（『同』一一九頁。傍点筆者）

ファシストのごとき圧倒的な創造者であるがゆえに、人形に逆襲され、互いの境界線で動揺し続けるのが人形師ということなのだろう。人形が仕向けるマゾヒズムを愛せる人間と言ってもいい。『夜壺』は、このような独特な感覚を持った唐十郎が、人形と人形師の関わりを問いかけながら、二〇〇〇年代戯曲では珍しい濃厚な恋愛劇をしたためている。

2　幻想の痛み

人形と人形師である女主人公の関係がどのように描かれたかに焦点を当てながら、すじを追ってみたい。唐は、そこに不思議な「合体」を立ち上げ、濃やかな情愛を通わせる。

舞台は、倒産寸前のマネキン製作所、「奈田マヌカン」（劇中、その展示人形はマヌカンともマネキンとも呼ばれる）。「ゼルヴェンティーナ」「ヴェロニカ」等、ホフマン小説の登場人物名を、一体、一体に名付け、その物語をマネキンに宿らせようとする女工員「織江《おりえ》」が本作の主人公である。B級の展示人形であればこそ、芸術品なみの思い入れを注がせるのも唐らしいセンスだろう。[*2]

だが、無惨にも、その工房では在庫の廃棄処分が開始される。そこで、丹精したマネキンと工房を救うため、敷地を買い取った大手靴店「ミラノ」に交渉をはじめた彼女は、その企画室員「香戸利」に掛け合う。

織江　向う（筆者註、香戸利）に会って、あたし言われた。それじゃ、そんなに売り込む気合いなら、（中略）靴に似合う、うちの売る靴に合う

有霧　はい

織江　足つくれ（中略）。それも即製の、出来合いのモデルでなく（中略）、あたしの足で

（傍点筆者）

マネキン工房が靴屋と共存して仕事を続けたいなら、ショーウィンドウの靴を飾るための「足」を、じぶんのそれをモデルに作れ。香戸利にそう言い渡された織江は、足の部分を際立たせるため、首なしのマネキンをじぶんを模して製作。ホフマン小説の自動人形から名をとって「オリンピア」と命名する。[*3] つまり唐は、窮地にある人形師に、不完全な分身のような人形を作らせた。

一方で、織江は、マネキンの廃棄処分がきっかけで清掃局員の男「有霧」と知り合い、二人は互いに惹かれはじめる。彼のもとの仕事は小さな靴屋の店員だった。その店が潰れる前に同僚が作った「伝説の靴」とは、左足は女物のハイヒールで、右足は大きな紳士靴という奇怪な一組だったが、ハイヒールの方をオリンピアの片足に履かせると、

織江　これは、人形うごかすいい機会かもしれません（中略）

有霧　織江さん、これ（筆者註、片方の紳士靴）はくの僕だと人形に命じて下さい（中略）

織江　靴は右と左だから、間の二本はもろに裸足で、いたわりながら床を踏む。合成樹脂と生身がからみ（中略）、なんともそれはエロチック

有霧　（よだれふき）そこまで、考えてしまっていいのでしょうか

織江　だって、動かすということは、並の領域を越えるのですから（中略）、結婚しないと

（傍点筆者）

なにも履かない素足を挟み、人形と男が片方ずつ「伝説の靴」を履く。そして男は、人形を抱きかかえながら激しいステップを踏む。「合成樹脂と生身がからむ」とは愉快ではないか。ホフマンの小説『砂男』では、人形は機械仕掛けで踊ったが、アナクロなダンスとせりふの力によって動かすのが唐十郎。じつのところは抱きかかえてペアダンスのふりをしているに過ぎないのだが、「並の領域を越えた結婚」だと織江に妄想させることで、人形と人間が重なり合うエロスの虚構領域が、劇空間に呼び込まれる。人形に心酔する女と、その女と恋仲になりつつある男の目を通し、舞台上のオリンピアは、織江の分身としていっそう高まる。

さらに、ミラノの香戸利を接待する方法を思案した織江は、

織江　あたしが、人形の都に入ればいいんだ。つまり、その顔のない一体に、あたしの顔をのせろと（中略）

有霧　それ、いいお迎えですよ。向うは、あなたの足をつくれと言ってんですから

首なしのマネキンに、じぶんの顔をちょんと乗せ、会釈する織江。指が冷たいというそのからだは、そもそも人形に近い気配を漂わせていたが、頭がのることで、一体の「ひとがた」、完全な「織江＋人形」が舞台上に出現する。人形師はついに人形のなかに入ったのである。

ところが、香戸利はすでにリストラされた社員で、最初の注文は詐欺だったことが判明する。事態の収拾のため、重役の妻「白皮夫人」が来訪し、その「織江＋人形」、オリンピアを見て、

白皮夫人　とりあえず、布をかぶっていないその一体に、頭を下げます

織江　恐縮です。オリンピアと申します（中略）

白皮夫人　まるで人形と話しているのか、人となのか分らなくなってしまったわ

織江　奥さん、なんでもします（中略）。そのあなたにとりいります、あたしよりも人形を。あたしの声が人形か人か分らなくなったとおっしゃった……そのお言葉に甘えて、あたしよりも人形を　（傍点筆者）

工房を続けたい織江は、自作をミラノで使ってほしいと懇願し、人形を愛しく思う心はますます高鳴るが、

白皮夫人　ミラノで、これを使うことになるなら（中略）、何千何万という体が生まれる
織江　（目に星がみえる）
白皮夫人　只、あなたには、できるのかしら（中略）。カットすること。（中略）この金のアンクレ辺りで（中略）。ウィンドウを飾るためには、その足の部分だけで足りますし

（傍点筆者）

足首より下しか要らないから、アンクレットをはめた辺りで切断しろと夫人は冷酷に命ずる。半狂乱になる織江。だが、何としても工房は存続させたい。やむなくノコギリを摑むが、「僕がやります」と女をかばって有霧は申し出る。ギリギリと刃が入っていく間、身も心も人形になった人形師はその痛みを引き受けて、

〽でも
あなたはきっと
思い出せない
それがいつそうなったのかを

「織江＋人形」、すなわちオリンピアの歌う頰には、滂沱の涙が流れる。ノコギリが往復するたび散らばる木の粉は悲鳴のようで、観客たちの胸もまた痺れる。壊れようとするときこそ、人形は異

様な魅力を発するのだ。

だが、本当は、ただの木工品ではないか。なにも感じていないのである。ゆえに、これこそ演劇の力だと言える。この痛苦は、人形におびやかされた人形師のマゾヒズム的愛と言っていい。人形と人間が結ばれ合う濃厚な観念の領域が、唐十郎の筆力によって形而上に築かれたことで、幻の痛みがありありと立ち上がったのである。

観念として、人形と人形師がひとつ身になる芝居。首なしのマネキンに頭がのる仕掛けはユニークだが、不細工な継ぎはぎ人形が舞台上にあるに過ぎない。それがかくも甘美な「一体」に見える。ゼンマイも機械も要らない。人形を動かす本質は、人間の思いだという確信をこの劇作家はもっている。

ギリシャ神話のキプロス王、ピュグマリオンは、美少女人形に恋をし、女神アフロディーテに懇願していのちを授けてもらう。だが、唐十郎ならば、ピュグマリオンの心の内側にこそ、いのちを吹き込む力があると答えるのではないか。いわば、人形とは、どれも根源的に「自動人形」なのである。生きる力を引き出せるかどうかは、あい対する人間しだい。『夜壺』は、ゼンマイ仕掛けで動くオリンピアを描いたホフマン小説の裏をかいた。

3　恋の壺

織江と有霧の恋物語でもあるこの芝居には、二人をとりもつ異色の小道具が登場する。それは、溲瓶《しびん》だ。

劇の冒頭、盲腸の手術をした男の見舞いに女はそれを持参するが、病人の小用を慮《おもんぱか》っただけではなかった。ホフマン著『黄金の壺』を読んだ織江は、リラの木蔭に棲みつく小蛇「ゼルヴェンティーナ」が、人間の女に変身したとき、恋人の男に贈った壺を、溲瓶と勘違いしたのだった。つまり、彼女なりの愛の告白だった。

そして前述した騒動がもつれ、終幕近く、白皮夫人への傷害沙汰を起こした有霧は[*4]、しばし拘留されたのち出所。再び、奈田マヌカンに出向くが、すでに廃業していた。人影はなく、織江の消息もつかめない。捨てられたオリンピアを見出した彼は、かつてもらったガラスの溲瓶をとり出し、女の代わりにその分身へ別れを告げる。

有霧 返します（と、紙袋の中のものをつかむ）この溲瓶。もう盲腸でお世話になることもありませんから（中略）。リラの木陰で一度うたたねしたかった（中略）。さようなら、人形の都。もう少しで、あなたの都に入れたものを

すると、人形の片手が動く。溲瓶をつかむ。思わず、どよめきを漏らす観客たち[*5]。美学研究者の室井尚は、観念が現実を圧倒する瞬間だと評しているが、有霧はじぶんの目を疑ってその幻視を自責する。が、そのとき、下手から女が駆け寄ってくる。後ろから男を深く抱きしめる。「見えたよ。この……あたしにも」。ドッペルゲンガーが劇化されたような幕切れである。初演では、大柄で一

途な職人肌の女優、梶村ともみ（新宿梁山泊・当時）と実直な小男の堀本能礼《よしのり》のペアがその愛を熱演した。

この芝居の「溲瓶」とは、奇抜ながら恋のシンボルだが、さらに、唐ならではの企みがありそうだ。劇中、ホフマン小説では花を活ける金の壺を捧げたのに、勘違いしたことを反省する織江に、「それでいいのです」と、博識な香戸利は言い放つ。ホフマンはそもそもは、溲瓶、別名「夜壺」（中国語で夜壺は溲瓶の意）をその作品で書こうとしていたのだから、織江の勘違いは、じつは隠れた真実を突いているのだと、逆に大仰に讃えるのだ。

その詭弁的なせりふ回しはいかにも唐らしい捏造に聞こえるのだが、大島かおり訳『黄金の壺』の解説によると、構想段階のホフマンは、Nachttopf、つまり夜壺を実際にイメージし、それを記した手紙も残っている、と。唐が敬愛するホフマンもさすがに酔狂なのだが、絶妙な理由がそこにはあるのではないか。

ある雑誌のホフマン特集で、中国文学者の中野美代子はこのように書いている。「もとより、壺をめぐる幻想譚は、フロイト流に解釈すれば、「子宮回帰願望《ヨナ・コンプレックス》」に源を発するであろうから、人造《ホムン》小人《クルス》の創造や錬金術にうつつを抜かした中世の人々の主な実験用具が子宮を象《かた》どったフラスコ、つまり透明な壺であったことはまことに頷ける」（『ユリイカ』一九七五年二月号、一六〇頁）。

ふっくらしたフラスコの形体は子宮を模していたのである。ならば、溲瓶のかたちは、子宮とインターコース、そう言っていいのではないか。つまり、それは女の秘部の姿そのもの。恋する娘から男への捧げ物として、これほどふさわしいものはじつはないのかもしれない。

前掲の大島かおりでさえ、ホフマンの当初の着想は「さすがにこの悪ふざけにすぎるアイデアは捨てられた」と軽視しているのだが、唐十郎の無垢な眼ざしは、そのかたちの秘密を素早く見抜き、のちのち平凡な金の花瓶に書き変えられてしまったことを惜しがったに違いない。そして、ホフマンの最初のひらめきを、じぶんの劇で活かしたいとにんまりしたのではないだろうか。

人形とは、ガラスの子宮と膣の持ち主。本作はそう捉えている。ひたむきな女人形師、織江ならこう言うのではないか。「人間と同じように、人形も愛の交わりができます。澄んだ夜壺をからだに秘めていますから」。

終幕、オリンピアの手が動く幻を見た有霧を、後ろから抱きしめた「その女」。彼女は、人間だろうか人形だろうか。その判別ができない領域こそを唐は作り上げたのだが、いずれにせよ、その女は透き通った冷たい子宮の持ち主に違いない。幼い唐の鼻先をくすぐった、あのリンゴの匂いがするような……。

人形ガ、人間ニ、ナルトキ
人間モ、人形ニ、ナル
タッタヒトツノ
本当ノ人形ダケ、
ソコニ、立ツノハ

そんな形而上の声が、彼方のマネキンから届くようだ。人形は透明な性器を得ることで、恋する妖精へ高まるのではないだろうか。

批評家の巖谷《いわや》國士《くにお》は、人形の理想として人間があるのと同様に、人間の理想として完全な人形があるのではないか、シュルレアリストの自動記述は、そのような意識が霊媒と結び付くことで導かれたと説く。人形と人間の一致は、巫女《みこ》の憑依《ひょうい》や傀儡《くぐつ》のはじまりなどとも通底する霊妙さを宿している。

女と男と人形の妙なる三角関係によって、唐十郎は、かくも神々しい天上のダッチワイフ、継ぎはぎ細工の艶めくニンフを創造した。劇作家、すなわち、「ことばの人形師」として。

註

＊1　一九四〇年生まれの唐は、空襲を避けるため、四四年から敗戦まで福島に疎開していた。

＊2　演劇だけでは食べられなかった若き日、唐はデパートの店内改装のアルバイトをしたという。そこでマネキンの群れと出会っていることも本作の底にあるに違いない。

＊3　「オリンピア」は、「織江（オリエ）」の名とも通じ合うよう、唐は設定しただろう。

＊4　有霧は白皮を切りつけようとしたが、かわされて、その刃先は白布をかぶったべつのマネキンを刺してしまう。織江がいたわるように、人形の傷に手を当てがうと、布に大きく鮮血が広がる。ここも名場面である。

＊5　人形が動くからくりは浦野興治の文章に詳しいが、女優の手が人形のそれに入れ換わったに過ぎない。観客らはおおよそ気付いているにもかかわらず、どよめきが上がるところに唐劇の集中力と騙りがある。

戯曲『夜壺』参考書誌

収録：『唐組熱狂集成』（ジョルダン株式会社、二〇一二年）

資料

オスカー・ワイルド著、福田恆存訳『ドリアン・グレイの肖像』（新潮文庫、一九六二年）

ホフマン著、神品芳夫訳『黄金の壺』（岩波文庫、一九七四年）

中野美代子「長安のアンゼルムス」『ユリイカ　特集＝ホフマン　悪夢と恍惚の美学』（青土社、一九七五年）

巖谷國士「夢みる自動人形——霊媒たちの逸話」『月下の一群』創刊号（海潮社、一九七六年）

唐十郎『乞食稼業——唐十郎対談集』（冬樹社、一九七九年）

ホフマン／フロイト著、種村季弘訳『砂男　無気味なもの』（河出文庫、一九九五年）

浦野興治「フェティシズムの量子力学」『唐十郎がいる唐組がある二十一世紀』（堀切直人編著、青弓社、

二〇〇四年）
室井尚「オリンピアの誘惑」『唐十郎がいる唐組がある二十一世紀』（同）
ホフマン著、大島かおり訳『黄金の壺／マドモアゼル・ド・スキュデリ』（光文社古典新訳文庫、二〇〇九年）

二〇〇〇年唐組春公演『夜壺』
〈演出〉唐十郎
〈配役〉織江（梶村ともみ）、有霧（堀本能礼）、英（稲荷卓央）、分次郎＋看護婦（大久保鷹）、禮次郎（久保井研）、奈田所長（辻孝彦）、香戸利（鳥山昌克）、百合谷（藤井由紀）、バランコ（近藤結宥花）、白皮夫人（唐十郎）、ほか唐組役者陣
※二〇一六年春には、「久保井研＋唐十郎」の演出として唐組で再演された。

使え、いのちがけで

──『闇の左手』

二〇〇一

1　マジカル空間

〽ごめんね、
闇《やみ》の、あたしの左手
おまえはあたし
あたしはおまえ
あれほど
誓った
仲なのに
江戸川の風に
吹かれて

何度も
だけど
今は
他人にしてね
忘れられない
あたしの
左手

（ギッチョの劇中歌）

思えば、唐十郎の芝居のみならず、それが撥ねたあとなどの宴会の場に、わたしは何度座っただろうか。劇団・新宿梁山泊の女優だった近藤結宥花が加わっているとき、彼女が客演した唐組公演『闇の左手』の劇中歌、冒頭に引いたうたを歌うことを、唐はしばしば所望した。飲み会では口数の控えめな近藤が、気持ちを腹に押し込めて立ち上がれば、本作の「ギッチョ」がいる。唐が手を一拍叩くと、「田口」を演じた稲荷卓央との掛け合いからはじまり、飲み会は劇空間に……。心に染みる歌声とは何だろうかと思わずにはいられなかった。近藤は、あるとき、「だけど／今は／他人にしてね」のくだりが好きで、そこを大事に伝えるようにしていると語ってくれたことがあるが、特別な歌唱力があるわけではない。だが、その集中力が醸《かも》すほの悲しい叙情で、場の空気は満たされる。

戯曲『闇の左手』の主な舞台は、ライブハウス「アブラ・カブドラ」。呪文のようなその名前をロにすると、便所からおのずと煙が立ち昇る店内は、いわばマジカル空間だ。「過去への台車」を引っ張る老ボーイが働くそこには、半ばタイムカプセル的な劇中劇空間も作られる。いかにも唐劇らしい奇天烈な魔術師やその弟子たちが、そこを右往左往している。

　店の正面奥には大きな窓があり、二人の女の窓拭きがいる。じつは劇の後半、そこにガラスがないことが明かされるのだから、掃除はフリだけだ。しかも、そのうちの一人は終幕近くまでずっと窓拭きをしている。つまり、ライブハウスで起こる出来事をひたすら覗き見しているのだ。本作は、その窓拭きがじつは必要としているあるモノが、彼女の手もとにたどりつくまでの紆余曲折を、その人じしんを第一の観客にして伝えようとする芝居と言っていい。過去を自在にたぐり寄せるライブハウスは、そのための劇場でもあって、愛と悲しみをたたえたモノ語りがそこで演じられていく。ふつうの客たちは、まるでヤジ馬のような第二の観客である。

　唐十郎がこの芝居で試みたひとつは、置き替えやすり替えによる劇的奇術。愉快で奇怪な手品師などの登場人物のみならず、劇ぜんたいを使って唐は「奇術」を仕掛け、そのトリックを「神経魔術」と呼ぶ。そして、ケレン味たっぷりなそんな舞台のなかでこそ、愛と悲しみのリリシズムが貫かれる。

2　神経魔術

本作の二人の主人公「ギッチョ」と「田口」に焦点を絞ってあらすじを綴りつつ、その神経魔術に注目したい。

田口、通称、タアちゃんのしごとは、パワーショベルを操作する解体業だ。その日の仕事は、老朽化したアパートの解体だったが、特別なモノ（仮にAとする）を発見。危険を顧みずAを拾い上げた田口は、困っているにちがいないと、持ち主に届けることを決意する。

部屋の表札を見れば、居住者は「片岡魔助」。ニューロマンサーこと、神経魔術師「微笑小路」に弟子入りしている片岡を訪ねて、田口はライブハウス「アブラ・カブドラ」を来訪。部屋の解体の件でやり合うが、ほどなく二人は打ちとける。

そんな中、そこまでを覗き見していた窓拭きの一人が室内に降りてきて、田口に話しかける。左利きのその女の名は「ギッチョ」。じつは片岡の前にその部屋に住んでいたのはじぶんで、解体される様子を心配で見ていたと言う。さらに、ここまで田口を尾《つ》けてきたのは、じぶんがそこに隠し置いていたAを返してほしいからだと懇願する。だが、女の容姿を見て、持ち主かどうか田口は戸惑う。

そこに、微笑小路やその追っかけの「モルグ」らがやって来るが、ようやく田口が袋から取り出したAとは、義手。いかにも華奢な、女の左腕用の肩義手だった。両腕のあるギッチョに、本当に持ち主なのか田口は確かめようとして、

田口　どうなんですか

ギッチョ　あたしのではありません

田口　……だってさ、お前。（ギッチョに）なんだ、バカヤロ、あんなに求めていたのに。それなら、止めることもなかったんだぜ。あのぶん回りかけたカニバサミ（筆者註、パワーショベル）を、振りとばされそうになりながら　（傍点筆者）

じつは旧知のモルグを気にし、ギッチョはしらを切ったのだが、もう一人の窓拭きは、掃除をしながらこの様子をじっと見ている。

二幕、田口がやむなく持ち帰った義手を、片岡を通じてとり戻したギッチョは、ライブハウスを再訪。壊されたアパートの部屋を段ボールでそこに再現し、廻り燈籠に火を灯すと、義手の謂われをふり返るモノ語りが語られはじめる。

かつて、ギッチョは、葛飾区堀切にある「芹川義肢製作所」の工員だった。だが、製作所は倒産し、残されたのはじぶんが作った一腕の肩義手だけ。しばらくは発注者を待っていたが、身銭が尽きると、「あたしを使え」という声を義手から聞く。左手を隠してそれを付け、つまり、不具を演じるために義手を使って、街頭で歌い、銭を乞うていた彼女。

そこで出会ったのがモルグだった。彼はもっと実入りのいい使い方をギッチョに教える。それは、自殺したい人の「自殺代行人」だ。

そのやり口こそ、唐が仕組んだ神経魔術のひとつ。自殺したい依頼者と同じ服を、代行人は着て傍らに立つ。つまり、二人は双子のような実像と鏡像になる。そして、自殺したい実像のほうは、鏡像の義手の手首を切り付け、それによって死の欲望をつかのま発散する。エロスでなくタナトスを喰い物にする新種の風俗業を、神経トリックとして唐は劇的に構築したのだ。

だが、しがないなりわいから足を洗いたいギッチョは、闇稼業の道具であり、おのれの一部と言っていいほど馴染んだその義手を、瓦礫のなかから救ってくれた田口に、じぶんの半身として贈りたいと思いはじめている。恋心を寄せはじめたのだ。

そこに、自殺代行の依頼者、リサコが来訪する。彼女は常連で、これなしには生きられない死にたがり屋。[*1] もう勘弁してほしいとギッチョは願い出るが、結局、ヤケになって「やれっ！　死んでも半分。あたしの半分！」と、義手を付けた半身をリサコに差し出す。

それを止めたのは、田口だ。使うとは我がものとして感じることだと諭し、ギッチョの自暴自棄を諌める。さらに、その義手を横取りしたい奇術師らが乱入すると、「アブラ・カブドラ」は大混乱。帰りきれないリサコがまた来訪し、

リサコ　助けて、ギッチョ、こんなあたしを助けて下さい
ギッチョ　では、どうぞお切りなさい。あなたの手と思いつつ、この左手に刃を当てて
リサコ　義手さん、今夜もありがとう（中略）
ギッチョ　タアちゃん、守るよ、あたしはこうして守る
片岡　止めろおっ（中略）
牡蠣谷　たかが義手（中略）
リサコ　（細く光るものを引く）
（傍点筆者）

駆け寄った田口が、義手の傷を押さえると、下から鮮血が……。「生身か。これは生身のギッチョじゃないか!」。使うとはじぶんの身で感じることだと教えた田口に応えるため、義手をはずし、その痛みを引き受けようとしたのだ。モノとナマのすり替え。これも唐の劇的奇術だろう。

するると、もう一人の窓拭きが、血まみれのギッチョに駆け寄って、

合羽姿の窓拭き　川辺と申します。芹川さん、芹川工場の左千代さん。これ、頼んだの……あたしです

ギッチョ(左千代)が守ったその義手は、そもそもの発注者、片腕のない本当の持ち主にたどり着き、謂われを語る物語はひとまず閉じる。

だが、じぶんの半身を男に捧げたいギッチョの恋心は、三日後、田口たちを呼び出す。落ち合ったのは、がらくたが積まれたある店跡。そこが倒産する前、くだんの義手と同じ左腕をマネキンとして納品していた。ごみの山から出てきたそれは、ギッチョが身に付けてから渡すことになり、捨てられたショーケースの裏へ。が、田口が見に行くと、まるで奇術のように女はいない。義手と包帯があるだけだ。その包帯に記されたメッセージは、

田口　見つけられたその手は、これから、ずっとあなたがたで使って下さい。

『使っ、て、』という声を、もっとも聞きとるあなたたちなら……。

芹川の左利きより

サイナラ

タアちゃん

タアちゃん

タアちゃん

なんども、なんども、あなたを呼んでる

（傍点筆者）

「ギッチョ、ギッチョオ」と叫ぶ田口。屋台崩し[*2]が起こるなか、左手を失った片腕のギッチョが、棺のようなショーケースに入って闇へ遠のく。男に贈りたかった義手だけをこの世に遺して……。リサコと双子のようだったギッチョ。同じようにタナトスにさらわれやすい脆い女が、さらわれながら男に届けた甘美なエロスの手、闇の左手。それも魔術か。

3　唐版鶴女房

『ニューロマンサー』はウィリアム・ギブソン、『闇の左手』はアーシュラ・K・ル・グィンによるSF小説だが、書名以外の直接的な影響はなさそうに思う。人体と機械、脳とコンピューターを融合させるサイバーパンクの手法や両性具有のコンセプトを、一種の「奇術」として捉え直すことで、なんらかの発想の種子を唐は得たのだろう。

戯曲には、エロス、タナトスのような説明はむろん、ない。いかにも唐十郎的な比喩で、パンツを交換するかしないか、パンティの柄が野いちごに見えるか、蛇いちごに見えるか等で暗示されるだけだ。終幕、暗闇に遠のくショーケースは棺桶に違いない。手首を切ったところでギッチョは死に、三日後の展開は愛の亡霊のしわざだったろう。

みずからの一片を男に授けることで、その存在感をこの世に遺し、旅立って行く儚い女。手は一部でありながら、この女のすべて。一本の義手が、全貌を宿す圧倒的な存在感でこの世に遺る。室井尚は、「唐の世界にはもはや彼岸と此岸、虚と実の二元論は存在しない。すべてが代行され交換されうる世界のなかで、物と記憶の渦巻きと果てしない流転だけがある」(『唐十郎がいる唐組がある二十一世紀』六四頁)と評する。

本作の結末に、わたしは民話「鶴女房」を思い出す。男に助けられた雌の鶴が、じぶんの羽で作った織物を残し、傷付いたからだで飛び去っていく物語は、ギッチョと重なる。ケレン味溢れる奇術空間のなかで、唐版鶴女房がしなやかに展開し、悲しい恋の余韻をたなびかせる。唐十郎の佳麗な叙情劇のひとつと言っていい。

4　使うこと、作ること、壊すこと

その上で、迷宮造り師、唐十郎はもうひとつの大事なテーマ、「使う」とは何かという思想的な問いかけを本作に孕ませる。

ギッチョはリサコと鏡の関係にあるだけでなく、川辺とも対の関係にある。解体現場から義手をもって来た田口に、「あたしのではありません」とギッチョがしらを切る場面があるのは、表面的にはモルグの手前だが、製作者と使用者の分裂がそこで突かれてもいる。ひとつのモノは、作り手のものか、使い手のものか。それを問いかける芝居として本作を読むこともできる。ギッチョ、つまり義手の作り手は、ある日、「あたしを使え」ということばをみずからの作り物から聞く。本作は、モノから発された指令に突き動かされた女の道行き劇と言ってもいい。両腕があるにも関わらず、それを使いはじめた彼女は、当初は「ニセの使い手」だが、それによって生じた紆余曲折の末、作り手と使い手が一致するのが終幕である。片腕を失ったギッチョは、じつは失うことで、ようやく「正真正銘の使い手」になり遂げる。作ることと使うことの分裂のなかで、使うことに苦しみ抜いた主人公が、両者を止揚し、完全な使い手に変貌する芝居とも言える。

お金に対する憎しみやそれを軽蔑した態度が描かれているのも、この分裂のためだ。ギッチョは金が目当てでニセの使い手になったが、川辺のもとに義手が渡って代金が支払われても、受け取ろうとしない。

田口　あ、左千代さん、
　このお金
十万はありました。

川辺さんが、こっそり渡してくれって言ってた代金。僕、預かっていたんです
左千代　いらない。（中略）あたしには一円でよかったのよ
田口　一円？
左千代　こんなにがい思いをするのなら

生産と消費がかくも離れた現代への批判があるのは言うまでもないが、お金とは、作り手と使い手を引き裂いてしまう凶器、使うことの本来の意味を撹乱させてしまう呪物だと、唐は捉えているのである。ライブハウスの老ボーイも、「金と水のどっちかを選べと言いやがるから、消える金より水のがいい」と、退職金を拒んで店を出る。

男主人公「田口」との恋もここに絡む。ギッチョは彼との出会いによって、義手から発された「使え」という問いに突破口を見出す。じつは、この男は胸中に「おばあちゃん」を棲まわせている。それは、解体したあるアパートの土地神のような存在で、「こわせ、こわしたかったら、どんどん、何でも壊しちまえ」とアンチヒューマンだが、その上で、壊しきれないものがあるだろうと田口に謎かけをする。瓦礫から彼が義手を拾いあげ、持ち主に届けようとしたのは、そんな老婆の声に従ったからだった。この心のなかのおばあちゃんが、解体業でありながらも、モノの深みをよく知る男へ田口を育む。そして、自殺代行を引き受けようとするギッチョを、こう言って制止する。

田口　だめだっ、そういう代行は（中略）。もし、僕に、たぎりたつ見知らぬ半身、半分があ

るなら、それが、この左手（筆者註、義手）とともに生きだすだろう。「なんとかとめて、痛いから」と。「使え」ということはそういうことだ。自らのものとして感じろってえことじゃないすか？
（傍点筆者）

そのことばが女の恋を決定的に定めていく。「使う」とは、道具にして痛めつけることでも、金のために利用することでもなく、からだにとり込んでその存在を感じとることだと目覚めた彼女。唐の初期小説『ズボン』では、じぶんの肉体こそ「絶対のズボン」だと自得する男が描かれたが、モノとひとの境界を越え、血を通わせ合うのが本来の「使う」だと説く田口に惹かれた女は、義手の代わりにじぶんの手首を切らせ、モノの痛みを引き受ける。つまり、女は、「使え」というモノのことばについに応えたのである。

唐十郎が、壊す職業に就く田口に、その諭しを言わせたのも深妙だろう。ギッチョの部屋を壊したときの思いを、田口はこう語る。

田口　二年住んでたその人の、湯上りの香りや、窓の向うの夕焼け、ひびの入った鏡台にかかるあの人の息、そのうっすらとしたくもりぐあいなどが、他人事ながら、走馬燈のようにかすめていくんです。（中略）こんな他人事を、この我が身に感じるのは、トラキ屋（筆者註、田口が勤める解体業社）から来たぶっこわしのせいでしょか。住み家を家具を、思い出を、柱に刻んだ誰かの名、誰かの背丈を、みな、いちもう打じんに土砂に化すため、その粉を、吸い込み、かみしめるためなんでしょうか。でも、これ（筆者註、義手）だけは壊せなかった。それで、カニバサミ（筆者註、パワーショベル）を止めたんです

壊すことと使うことを単純な二項対立として唐は描かない。壊し屋の田口こそが、壊せないもの、使い続けるべきものを見つける。パワーショベルを振り上げる作業員が、破壊の痛みをもっとも噛みしめ、それを経てなお、壊し得ない輝きのあるモノを見出すのだ。

劇の前半、部屋を壊された片岡と壊した田口（ここでは「青年」とされる）は、このようなやりとりを交わす。

片岡　なんで、他人の物、あっさりとこわしたんだ
青年　なんで、こわされるまで放っといたんだ
片岡　こわしといて、てめえ、このやろう口応え、よう言うた
青年　こわされといて、あんた、よくも叫ぶな？
片岡　いやだ、こわしちゃ
青年　いやだ、こわされちゃ
片岡　なんだ、こわしといて
青年　なんだ、こわされといて（中略）
片岡　物の悲しみ、分ってんのか？

青年　物の喜び分ってんのか？

（傍点筆者）

唐は、壊された側を単純な被害者にもしない。破壊されたことを悲嘆する者たちへ、ならば、その前に、モノの喜びが分っていたのか、その存在を我が身に感じて本当に使っていたか、と問いかける。

生産と消費の加速によって金の循環ばかりを重んじる当世へのつぶて。作ること、使うこと、壊すことの三角関係の歪みを、小さな現場の眼ざしから問い直した作品と言える。思えば、我が祖母なども、まずきものとして仕立てた布を、つぎに羽織の裏地に、つぎに物入れの生地に、そうしてぼろぼろになるまで長年に渡って使い込んだが、「作る」「壊す」に没頭する余り、「使う」ことを疎外してしまった現代に、モノじたいに「使え」と唐は声を上げさせた。そして、そのために、いのちを削った美しきヒロインの恋物語を、傍らに添わせたのである。

唐の愛読書のひとつにゴーゴリの『外套』があるが、そもそも、使うとは、じぶんがモノに乗りうつること、モノがじぶんに乗りうつることだと言いたいのだろう。ある意味では、我が祖母も、その肌の化《うつ》し身であるかのように、布とともに老い、生涯をかけて添い遂げた。ギッチョと同じように、いのちがけと言ってよかった。

註

＊1　背丈や髪型が似通っているリサコ役の藤井由紀とギッチョ役の近藤は、たしかに鏡像関係にふさわしい。

＊2　唐演劇独自の演出。終幕に舞台背景が崩れ、テントの後幕が開き、町と芝居が繋がって、とき放たれる仕掛け。

戯曲『闇の左手』参考書誌

収録：『唐組熱狂集成』（ジョルダン株式会社、二〇一二年）

資料

唐十郎『ズボン』（大和書房、一九七三年）

アーシュラ・K・ル・グィン著、小尾芙佐訳『闇の左手』（ハヤカワ文庫SF、一九七八年）

ウィリアム・ギブソン著、黒丸尚訳『ニューロマンサー』（ハヤカワ文庫SF、一九八六年）

室井尚「唐版サイバーパンク」『唐十郎がいる唐組がある二十一世紀』（堀切直人編著、青弓社、二〇〇四年）

ゴーゴリ著、平井肇訳『外套　鼻』（岩波文庫、二〇〇六年）

二〇〇一年唐組春公演『闇の左手』

〈演出〉唐十郎

〈配役〉田口（稲荷卓央）、ギッチョ（近藤結宥花）、坊屋（辻孝彦）、片岡魔助（堀本能礼）、牡蠣谷（鳥山昌克）、モルグ（久保井研）、微笑小路（唐十郎）、リサコ（藤井由紀）、ほか唐組役者陣

※左腕原案・四谷シモン

へその糸を切っちまえ

――『糸女郎』

二〇〇二

1　ちりぬるをわか

〽どんな町に
いたんだ
お前
もまれ
もまれた
糸切り歯
握る人を
今も
さがして

その名は
糸売り
ちりぬる　をわか

（藤村と草一郎の劇中歌）

世間の荒波にもまれ、さすらう主人公。彼女が、胸の疼きをこらえて吐き出す世にも美しい吐瀉物とは何か……。

唐十郎は高校時代、医学部受験を志したことがある。この戯曲では、日進月歩で進む生殖医療を背景に、その唐が母なるものの現代的な立ち位置を問い直している。体外受精による代理母出産がテーマのひとつに据えられている。

言うまでもなく、唐は、初期戯曲から独自の視点で母性を批評してきた。一九六七年、紅テントを打ち立てて上演した戯曲『腰巻お仙　義理人情いろはにほへと篇』では、妊娠している感覚に快楽を覚えるがゆえに、堕胎をくり返して子捨てする母親像を描く。

少年　昨日、母体構造概論を読んだんだ。（中略）それによれば、子供を産めば産むほど、胎盤感覚がするどくなるそうだ。なかには、はらんでいる時の感じが忘れられなくて、三〇ヶ月はらんだ母親もいるというじゃないか。従って、子供を産み育てるのが楽しいんじゃない、子供を腹に所有しているのが快いという。だから、君、わざと、堕胎手術をしてもらう女もいるんだとさあ。（中略）産んでしまえば、その子がどんな不良になるか分らないからね。（中略）

それにしても、君、おふくろってのはいつも抜けた顔をしているが、エゴイスティックなもんじゃないか。

（『腰巻お仙　義理人情いろはにほへと篇』より）

そこでは、不具の堕胎児とともに、母親に捨てられた少年、長谷川伸の『瞼の母』の引用でもある忠太郎が登場し、母探しをする。状況劇場晩期の戯曲『少女都市からの呼び声』（一九八五年）では、孕むことのないガラスの子宮を持つ娘も描かれるが、母性なるものをこれほど苛烈に扱った劇作家は、ほかにいないかもしれない。新派や大衆演劇が描いた、いわゆる母物《ははもの》の湿り気は軽く蹴飛ばされている。長谷川の『瞼の母』を引用しつつも、その主人公が抱いた母のぬくもりの幻想を、『腰巻お仙　義理人情いろはにほへと篇』はそもそも破壊する。赤い皮で覆われたテント空間を唐は胎内に喩えつつも、状況劇場時代の彼は、堕胎という医療行為を核に置き、冷酷かつ卑俗に母性を扱うことで、むしろそれに拘り続けた。

その後、妊娠に絡む医療は劇的に変化する。一九七八年には、試験管ベビーがイギリスで誕生。以来、体外受精、顕微授精、卵子や精子の凍結など、生殖医療は急速に拡大し、普及する。そのなかで、代理母出産は、日本では自主的な規制が敷かれていたが、長野県の諏訪マタニティークリニック院長、根津八紘は、国内で初めてそれを実施し、二〇〇一年に公表。本作『糸女郎』は、その倫理が取り沙汰されるさなか、二〇〇二年の春公演のために書かれた。根津院長をパロッた「谷津先生」も登場し、時事性の強い戯曲とも言える。

多産時代の堕胎手術から少子化時代の不妊治療へ、母性を巡る医術の中心が移行したことを見定め、唐はそのいまを探ろうとしたに違いない。冒頭に引いた劇中歌の最後の一行「ちりぬるをわか」は、この芝居が、『腰巻お仙　義理人情いろはにほへと篇』（以下、『腰巻お仙』とする）の後続であることをほのめかしているのではないだろうか。

『腰巻お仙』の忠太郎と同様に母親を探しまわるのは、本作では「草一郎」。登場場面は少ないが、影の主人公と言っていい。思えば、生殖治療の是非をめぐる論議は、親や医師、社会学者などの立場からもっぱら論じられ、それによって誕生した子の思いが表に出ることはない。芝居という虚構空間のなかで、社会的盲点でもあるその子の眼ざしをも取り込みながら、初期時代から拘ってきたテーマ、母と捨て子の道行きを唐は再び模索しようとしたようだ。

2　半人半虫の母

主人公は、「湖村蚕」。彼女は東京の喫茶店でウェートレスをしているが、少し前までは長野県岡谷市で工員をしていた。

山本茂実『あゝ野麦峠』で有名なその岡谷は、戦前は養蚕と製糸業、戦後しばらくは時計製造で栄えたが、いまやどちらも衰えた諏訪湖畔の町。主人公は、その廃墟にある小さな納屋工場、幼なじみの「晶」の親が営むそこで、糸作りや倉庫番の仕事をしていた。

だが、ある晩、天竜川の大洪水に襲われる。夜番だった彼女の過失で、その工場からは座繰り機と八トンの繭が流出。絶命した繭たちに責任を感じつつ、ともかく彼女は機械の弁償を決意する。

そして、金策を巡って町にいづらくなると、上京して喫茶店のウェートレスに……。

カジモド　とても満月のきれいな夜でした。このヒト（筆者註、蚕）、電柱にうずくまって苦しそうにしてんです。（中略）背中をさすってお大事にねと、その場は退《の》いた。けども何歩か行って振り返ると、このヒトは口に指入れ、つやつやと、月夜の夜気をつんざくような……見たこともない吐瀉物を引いていた（中略）

蚕　夜の癖です

カジモド　もう一度みたい（中略）（蚕の唇に指入れる。なにかをつまむ）

そして、その口から、スルスルときららかな一本の絹糸を引き出した（中略）。

晶　糸もどせっ。蚕、ここは東京、東京なんだ！

跪《ひざまづ》く女の口から一すじの糸が吐かれ、舞台に長く引かれる奇態が美しい。唐は、「湖村」（姓）として湖のほとりの村で製糸工や倉庫番をさせつつ、「蚕」（名）として糸を吐く「半人半虫」の存在に主人公の気質を構築した。

故郷の村を出奔した事情も、その虫の生態と絡む。代理母出産を先駆けた諏訪のマタニティ・クリニックの院長[*1]が、血縁に寄らないそれをも目論んでいたところ、立候補したのが彼女。座繰り機の弁償代を作るための苦肉の策だったが、それは町じゅうの噂になり、非難の末に上京したのだった。

そして、就職した喫茶店「マドンナ」は、じつは「女のオークション」会場でもあった。表向きは人材派遣を看板にする「カジモド」や「乳母川美女丸」らは、じつのところは代理母出産のためのブローカーで、それを担う女を競らせ、選別しようとしている。

ゆえに、一変した夜の「マドンナ」に並ぶのは、粗末な飾り窓。派手な化粧をした女たちが、客に引かせたい糸を口から垂らし、それぞれの小窓から顔を覗かせている。つまり、唐は、代理母志願の糸工らを遊郭の女郎に重ね、まさしく「糸女郎」に仕立てる。七〇年代中期の状況劇場戯曲『糸姫』（一九七五年）では、美容整形手術の縫合糸を商う女として「糸売り」が描かれたが、本作のそれは代理母だ。男女の色情の代わりに、母子の縁の糸を売る女。

寺山修司と岸田理生の共同台本『身毒丸』（一九七八年）には、妻に先立たれた男が、困窮した旅芸人のなかから、息子の母親として後添いにする女を選んで買う設えで、「母売り」が描かれているが、[*2] 唐は現代的な社会現象である代理母もまた、金のための身売りだと突き、飾り窓から顔を売らせたのである。

心臓や腎臓など臓器売買の闇ルートは、昨今、国際的な社会問題になっている。梁石日《やんそぎる》の小説『闇の子供たち』は、貧困に苦しむタイ北部の幼児売春や臓器売買を写実的に描いたが、東南アジアやアメリカなど、代理母出産が合法化された地域にも、困窮につけ込んだブラックビジネスがはびこっている。[*3]

晶　だから……思いとどまってくれないか。その体がどんな糸を吐こうと（中略）、バンコック辺りに運ばれて、十ヶ月の労働に縛られる。知らないどこかの需要者のため、夢の胎内、金と引き替えたゆりかごと呼ばれ、血も肉もあるそのガランドウを明け渡すことになる。蚕、たのむから、その思いをひるがえしてくれないか

蚕　でも、（中略）これが蚕の弁済方法ですから（傍点筆者）

この虫の女の様態のひとつは繭、すなわち身の内側に生き物を宿すこと。幼なじみの晶の説得に心を揺らしつつも、蚕は、じぶんのからだを繭にする十ヶ月の「胎内労働」を選ぶ。近代産業を支えた製糸工が、年季奉公という名で身を売った「女工／女郎」であった過去も重なっているだろう。そうして、代理母をひそかに果たし、岡谷の工場主に湖村蚕は座繰り機を届ける。

3　冷えた母

唐十郎が代理母出産の賛否をどう捉えているか、戯曲からはわからない。賛否を越えたところで、「胎《はら》を売る女」として代理母を演劇的に捉え直し、そこに潜む本質を問うた。高度に医療が発達した少産少死の時代、そして経済発展後の格差社会の現代では、エロスや人情から切断された、売買・交換可能な子宮の出現によって、母なるものが本質的に「女工／女郎」に堕したことを唐は看破したのである。生殖医療が発展すればするほど、肉感的な意味での母親性は薄くなる。昨今、過激化する幼児虐待に、産みの母親がやすやす同乗している背景にも、じつはこのような質の変容が

なにがしか働いているのかもしれない。

「糸売り」という隠語を用いて、代理母志願者を半人半虫の女に構築したレトリックが目覚ましい。また、舞台にはオブジェとして「糸」や「歯」が出現するが、多重の意味が込められている。女工の湖村蚕をとり巻くのは、工場の絹糸に留まらない。受胎の縁はもちろん、弁償責任を感じる工場とのしがらみ、絶命させた虫たちとの絆……。唐はそれらの錯綜を「糸」というモノで象徴し、蜘蛛の巣の巨大なオブジェのように舞台上に張り巡らせる。そして、岡谷の水晶でできた剣を「糸切り歯」とし、彼女に切らせようとするのだが、けっきょく剣先はじぶんの胸をツンと僂く押すのみ。『腰巻お仙』では、いわば残酷という濃い人情を母は子に傾けていたが、『糸女郎』では、胸の疼き、チクリとした痛みの感覚にすり替わったようである。まるで高度な医療に心がないように、本作の高度な修辞は主人公の母としての内面には踏み込まない。蚕という虫の本性に子産みを組み入れることで、子捨ての葛藤はなめらかに避けられている。また、前述した『透明人間』、後述する『鉛の兵隊』でも、「代理」は劇の要だったが、『糸女郎』では、代理を請う依頼人は「どこかの需要者」で、登場はせず、湖村蚕と接触もしない。

この関係の希薄さには、ある種のもの足りなさを感じる。だが、対価によって棄児が合理化された代理母に、唐は人間関係の薄さそのものを見てもいるだろう。高度医療社会の遺伝子偏重主義がもたらした存在論的な母の記号化、医療器具化である。いのちに対する冷血や冷感がすでに当然になっているのが現代だと、この劇作家は見抜いているのではないか。

4　胎内くぐり

劇の舞台「マドンナ」じたいが、じつは「子宮」に模されていることにも注目したい。天井には下手から正面奥へ太い排水管が伸び、生理用品のタンポンが吊るされたりしばしば腹這いで人が隠れたりする。つまり、この排水管は、外への非常口であると同時に、産道でもあるよう。少年「草一郎」は、二幕冒頭の幕前劇で突然現れる。「母さーん」と叫びながら、ひたすら母探しをしている子どもとして。晶に呼び止められると、

晶　どういう母さんなんだ？（中略）
少年　ちょっと足んないものを買いにいくと言ってから、人材派遣にも寄ると
晶　（見回し）いますか、そういう母さん？
少年　いいんです、自分で探しますから　（傍点筆者）

その奔走はじぶん一人の道行きであることを強調し、舞台を横切って去る。それから二度目も母を呼びつつ登場するが、そこでは窮地にいる蚕を連れ出すよう晶に託される。その蚕がしばらくして店に戻ると、

晶　草一郎はなにやってたんですか、その時っ

蚕　埃をかぶった隣の子供の部屋に、ビーカー、フラスコびんが並んでて、あの子はそれに、しきりに母さんと呼んでいた　（傍点筆者）

ガラスの医療器具を母と呼ぶ草一郎の姿が描写される。三度目の登場は、終幕。床に下ろされた排水管から、黒いドレス、すなわち代理母の施術を経たあとらしい蚕が腹這いで現われると、草一郎は、天井に開いた穴から外界へ出ようとして、

草一郎が、拾ったガラスびんの腹をにぎって這い上っている。そのびんの口は割れてとがっていた。

草一郎　（びんの割れ口を見つめて）

〽どんな町に
いたんだ
お前
もまれ
もまれた
糸切り歯

そのとき、蚕は口からきらきらかな糸を長く引く。「どんな町に／いたんだ／お前」と絶唱しなが

ら、草一郎は、受精のガラス瓶と受精卵を育てた代理母、すなわち、探していた「母」をようやく見つけたのである。天上の穴、つまり産道の出口に迫った彼は、へその糸を瓶の割れ先で切ろうとする寸前に違いない。

二〇〇〇年代の唐戯曲では、後述する『西陽荘』のように、登場人物に舞台上で芝居をさせながらも、じつは劇の総体がその人物の心象空間であるような二重構造がとられることがある。本作はその系統と言っていい。近景は、前述したように湖村蚕を主人公として展開するが、視線を引いて遠目で舞台を眺めるならば、母を探す少年が、その物語を追跡して想像することで、もう一度子宮に潜り込み、再び生まれ直そうとする。いわば少年による胎内くぐり、本作は胎内芝居でもある。登場回数では端役程度の草一郎が、終幕の劇中歌、唐戯曲でもっとも重要なうたを歌うのは、彼が影の中心であることの証しだろう。

冒頭に述べた通り、一般の議論では、治療によって生まれた子が何を考えるかは話題にされない。施術の時点では存在も意識もなかった彼らに、それを問うのはタブーだ。が、例えば、思春期のある日、ドア越しに出生の秘密を知ったならば、どう思うのか。じぶんを温めた代理母に一目会いたいと思うのは、むしろしぜんな感情ではないか。そして、突き止めて、なぜ代理母を引き受けたのか、産んだときどんな気持ちだったか、聞こうとする者もあろう。そのようなふるまいを、幻想の胎内くぐりとして唐は劇化したのである。

生まれいづる悩みはだれの思春期にもあるだろうが、その普遍性を見据えた上で、多感で純粋な「少年」という存在に、出自を手繰る悲痛な想像力を唐は担わせた。子どもから大人への通過儀礼として、伝統宗教などに胎内くぐりがあるのを合わせても興味深い。

5　へその糸を切っちまえ

演じる俳優をあらかじめ決めてからせりふを書く唐の手法、当て書きは、当時、代理母出産が社会で議論になっていたこととは別に、もうひとつの時事性をほのめかす。初演の草一郎役、高橋祐也（丸山厚人とダブルキャスト）が唐組に在籍したのは、二〇〇一年から二〇〇三年まで。女優、三田佳子の次男である彼が覚せい剤取締法違反で逮捕され、その後、三田とつきあいのある唐の劇団に入団したことは、芸能番組や週刊誌で騒がれていた。彼が母探しの心の旅に倦《あぐ》ねた青年であることは、日本じゅうがわかっていたのだ。

草一郎は、高橋祐也のこの境遇に、巧妙に当て書きした面があるのではないか。「母さーん」と叫びながら彼が走り回るとき、その響きは異様な複雑さと切実さを醸したに違いない。あざといと唐に感じた観客もあったかもしれない。

その上で、誕生のかたちや素姓に関わらず、母なるもの、いのちなるものと葛藤するすべての少年へ、唐が投げかけたかったのはおそらくこうではないか。「母親なんぞ、そもそもガラスの器《うつわ》程度だよ。試験管ベビーだろうが代理母だろうが、いのちぐらい授かれるんだ。生まれてきちまった以上、お前はお前で勝手に生きろ。へその糸は切っちまえ」。

初期から一貫して母性を突き放し続けた唐十郎は、家族ではなく、義賊あるいは義族の夢の羽ばたきに、若いいのちをさらっていく劇作家だ。『瞼の母』の忠太郎はヤクザ渡世を歩んでいくが、『腰巻お仙』の堕胎児も、本作の草一郎も、唐戯曲のギゾクになる手前の「はじまりの子どもたち」なのだろう。

註

＊1　実在の病院は「諏訪マタニティークリニック」だが、戯曲本文では「諏訪のマタニティ・クリニック」になっている。

＊2　『身毒丸』では、「母のない子に母親をおわけします」（一五頁）という売り文句で、後妻にするための女が商われる。

＊3　タイでは二〇一五年に商業的代理母出産を禁止する法が作られた。アメリカは州によってその法律が異なる。

戯曲『糸女郎』参考書誌

収録：『WALK』四五号（水戸芸術館ACM劇場、二〇〇二年）

資料

山本茂実『あゝ野麦峠――ある製糸工女哀史』（角川文庫、一九七七年）

唐十郎『唐十郎全作品集　第一巻』（冬樹社、一九七七年）

唐十郎『唐十郎全作品集　第五巻』（冬樹社、一九七九年）

寺山修司『身毒丸』（新書館、一九八〇年）

長谷川伸『瞼の母・沓掛時次郎』（ちくま文庫、一九九四年）

根津八紘『母ちゃんの大八車』（甲陽書房、一九九七年）

梁石日『闇の子供たち』（幻冬舎文庫、二〇〇四年）

唐十郎『少女都市からの呼び声　戯曲篇』（右文書院、二〇〇八年）

二〇〇二年唐組春公演『糸女郎』

〈演出〉唐十郎

〈配役〉湖村蚕（藤井由紀）、晶（稲荷卓央）、藤村（唐十郎）、カジモド（赤松由美）、乳母川美女丸（鳥山昌克）、薊野（田村文彦）、ナヨミ（昆野京子）、朋ちゃん（真名子美佳）、草一郎（高橋祐也／丸山厚人）、谷津先生（久保井研）、ほか唐組役者陣

※二〇一三年秋には、「唐十郎＋久保井研」の演出として唐組で再演された。

III 疾風篇

二つの風、一センチの宇宙

——『鉛の兵隊』

二〇〇五

1　旭川という土地

〽あれはいつのことだろか
二つの風を
頬に受け
歩いていった
こんな道

コタンの崖
と人は言い
誰も立てぬと

風も言う

（二風谷の劇中歌より）

二〇〇三年三月、イラク戦争がはじまった。その攻撃にいちはやく賛成した小泉純一郎の内閣は、七月、アメリカを中心とする多国籍軍に、「派兵」でなく「派遣」として自衛隊が加わることを決定する（イラク特措法）。まるでことばづらでごまかしをするかのように。

『鉛の兵隊』は、ジョージ・ブッシュによる終結宣言が出たあとも、実際には戦闘が続く二〇〇五年、派遣が続いていた年の興行のために書き下ろされた戯曲である。

主人公は、北海道旭川市近文に生まれた青年「二風谷《にぶや》ケン」。二風谷《にぶたに》は道南の実際の地名でもあるが、狼を意味するアイヌ語「ホルケウ」を、もうひとつの名として彼はもつ。和人とアイヌの混血、その二つの風が吹き抜ける人物として、唐十郎は主人公「二風谷」を設える。

北海道、とりわけ旭川とその周辺はアイヌ文化の栄えた地域で、上川アイヌとして知られる。『アイヌ神謡集』の著者、知里幸恵は、六歳から旭川市近文《チカプニ》の叔母のもとで育てられた。上川盆地に散らばっていたアイヌに、北海道庁が集住のために与えた割当地が近文（「チカプニ」はアイヌ語で「鳥のいる場所」）だったのだ。幸恵は、そこで祖母や叔母から口承文芸を受け継いだ。

一方で、明治政府が推進した屯田兵は、和人の大規模な入植と開発を促し、その屯田兵を基礎として作られたのが、本部を旭川に置いた日本帝国陸軍第七師団だった。一木《いちき》清直《きよなお》率いる一木支隊がガダルカナル島の戦いで全滅したことは、第二次世界大戦の惨劇のひとつだが、戦後は陸上自衛隊の旭川駐屯地として引き継がれ、イラク戦争で先陣を切った第二師団は旭川の部隊。小泉は派遣に当たって激励に訪れている。

アイヌ、和人、入植、陸軍、世界大戦、自衛隊、イラク戦争……が交錯するこの土地の歴史から、唐は二つの物語を紡ぎ、二つの風が吹く谷を姓に持つ男に注入した。本作は、さきの『透明人間』のようにひとつの局面が立場によって二層化する構造ではない。ケンという名の和人としてのルーツと、ホルケウという名のアイヌのルーツが、一人の青年のからだで混じり合って吹き渡る。アイヌの血を引く娘「小谷」、自衛隊上官「匠《たくみ》」、奇怪なスタントマン「荒巻シャケ」など、多彩な人物が往来するが、親友「月寒《つきさぶ》七々《なな》雄《お》」との関係のなかに浮上する指紋の一件に焦点を絞って綴りたい。

2　ケンの風

ひとつめの和人「ケン」としての風はどんなか。父を事故で亡くして路頭に迷った彼の家族は、旭川に隣接する上川郡鷹栖《たかす》の月寒一家に身を寄せるが、そこには同い年くらいの少年がいて、名は「七々雄」。幼い彼らが夢中になった遊びは、「幽霊部隊」と子どもたちに名指される、ガダルカナル島で全滅した第七師団の幽霊に出会うこと。出会った証拠として、その指紋をとろうとすること。

長じて上京したケンは、スタントマンになる。旭川の自衛隊員になった七々雄は、イラク戦争に赴任する。そこで、自衛隊と幽霊部隊が重なる夢をともに見はじめる二人。七々雄が砂嵐に苦しむ姿を眠りのなかで見たスタントマン、すなわち、代役が仕事のケンは、その任務を替わりたいとさえ思い詰める。[*1]

そこへ七々雄が帰還し、ケンが属する事務所を来訪。だが、無事とは言えず、左手は包帯で巻かれている。月に見とれたある晩、爆撃された工場跡の化学溶液で火傷し、指の指紋を消してしまったというのだ。

ケンは思い悩む。すると、その夢にかの幽霊部隊の将校、一木清直が現れる。

将校　あの小学校の裏門で、よくきみらは、橋を渡るわたしらを見ていたね（中略）。証拠をとるため、それが幻影でない証しをとろうと

二風谷　すいませんでした

将校　いや、ありがとう。そんな少年らがいるために（中略）、わたしらは、あの霧の夜を抜けてこられた、誰も振り返ることのない忘却のわだつみの底から、今夜も行こうと歩んでいけた

軍都とも呼ばれた旭川の歴史を、子ども時代の遊びや夢を通じて、唐はケンに思い起こさせるのだ。第二次世界大戦から長い年月が経ち、「誰も振り返ることのない忘却のわだつみの底」となった戦死者たちは、子どものあどけない遊びのなかでしか生きられない。いや、そこにこそ生きていると唐は突く。実際、旭川には一木隊の幽霊が行軍する都市伝説があるという。さらに、劇中の夢は続き、

一木　月寒七々雄は、どうして指紋を失ったのだろうか（中略）。きみはこう思ってる
二風谷　どう
一木　幽霊部隊に奪られたと。あの小学校裏で、きみらは（中略）、この一木隊の証拠を、できることなら、兵士の指紋を取りたいと願ってた（中略）。代りに、七々雄はあの熱砂吹くあの熱き国で、指紋を奪られた（中略）
二風谷　かもしれない。ぼくはたしかにそう思った（頭抱えてひざつく）　（傍点筆者）

「指紋をとる」に、「取る」と「奪る」の二つの意味をもたせる唐のトリック。七々雄の怪我は、自分がたき付けた遊びのせいではないか、子どもの頃、チューイングガムを練って兵隊の幽霊たちから指紋を取ろうとする遊びに夢中になったがために、ミイラとりがミイラになるように、七々雄は長じて自衛隊員になり、そうして指紋を奪られてしまったのではないか……。そのように思い込むケン。その後、彼は、七々雄が除隊した自衛隊員になりすますなど、七転八倒のすえ、その友の指紋が焼き付いたガラスの砂時計[*2]を見つけだし、それを渡すことで、負い目を返そうとする。

「そう思った」。ここでは、そう思ったというかぼそい心の糸が、ケンの奮闘を押しすすめる。七々雄の指紋消失は、表面的には本人の不注意による事故だが、その奥へ踏み込んで、じぶんのせいだと自責するのだ。そして、うなされる夢のなかで、かつての日本兵の幽霊たちにもう一度、出会い直す。これを妄想と呼ぶのはむしろ乱暴だろう。何やら引っかかるという程度の勘や思い込みで、わたしたちの日常のかなりの部分は脈絡付けられていないだろうか。ロジックよりもずっと不

安定な糸で、心なるものは編まれていまいか……。

第二次大戦を体験していない世代がほとんどとなった時代に、戦争という近代日本のルーツをどのような方法ならば手渡せるのか。唐は、夢や遊び、心の引っかかりを媒介にした無意識との往還でそれを描く。帝国陸軍の無惨な死の様子は演じられない。かわりに、都市伝説で語り継がれる幽霊が子どもの遊びのなかで生き生きと蘇生し、青年になったあとは無意識の底を彷徨《さまよ》って、表へ出るきっかけを待っている。そして、ふとしたことで浮上する。

子どもから抜けきれないような青年たちの群像劇を描きつつ、あどけなさをむしろ逆手にとりながら、自衛隊と幽霊部隊、イラク戦争と第二次世界大戦を結び付け、主人公の心の深層に、その原点としてガダルカナル島で惨死した兵隊たちを唐は住まわせた。

3　ホルケウの風

先述のように、この青年には「ホルケウ（狼）」というアイヌ名もある。そのことばもいくらかわかる彼は、アイヌの血筋から紡がれる物語も合わせもつ。

もとの住まいを失って、アイヌの祖母「ノッチュ（星）」と路頭に迷っているところを月寒一家に助けられたホルケウは、いつか恩返しをと祖母に言い聞かせられながら育つが、七々雄に恩義を感じているのには、それ以上の理由が子ども時代にあった。

春光台と名乗る住宅地は、かつては近文台と呼ばれたアイヌの集落だった。「春光台ペットセメタリー」という看板の下にノッチュがしばしばしゃがみ込むのは、一族のむかしの住まいがそこだったから。それがいまや犬猫の墓場になり果てて……。暗黙のうちに、彼らの胸中を察した七々雄は、

二風谷　彼（筆者注、七々雄）は、祖母から、しばし聞き、昔住んでた頃の雲の流れや、雨のふくらみ、そして、そうした頃の町名を聞きとって、夜一人、忍んで向かい、春光台の団地の軒先、学園、保育園、福祉施設の表札を40枚、その町名を書き変えた。〈春光台〉に否ず〈近文台〉と。40枚目のペットセメタリーに至っては、看板だけではすまないで、ワンやミーの墓を荒らした……　（傍点筆者）

町に走る**亀裂**。平穏な暮らしが先の居住者からの強奪で成立していることを暴く行為だ。かつての地名に書き変えられ、慌てた住人たちの気配を察しながらも、ペットセメタリーに再び踏み入った七々雄は、やすやすと捕まる。だが、その理由を一言も言わなかった。

二風谷　この時、ぼくは、一番大きな借りを、彼に作ってしまったんですっ　（傍点筆者）

虚弱体質の七々雄を、勘の鋭い少年として唐は描く。そして、ケンの物語と同じように、夢枕でアイヌとしてのこの記憶をホルケウに手繰らせる。

七々雄に指紋の砂時計を渡したあとも、ホルケウとして親友からの「借り」に拘《こだわ》るこの青年は、混乱のなかで火傷を負い、こんどはじぶんの片手の指紋を消失する。そのとき、七々雄の姉は叫ぶ、「それであなたは果たしたわ、七々雄のスタント」。

たしかに、指紋の痕跡を友に戻したところで、じぶんが失うという根本の「代役」がスタントマンが仕事の青年によって果たされた。ガダルカナル島の兵隊、七々雄、「ケン／ホルケウ」は、指紋を「取る／奪られる」という縁でもう一度結び直されたのである。おそらく心の深層でこの男はこうつぶやいているのではないか。ついに幽霊部隊がじぶんの指紋を奪りにきた、と……。

本作に子役は登場しない。青年がじぶんの夢の内容を語ることで、子ども時代をふり返る一種の回想劇である。混血の主人公の心の谷には、ガダルカナル島から吹く和人の風と近文台から吹くアイヌの風が交差しながら吹き降りてくる。夢の底に残っている子どもという存在にとっては、アイヌと和人、戦中と現在に高い垣根はなく、物語は機敏に絡み合う。

そこで追求されたのは、エスニシティーも時間も越えて、「借り」を返そうとする人間の真摯である。しかも、客観的、物理的な何かではなく、「そう思った」という純粋な主観に導かれる。そして、じぶんの指紋が奪られることで気が済んだ「ケン／ホルケウ」は、ささやかな恋をふり捨てて、またべつの場所へ旅立っていく。

求道的な青年像である。ヴァイオリン弾きの娘「小谷」（アイヌ名、シチカップ（鷹））を巡ったケンと七々雄の三角関係も本作にはもり込まれるが、それは淡く、おのれの価値に従ってむしろ禁欲的に動く若者の姿が押し出される。実存主義演劇から出発し、いかに現在を突破するかを問い続ける唐は、二〇〇〇年代後半の劇の活路をそのような人間像に見出していく。

4　指紋という宇宙

では、なぜ唐十郎はこれほど指紋に拘泥したのだろうか。

芝居の二幕は、地下の下水口広場が舞台。その隅には「渦屋」という奇怪な店がある。壁じゅうが指紋の紙で覆われたその店の主人の営みは、商うことではなく、指紋を集めること。名は「鈴子」という。女でも男でもなく、「満月のお生理ないから、半月」と言う中性的な存在だ。辻孝彦が絶妙に演じたこの人物に、唐はまさしく「中間《ちゅうげん》」の役どころを託した。

七々雄の指紋を求めてケンは渦屋を訪ねるが、鈴子はくだんの砂時計をすんなり渡さない。彼女の指紋に対するウンチクを聞きながら、その渦巻き模様を想って目を回し卒倒するケン。そうして、前述の夢を見る。つまり、鈴子の店は、うつつと夢の間にあって、この回想劇を支える橋渡しのトポスなのである。

二風谷　見渡せば、ここには、一cmの宇宙が、ひしめき声をあげてうねってる

鈴子　指紋は畝《うね》りだ（中略）。そしてこれを忘れるな……指紋は混じり合うことを拒んでる

（傍点筆者）

この戯曲では、指紋は「一センチの世界の丘や谷」とも形容され、まるでひとつの宇宙が人間の指さきにあるかのように表現される。個々人を独特な存在としてなり立たせ、混じり合うことを拒むその紋様は、そのひとの一生を映した因果の渦だと唐は捉え直すのである。

その上で、一木支隊の兵隊たちを「死んだ古い指紋の渦で、うめきをあげる。暗い渦の底の涯。人はそこをのぞくまい、たどるまいと目閉じ、耳ふさぐ」と描写し、その指さきに注目させる。つまり、戦死者の肉体の最後のよすがとして、唐は指紋を位置付けようとしている。状況劇場時代の大作『ベンガルの虎』(一九七三年)は、戦地に置き去りになった兵士の遺骨収集がテーマのひとつだが、骨さえ見つからない者もいる。だが、水筒や手帳などの辛うじて残った遺品、そこに残存しているかもしれない小さな紋様に、死者のからだの痕跡を探ることもできるのではないか。他人と同じものは一切ない、その者だけの一センチの宇宙が辛うじて残ることもあるのではないか。

肉体に拘りつづけた劇作家にしか気付き得ない繊細な眼ざしだろう。旭川・自衛隊駐屯地にある「北鎮《ほくちん》記念館」をわたしが訪ねると、一木清直の肖像のほか、ガダルカナル島で亡くなった兵士たちの遺品も陳列されていたが、気付かないだけでそこには指紋も並んでいたのかもしれない。

劇中の子どもらのたわいない遊びを通して、唐は見抜かせたのである。幽霊になろうと、指紋はこの世にあるかもしれない。だから、取る遊びが生まれる。それをなくすことの意味もまた重い。

さらに、ケンのふるまいは、「あの男ばかりは、その渦(筆者註、ガダルカナル島で死んだ兵隊たちの指紋)を逆からたどり、筋を外れて歩いてる」と形容される。長じてなお一木支隊の夢を見続ける義理堅い男。だれかの命令ではなく、おのれじしんの心の糸に導かれ、幽霊部隊の指さきに拘ってその存在を嚙みしめる。彼の物語の風は、じつはその極小の地勢の谷に吹いていたと言ってもい い。アンデルセンの「鉛の兵隊」、役立たずの流浪の兵隊を、皮肉と賛辞を込めて、唐は二風谷に重ねた。

死者はどこにいるのか。そのからだの痕跡はどこにあるのか。本作を通して、唐は、天国でも地獄でもなく、どこかに残っているかもしれない指紋の渦のなかだと示唆したのである。そんな眼ざしで見渡すなら、まるで世界とは鈴子の店ではないだろうか。渦屋のようにあたりいちめん、じつは指紋まみれで、死者の痕跡だらけかもしれない。

5　気づかない顔

一九七四年、唐十郎は状況劇場を引き連れて、『パレスチナ版　風の又三郎』をレバノン・シリアのパレスチナ難民キャンプで公演した。そのときアラブ世界をからだで知った唐は、イラク戦争をどのように思っただろうか。

難民キャンプの興行では、あそこなら公演できると聞きつけた一行が、道なき道を運転してたどり着くと、すでに町ごと爆撃で失われたあとだったという経験もしたそうだ。本作にある、イラクの破壊された民家の描写、「そこは食事のさなかだったのでしょうか。砕けたテーブル、割れた皿に混じって、オリーブを一つのせたままの、小さな食器が、ひっくり返ることなく、埃をかぶっているんです。オリーブの玉はすっかり、しぼんでいました」などのせりふは、その記憶が書かせているのかもしれない。

その二年前、一九七二年の戒厳令下ソウルでは『二都物語』を公演したが、その経験も踏まえながら、中東から帰ったばかりの当時の唐十郎は、雑誌にこのような文章を寄せている。

> ぼくは、ソウルにいた時、ソウル文理大の学生とつきあい酔っぱらったら、必ず「お前の顔はおれのおじいさんを殺した昔の憲兵に似ている」といわれたもんです。そうした恐怖というか、自分自身でも気づかない自分自身の顔というものは、ベイルートに行かなくても、ソウルでも、沖縄でもあるということです。（中略）演劇のみならず、市民運動をも含めて、何故日本人は、そういうふうに一つのサイクルの如く、ちょいと免罪符をうっては、それでもう済んだと思い、あぐらをかいてしまうのか——？
>
> （「昭和又三郎の往復運動」一三頁。改行は省略して引用した。傍点筆者）

本作の主人公の心の旅は、アイヌのルーツと和人のルーツを絡ませながらもそれぞれを相対化する。ゆえに唐は「二風谷」と名付けたのだろうが、その全貌を眺める芝居の観客は、そこで複眼的な歴史像を受けとる。第二次大戦の酷い戦死者が、べつの視点では、そもそも侵略者であり加害者であり抑圧者の顔をもつことを、近文台のアイヌの記憶はしかと伝えるのだ。

「気づかない顔」をも含めた、単線でない歴史像を演劇で立ち上げるにはどうすればよいか。二風谷と同じように、唐もまたパレスチナやソウルの記憶の谷を彷徨い、おのれの借りに向き合おうとしたのが本作ではなかったろうか。イラク戦争と脈絡を同じくしてアメリカ軍が侵攻したアフガニスタンでは、二〇二一年八月の撤退をきっかけに、緊迫した政情が続いている。歴史学者の藤原辰史は「あのとき米軍支持の旗幟《きし》を鮮明にしたはずの日本では、今、人ごとのような空気が漂う」(『毎日新聞』同年八月二十六日付)と警告する。本作はその点でも、ふり返るべき戯曲だろう。

知里幸恵の『アイヌ神謡集』は、梟《ふくろう》の神による鳥瞰の目線によって、現世の盛衰をこのように歌う。

人間の村の上を
通りながら下を眺めると
昔の貧乏人が今お金持になっていて、昔のお金持が
今の貧乏人になっている様です

(「梟の神の自ら歌った謡」一一頁)

アイヌであれ和人であれ、口承文芸が豊かだった時代には、複眼の歴史像の多くは、聖なるものや動物たちの特別な視線によって伝えられてきただろう。本作の唐十郎は、一人の青年の肉体に二つの歴史物語を宿らせ、観客という遠方の存在に鳥瞰させることで、それをさし出した。

註

＊1　七々雄の姉「冴」も、もともと強健とは言えない体質の弟を思って、困った時には代わってやってほしいとケンに頼んでいた。

＊2　高校時代にガラス工場を見学した折、七々雄は砂時計を作る過程のまだ熱いガラスに触ってしまった。そのため、そこに指紋が焼き付けられて残ったという設定になっている。

戯曲『鉛の兵隊』参考書誌

収録：『唐組熱狂集成』（ジョルダン株式会社、二〇一二年）

資料

唐十郎「昭和又三郎の往復運動」『面白半分』一九七五年一月号（株式会社面白半分）

知里幸恵編訳『アイヌ神謡集』（岩波文庫、一九七八年）

唐十郎『唐十郎全作品集　第三巻』（冬樹社、一九七九年）

藤原辰史「「タリバンのアフガン制圧」大国の「物語」に乗るな」『毎日新聞』（二〇二一年八月二十六日付）

二〇〇五年唐組春公演『鉛の兵隊』

〈演出〉唐十郎

〈配役〉二風谷ケン（稲荷卓央）、月寒七々雄（久保井研）、弾き手・小谷（藤井由紀）、月寒冴（赤松由美）、渦屋鈴子（辻孝彦）、匠（丸山厚人）、荒巻シャケ（唐十郎）、ジャコマン（鳥山昌克）、散里おひめ（真名子美佳）、ほか唐組役者陣

※二〇一三年春には、「唐十郎＋久保井研」の演出として唐組で再演された。

メールストロームの彼方で笑え！

――『津波』　二〇〇四

1　忘れないです

津波が来た日を覚えていたい
あの夏、根こそぎ店をのんで、洗っていった
砕ける瀬戸の悲鳴と嵐
忘れないです、わたしを包んだ店の諸々
（照屋のせりふより）

唐十郎戯曲『津波』初演は、二〇〇四年春のこと。東日本大震災はおろか、スマトラ島沖地震も起きてはいない。インド洋の大津波が巻き上がるのは上演の半年後、三陸沖のそれは七年後である。なぜ津波をテーマにした戯曲を唐は書いたのだろうか。劇作家の直感がその予兆を捕まえたというだけではないだろう。

この約半世紀だけでも、六〇年にはチリ津波、六四年には新潟地震の津波とアラスカ地震によるそれ、八三年には日本海中部地震、九三年には北海道南西沖地震のそれ……。日本列島とその沿岸はしばしば震え、飛沫《しぶき》を巻き上げている。

さらに、唐組時代の唐十郎が探求してきたのは、これまでの戯曲考察からもわかる通り、「拘《こだわ》る」という思想だ。それは、簡単に壊し、ことごとく使い棄てて忘却しようとする社会システムに抵抗する牙だと言っていい。そのような執着の姿勢から、ともすれば大きな破壊力をもつ津波に、唐はかえって引き寄せられたのではないだろうか。

主人公は、藤井由紀が扮する「照屋照《てるやてる》」。「〜屋」という係を表す姓を登場人物に付けることで、その役割を端的に示す手法を唐はしばしばとるが[*1]、この女主人公はいわば「照る係の照るひと」、燦々と輝く女の子。当時の唐組の二大美男優、稲荷卓央が演じる「染屋影作《そめやえいさく》」、丸山厚人が演じる「加芽王《カメオ》」の二人から恋心を向けられるモテ娘だが、仕事は、毎日だれもが使っている白い陶器を作ること。茅ヶ崎にある「湘南陶器」、略して「湘陶」という名の工場に勤める、便器作りの職工なのだ。清楚な乙女に便器を作らせる落差こそ、いかにも唐らしい飄逸《ひょういつ》だが、徹夜も惜しまずいそしむ彼女は、イケメン二人に言い寄られながらも、仕事にこそ打ち込んでいる。

そして、彼女の背後には、同じなりわいに従事する影の主人公がいる。それは、ある事情で湘陶からは追い出されたが、伝説の便器職人として知られる「夢尻《ムッチリ》・丈《ジョー》」。この男もどちらかというとモテ系のようだが、居候している美容院の「個室」で日夜、抱いているのは女ではない。麗しき便器だ。扮したのは唐十郎。二〇〇〇年代に書かれた戯曲では、狂言回しの脇役に回ることが多いのだが、準主役と言っていい役どころをかって出ている。そして、照屋と夢尻、その二方向から「津波」をさまざまに描き出すことで唐は錯綜を立ち上げる。この迷宮造り師は、名指す内容をストレートな語義通りにはしない。

2 ワレモノの箱

まずはあらすじを踏まえながら、照屋から見た「津波」を探ってみよう。

そこは海辺の町、神奈川県茅ヶ崎市。かつては何百人もの女工がその女子寮に住んでいたという「湘南陶器」だが、いまや斜陽で倒産寸前となっている。そこで松島屋デパートに営業に行った「照屋照」は、「加芽王」に出会い、八階建ての各階八個、合計六十四個の便器の注文をもらう。湘陶と取引がある石材業者で、照屋に思いを寄せる「染屋影作」は、そのひとつをサンプルとして美容院「甘えん坊」に運んでくる（戯曲の舞台は、その店内）。美容師の「肌子」の世話になっている伝説の名工「夢尻・丈」に出来映えを見てもらうため、運んできたのだ。職場は追われたものの、いまでもそれをこよなく愛する夢尻は、照屋の品を絶賛する。

ところで、そのサンプルは、「八重さんに」と加芽王の依頼で発注者の名が焼き付けられた特別品だった。仕事に没頭する照屋の姿を遠巻きに眺めるうち、彼女に惹かれた加芽王は、それがもとで会社の上司「満星八重《みつぼしやえ》」と諍いになる。

八重　言って、なぜそんなサイン（筆者註、「八重さんへ」の名入り）が必要だったのか（中略）。恋ね。恋してしまったのね。……それも小便くさいどこかの誰かに（中略）

加芽王　不浄な、これほどきつい過酷な労働にいそしむ者をわたしは今まで見たことあったでしょうか。（中略）生産は需要と供給から始まります。がこの物づくりには、当初から需要がないんです。

（傍点筆者）

いとけなさと便器作りをかけて、「小便くさい」と照屋をコケにする八重のせりふ回しが絶妙だが、じつはこの発注は半ば詐欺であった。加芽王はその証拠をわざと残すため、「満星八重」の下の名を入れるよう頼んだのだが、それによって退社を余儀なくされる。さらに、ことの事情を照屋に打ち明けようとした彼は、発注はデパートではなく、じつは自社なのだとその名を告げようとした瞬間、同僚の「平」が乱入。サンプル品をハンマーで打ち砕き、証拠の部分を奪い去っていく。呆然とした照屋は、

照屋　――発注はなかったんだって（中略）

染屋　……じゃ、八階×八個の64個は？（中略）

照屋　津波

と言った。

染屋　なに（み）

照屋　きっと〈津波〉が来たんだね。あたしたちを洗い流しに

（傍点筆者）

「津波」という語がここで初めて現れる。注文を空転させて、覆すものの比喩として。が、ともあれその代金は支払われたという。つまりこの詐欺は、照屋の努力だけを無駄にし、工場での彼女の立場を貶《おとし》めるために謀られた八重一派の罠だった。

二幕は、行き場を失った便器たちがもち込まれ、ズラッと壁にはり付けられた奇観の美容院内が舞台だ。不浄と美容のマッチングが愉快だが、そこはいま、近所から「カレラの家」（コレラのもじりであり、便器を「彼ら」とひと扱いしてもいる）と噂されている。

そこへ水道局長が消毒にやって来る。じつは平の変装で、彼は欲しい欠片《かけら》をとり違えたため、再訪したのだが、「八重さんに」と記された証拠の一片は、揉み合いながらも、先方から守ることができた。

そこで、ほかの便器の欠片と繋ぎ合わせ、壊された名品を復元しようと照屋は取りかかるが、そのもとに届いたのは柳行李《やなぎごうり》と家財道具。工場の門前に打ち捨てられていたというそれは、

関　旭が丘の女子寮な、あそこは（中略）、照ちゃん一人しか住んでないんだよ

染屋　何百人も居ただろう

関　過去はな

それは照屋の一式で、経営が立ち行かなくなった湘陶は、すでに女子寮を競売に掛けていた。つまり、六十四個の便器の謀《はか》り事は、それを落札した会社、満星八重とその一派が、どうしても立ち退きに応じない照屋を窮地に陥れ、工場から追い出されるよう画策したものだった。

八重らはそんな照屋に追い打ちをかけ、名入りの欠片を返さないのであれば、その柳行李を踏みつけにすると脅しはじめる。そして、踏み抜かれようとする瞬間、「華奢なものです、やめてください」と足にしがみ付いた照屋は、みずからの来歴を語りはじめる。

照屋　あの旭ヶ丘に寮が建ちならぶ前のこと……あたしはその坂の上の一軒に居たんです（中略）。海の荒れ狂う遠吠えも、（中略）窓から見てた。（中略）あの烏帽子《えぼし》（筆者註、烏帽子岩のこと）、その荒くれだった秘密の影さえ、時計代わりにつかってた。

そこにね、小さなお店がありました。

湘陶に買いとられ、壊されるその日まで……。

（傍点筆者）

寮を退去しなかったのは、その土地がかつて湘陶に潰されたじぶんの生家「照屋茶碗店」の跡地だからだと告白する。行李の中身は、重機に壊されたときに破片になった茶碗の残骸、つまりワレモノゆえ、踏み抜こうとする八重の足を止めたのだ。倒産した茶碗屋の娘は、その土地に拘るがゆえに、買いとった先方にあえて入社し、さらに食器のかわりに便器に打ち込むことで、「陶器屋」の身上をも貫いたというわけだった。

「じゃ、あんた踏むかい？」、しがみつかれた八重は逆にけしかける。すると、すすんで裸足になる照屋。足裏をお碗の屑に刺されながらも踏みしめて、

照屋　津波が来た日を覚えていたい
あの夏、根こそぎ店をのんで、洗っていった
砕ける瀬戸の悲鳴と嵐
忘れないです、わたしを包んだ店の諸々
それが、散りぢりに別れていったの……だから（中略）、わたしは自分のために踏んでるんです
（傍点筆者）

八重の挑発を、みずからの心の闇に照屋はあえて引き付ける。足を血まみれにしながら、破壊の日にのめり込んでいく切ない姿は本作の名場面のひとつだ。

3　心のカビ

このとき、「津波」とは何か。劇中、「あの烏帽子のある海では、津波など、一度も来たことなどありゃしない」というせりふがあるように、実際の海の波ではない。唐は、徹頭徹尾、多義的な比喩としてそれを扱う。ここでは、景気の大波、資本主義経済における土地所有者の交替劇を、「津

波」と照屋に喩えさせている。小さな店が大会社に簡単に壊され、飲み込まれた惨禍。そして、いまやその会社も他社に飲み込まれようとしている。湘陶女子寮の土地を買い取ったのは、同じく衛生陶器（便器）を扱うライバル会社「カドモス」だった。[*2] 八重は企画室長で、平と加芽王はその部下なのだ。

あるいは、この「津波」は重機の動き、それに撒き散らされた茶碗の海、その瓦礫の音だと言ってもいい。店が潰された当日も、忘れないと誓うために裸足になって割れ物たちの上を踏んだ照屋は、またもう一度、それを踏みしめた。このようにして、舞台上に「津波」直後の惨況を劇的に唐は再構築した。いたたまれなくなる観客たちの悲鳴とともに。

ゆえに、「津波」は高なる心の波でもある。茶碗屋の娘はその土地にしがみつき、かたちの変わった陶器を作り続けたが、とうとう追い出されようとするとき、またも屹立する胸の傷み。欠け茶碗を踏んだところで、店の復讐ができるわけではない。ただ、覚えていたいという哀切な心根が主人公を光らせ、名の通りの輝くひとが出現する。

だが、その上で、この照屋を罵倒する劇展開こそ、唐戯曲の真骨頂である。

八重　……カビを見た。あたしは今、この小便くさい女の、心の便器のカビを見た。（中略）
やりなさい、
あんたのためじゃない、
あたしのために。
（傍点筆者）

唐十郎は八重にそう吠えさせる。小娘のけなげな意地なぞ、心という排泄器官に湧いたカビに過ぎない。悲劇のヒロインとそれに同情する観客を、悪しざまに切って捨てる展開である。カドモス一派の攻勢はさらに続き、八重は、染屋の暴行未遂を逆手にとって、それを通報されたくないなら、照屋の足から滴っているその血を「血糊」にし、復元中の便器をそれで繋ぎ合わせよと、無理な責め苦をも負わせる。

華奢な足を真っ赤にし、店の名残りのお茶碗に生き血を絞る照屋照。苦しめば苦しむほど輝いていく舞台上の娘。歌舞伎の鷺娘などの責め苦も踏まえられているに違いないが、「津波」から感傷だけを抽出し、劇的にモノ化したと言ってもいいだろう。同時に、唐は、とことん苛めることでナルシズムを絞り尽くさせ、小娘（＝小便くささ）から彼女を脱却させようとしている。この太さこそ、ほかの劇作家にはない唐戯曲の度量だろう。

そうして、血糊でツギハギされた前代未聞のボロ便器ができ上がっていく。せりふにもある通り、それは「ゲイジュツ品」。マルセル・デュシャンの「泉」も当然踏まえられているだろうが、照屋のズタズタな心のオブジェ化、表現そのものである。そうしてその品を完成させた娘は、烏帽子岩が見える地から旅立つ。けっきょく、カドモスによる再開発ははじまってしまうのだが、それゆえにこそ、ようやく巣から飛び立つことができたとも言える。

くり返し書いているように、唐の戯曲のほとんどは一種の変身劇だが、染屋との二人行脚がはじまる本作の終幕は、いわば、娘から女への脱皮だろう。実家の茶碗屋に束縛され、陶器と結ばれるしかなかった尼僧のような小娘が、じぶんの思いを表すなかで、それを分かち合える男を見つけ、つぎなる町へ旅立つ。二人が背負った行李からは、揺れるたび欠け茶碗の波音がする。それは、どんな場所でも、そのひとがそのひとであるための矜持の音に変わったのではないか。

照屋を焦点にして見えるのは、傷みから誇りへ、心を野太く昇華させる変容劇。「忘れない」とは傷付き続けることではなく、自負へ飛躍させることだと唐は主張している。思えば、しばらく前まで苦労とは勲章でもあったのではないか。

4　メールストロームの瞳

ここまででも十二分に肉厚だが、影の主人公「夢尻」が抱く幻想が、照屋の展開に重ねられ、戯曲は重層化していく。

夢尻が湘陶を追い出されたのは、シンナーのように施釉液を嗅ぎ回し、白昼夢に耽るようになったせいだった。名の通りの夢見たがり屋だ。さらに直接の原因は、製作行程で傷ができた便器の廃棄処分を阻止しようとし、会社に歯向かったこと。工場の主《ぬし》だった彼を追い出したせいで、湘陶は斜陽になったと噂されてもいる。

照屋の特別なサンプル品を見た夢尻は、

夢尻　これは便器じゃない

染屋　なに？　じゃ

夢尻　鞍《くら》だ。（中略）股がったら夢の馬が走り出す。そうして多分、その馬は、現実に戻らないだろう　（傍点筆者）

素晴らしい便器とは、それを使うものを夢想に駆り立て、「夢の馬」を誕生させるのだと彼は言う。突飛なようだが、誰しも用を足すしばらくの間は、物思いに耽るもの。唐は屈託なくそこを発展させたのだ。そして、「余りにも美しいものを作ったもの（筆者註、照屋）は、それと心中することになる」ので、誰かが代わりを務める必要があると意味深長な予言をする。

便器をこよなく愛する彼の日課は、使い捨てられたそれを近所から拾い集めること。そして、居候している「個室」、つまり美容院の便所にそれらをもち込む。なぜそんなことをするのかと保健所員に問われた彼の答えは、「独立便器」を求めている、と。便器とは、使われているときは、ある「練習」をしているにすぎず、無用になったとき、つまり、ひとから独立したとき、それまでの稽古がようやく活用されると彼は考えている。

夢尻　ヒトの肛門見上げてきたものは、いつか、この世の肛門見上げるために旅立たなければならないんだ（中略）。便器の中で、いつも回っているものはなに？

染屋　水

夢尻　（手を回し）こんなななると？

染屋　濁流
夢尻　日夜、それに耐えていた、練習してた。濁流にのりだすため
（傍点筆者）

ジュール・ベルヌ著『海底二万哩《マイル》』を愛読する夢尻は、その世界にとり憑かれている。つまり、便器とは、ひとに使われている間は、水洗という「内海」で小渦巻を体験しながら個々の用足しを見つめているが、それから独立したあとは、つまり廃品になってからは、「外海」、すなわち本当の海に出航し、ベルヌの小説さながらの潜水艦「ノーチラス号」となって、人間界の排泄を見つめつつ、大渦巻を引き起こす。「トイレの目」から見た異化効果が愉快だが、作っては壊す人間社会の多量のゴミや瓦礫を「この世の排泄」と喩え直すことで、夢尻の思いは、照屋から見た経営交代劇とも繋がっている。

さらに、美容院の窓から見える烏帽子岩は、彼にとっては、潜水艦になろうとする便器たちがやがて集結する秘密基地。美容院の便所は、じつはそのための船工場で、添寝していっしょに夢を見ることで、廃品の便器を潜水艦に作り替える仕事をしているつもりなのだった。使い捨てられたそれをひたすら集めていたのは、それゆえだった。

そのため、周囲からは、「脳散らす（ノーチラス）」、脳を狂わすとんでもない人物とも目されるが、照屋にとってはかけ替えのない支援者。八重に責め立てられながら、照屋の「ゲイジュツ品」の製作が進むと、

夢尻　苦労万才！（中略）お尻と便器、……そして共に同情しながら
肌子　生きていく？
夢尻　心中しちゃう

と夢尻は宣言する。

そうして、『海底二万哩』のネモ船長よろしく、「メールストローム（大渦巻）！」と叫び、仕上がったゲイジュツ便器を抱えて水槽に飛び込む。その底へ潜っていく。ツギハギのそれは、前述した通り、照屋の「心」の表現だが、それとともにしばし心中した夢尻は、彼女の痛ましさを引きとったとも、船長として秘密基地まで「潜水艦」を導いたとも……。舞台上の水槽のなかには、ゆらゆら便器をかき抱き、不敵に微笑む唐十郎がいる。観客の目に焼き付く多義的な名場面である。

ここで「津波」とは何か。舞台上には、飛び込むことではみ出した小さな飛沫があるにすぎない。だが、唐は、夢尻の脳内に、メールストロームの夢を立ち上げ、強烈に信じさせることで、それを見入る観客にも劇的幻視を授ける。つまり、いま、夢尻は「津波」をひき起こしたのである。「ノーチラス号」がのり出す大波、この世の経済交替を飲み込む津波が掻き起こされた。さらに、この「津波」は、状況を昇華しようとする突拍子もない浄化力でもある。照屋は、爆発的なエネルギーをその男からもらい、ひと回り大きくなる。

しばしの暗転後、

染屋　名工、どこにいますか（中略）
あんたは言った、烏帽子の岩礁を根城にした独立便器のドックをつくると
それはどこです（中略）
水に流れゆく諸々よ、使い棄てられたものたちは何になるのか、今、それを見せてくれ

個室のドアが開く。和式便器をたてがみのように被って連ねて引きずった、素っ頓狂な夢尻が立っている。この世の生きものとは思えないほど、晃々《こうこう》と瞳を輝かせて……。その姿は、便器が転生した潜水艦「ノーチラス号」、その不細工な出来損ないの「脳千乱散《のうちらす》」、さらに、照屋の心が転生した「夢の馬」でもあろう。

屋台崩しが起こり、テントの外で、行李を背負った若い男女が寄り添うとき、その内側の花道へ、陶器のたてがみを引きずった夢尻は進む。途中で倒れる。が、不敵に笑うのだ、地面を爪で引っ掻きながら。

照屋の成長劇の裏側で、みずからを奇怪な潜水艦に変成させつつ、巷にゆき倒れた風狂な老工。唐十郎じしんがそれを演じた。

5　滑稽という輝き

東日本大震災から十年余。「津波」を多義的な比喩にすることで、劇迷宮を作り上げた本作の投

げかけは深い。三陸海岸の大津波を体験した直後、わたしたちのそれに対する感受性はリアリズムに傾いた。だが、ことばの作品とは、どんなアプローチをとったとしても、しょせんは「作り物＝虚構」に過ぎない。それを忘れると、文学は巨大な現実の前で萎縮するよりほかない。

一貫して比喩として「津波」を描き、決して写実しないことで、その破壊と浄化の両面を捉え、かくも重層的な虚構空間を構築した唐十郎が眩しい。ことに津波の浄化力は、リアリズムやヒューマニズムでは到達できない。幻想を追求する筆力が現実のさらに奥へ踏み入り、海の大いなる力をも摑まえた。人間の能力をはるかに越えた自然なるものと向き合うためにも、幻想はあるのかもしれない。

震災後、癒しや祈りといったことばが氾濫した時期があった。それが違っているわけではないのだが、どうすれば傷みを自負に変えることができるか、どうしたら不敵に笑えるかを問うたこの戯曲は、災禍をさらに心の深みへ運び、太く励ます。本作の公演は、阪神大震災を経験した神戸でも行われたが、劇に打ち震える観客の様子を、当時の舞台監督でもあった役者、鳥山昌克から聞いたことがある。激しい幻想劇であればこそ、憔悴を経験したひとの胸に果敢に飛び込んだのかもしれない。

くわえて、本作における「忘れない」とは何か。唐十郎はそれをどう描いたか。

一言でいえば、それは災禍を夢の力で昇華し、さらに飛び立っていこうとする道行き。茶碗屋の残骸を踏みしめることをくり返す照屋を、唐は容赦なくいたぶる。過去を刻み直すことが「忘れない」ではないという主張だろう。さらに、心の膿を吐かせるように血糊の作品を作らせ、そうして巣立つところから、新しい「忘れない」をはじめさせる。夢尻の「津波」がその心を洗い流しもした。「津波」の悲しみを越えさせるのもまた「津波」だった。

つぎなる旅を染屋とともにはじめる照屋の歩みは、「もうない店に帰る」旅だと、矛盾した形容で表現される。茶碗屋はない。それがあった土地に住み続けることももうできない。だが、その欠片が入った行李は、染屋と分かち合いながら背負われている。この「帰る」とは、いわば夢の店、幻想のそこを目指すことなのだろう。

もはや、もとの姿からどれだけ離れてもいい。夢とは、便器が潜水艦に転生するほど自由で、それを被った夢尻のように素っ頓狂なもの。瞳をキラキラ輝かせながらも、どうしようもなく不様なのである。すなわち、「忘れない」とは、みずからの矜持を大事に、いびつな夢を貫くこと、底抜けの滑稽をひき受けることだと、唐十郎は言いたいに違いない。

このさき末永く、照屋たちが「もうない店に帰る旅」を続けるなら、彼らはきっと夢尻に近付くだろう。だれよりもトンチンカンで、だれよりも本質を知っていて、だれよりも輝き、大胆不敵に笑うことのできる人間に……。

だが、それは役柄というより、唐十郎という人間そのものではないか。路上に倒れ、ニヤッと片頬で笑っていた終幕の姿は本人であった気がしてならない。それから八年後、彼の転倒事故はまさしく路上だったのだ。

註

＊1　戯曲によっては、「〜や」に対して「〜谷」「〜夜」などの漢字を当てることもある。

＊2　日本のその業界の二大勢力、「東陶（東洋陶器）」と「イナックス（現リクシル）」を唐はパロディ化してもいるだろう。

戯曲『津波』参考書誌

収録：『せりふの時代』三一号、二〇〇四年春号（小学館）

資料

ジュール・ベルヌ著、清水正和訳『海底二万海里』（福音館書店、一九七二年）

堀切直人『新編唐十郎ギャラクシー』（右文書院、二〇〇七年）

樋口良澄『唐十郎論——逆襲する言葉と肉体』（未知谷、二〇一二年）

二〇〇四年唐組春公演『津波』

〈演出〉唐十郎

〈配役〉照屋照（藤井由紀）、夢尻・丈（唐十郎）、染屋影作（稲荷卓央）、加芽王（丸山厚人）、満星八重（赤松由美）、平（鳥山昌克）、肌子（真名子美佳）、白夜（久保井研）、関課長（辻孝彦）、ほか唐組役者陣

渾身の夕暮れ
――『夕坂童子』

二〇〇八

1　笛の童子

〽時（刻）の針に逆らいながら
いつも左に巻いていく
その蔓は
おれの櫂
だけど
おれにも分らない
長い眠りの
闇の奥
『それで咲くのは一刻《いっとき》なんて！』
その長いトンネルで

いったい、どんな夢を見ていたのか……が

（奥山六郎の劇中歌）

時計の針とは逆に、左回りをつづけるこの花の蔓。そうして伸びて、ようやく蕾をむすんでも、長い眠りはまだ覚めない。ある朝、ラッパのようにその花がひらくまでは……。ならば、眠りの闇のなかで見ていた夢は何なのか。蔓のトンネルで見ていたのはどんな夢想なのだろうか。主人公、「奥山六郎」のうたは、そんな朝顔幻想を謎かけている。

『夕坂童子』は、その花市で名高い東京下町の鶯谷、その長い坂と坂下が舞台だ。実際の劇空間にも、下手へいくほど高くなる坂が設えてあるが、登った先は見えない。その見えない坂上に、唐は、死霊や精霊の溜まり場を置き、ことば、すなわちせりふで暗示する。ひとは簡単に立ち入れないその場所は、トンビやカラスが飛び交い、夕顔が群生している墓場だという。その花の精でもあるような女、「夕子」はこのように言う。

夕子　そこは夕焼け谷の廃《あば》ら墓。（中略）誰にもそこを教えるな、只、気味悪がられ、唾はかれるだけだから。（中略）朽ち、人骨乱れる穴とあちこちの雨溜り。そして、そこに夕陽を待つ、待ちすぎてちぢこまる……つぼみ開きかける一輪を

夕顔の花畑でもある墓場は夕陽の溜まり場でもあるようだ。主人公、浅草・花やしきのお化け屋敷で働く「奥山六郎」は、そこに居るという少年、暮れどきに笛を響かせる「夕暮童子」の幻を追

いかけて、ここまでやって来た。
幼い日、ラジオにかじり付いて「笛吹童子」の放送を聞いた唐十郎は、このように当時を述懐している。

ラジオはいつも綿ぼこりにまみれていた。というのは、布団などが積まれている二段の押入れの前にそれが鎮座しているからである。（中略）不思議なイメージの暗箱は、置いたらもう動かすなどあまりにも恐れ多いことであった。（中略）僕は長屋の野蛮なガキであり、そのためか、綿ぼこりを頭にいただき、やや頭上から聞えてくる北村寿夫の『笛吹童子』は、物語というよりも一つの御託宣に思えた。
（「笛吹童子——「小さい巨像」」一三六頁）

ラジオ機を「霊のトランス」とも評する唐にとって、笛吹童子は、時代劇の勇者を超えて、不思議な場所へじぶんをさらう魔物に感じられていたようだ。

思えば、『笛吹童子』の後半に「開かずの間」の話があったっけ。それがどうしてそう呼ばれ、だれがそこに踏み入ったかは忘れたが、（中略）笛の音に踊らされて先へ先へとゆく僕たちの耳の旅が、結局はこの死空間の謎解きであったようにおぼえている。
（『同』一三九頁）

本作の坂上の見えない場所は、その「開かずの死空間」が踏まえられているに違いない。朝顔市の町を舞台にする『夕坂童子』は、幼年期のそんな耳の旅を飛躍させた。坂によってこの世とあの世、朝顔と夕顔を結び合いながら、笛の鳴りひびく夕暮れどきの輝きを、類い希な方法で異化した作品だとひとまず評しておこう。

2　花の弁償

物語は、二〇〇〇年代の唐十郎戯曲のなかでもっともシンプルなひとつと言っていい。メインストーリーは、町内で「夕陽にかざす手袋展」という不思議な催しが企画され、思いがけないかたちで実施されたというものだ。

鶯谷駅近くの坂下では、町に客を呼び込むため、「夕陽にかざす手袋展」が企画され、それぞれどんな手袋をかざすか張り合っている。巖谷國士は、「坂の下どころか漏斗《じょうご》の底のような、ひとつの小さな社会」（「唐十郎のモノがたり」一四頁）だと、その下界性に注目しているが、企画展のために準備されつつあるのも、ちりめんや羅紗の手袋のほか、鑞《ろう》の手袋や下水ざらい用ゴム手袋、練炭の手袋など、唐劇らしく奇抜で俗臭のあるものが多い。扇田昭彦は、「多くの男女が、いわばこの無償のナンセンスに、妄想とも言える偏執的な情熱を注いでいる」（『図書新聞』二〇〇八年七月十二日付）と記す。

そんな町に、浅草で働いている「奥山六郎」（奥山は浅草歓楽街の旧名）が降り立つ。ラッパ型の花を愛するこの男は、朝顔の化身のような女「朝子」と会って恋仲になっていく気配だが、夕顔の化身のような「夕子」とも出会うと、ささいな諍いがもとで、彼女がやっとの思いで坂上からとってきた一本の夕顔を散らしてしまう。その代償に、こんどは朝子がよじ登り、なんとか一輪をとり遂せると、

夕子　なぜすんなり取ってこれたの？　あの廃ら墓から（中略）

朝子　しぼんだ朝顔、そんな顔つき（中略）、泥棒猫みたいに、夕方畑へ踏みこんだ。（中略）一輪恵んで見逃したれと

夕子　主《ぬし》よ、これは夕方の主なのよ。（中略）その一輪消えることさえ、まるで夕方の空にヒビ入り、茜の小さなカケラが持ち去られ、ポッカリ小穴が開いたように思われ……

（傍点筆者）

朝子がとった夕顔も、揉み合いのなかでけっきょくだめにしてしまうのだが、唐はここでそれを単なる花に留まらせていない。夕陽を呼び込むことのできる「夕方の主《ぬし》」へ、一輪の夕顔の存在を膨張させる。奥山が散らしてしまった弁償、代わりのもう一本が見つからないなら、鶯谷は夕陽に無視されるしかないと、花の力は大きく誇張されるのだ。町の一人はこう言う。

丘　そろそろ時刻だ、（坂の上を見上げて）来い夕陽、その絶頂期をむきだして。この何もない鶯谷を通りすぎてけ。（中略）

それはもう
この坂のある町には
夕方の主が居ないから
きみを呼び
呼び笛
呼ばれ笛ともなる
あの夕顔がないからだ
（傍点筆者）

鷺谷は、分け隔てなく照らすはずの太陽が無視して素通りする町だと表現される。夕焼けを見過ごすことの多いオフィス街なども、じつはそれがない、人々の心にその花笛がないと言っていいのかもしれないが、このようなレトリックが、夕顔を散らした奥山六郎をさんざん貶《おとし》め、追い詰めていく。「夕陽にかざす手袋展」をいくら企画したところで、それに無視される町なのだとむやみに吹聴することで、まさしく咲かせるべき一輪の登場を、観客をも巻き込んだテントの一同に嘱望させることが、じつは唐の狙いなのだ。

そうして、日没が間近になったとき、じつは、その坂上の花畑にいる夕暮童子の幻を追って、じぶんはここに来たことを奥山六郎は明かす。その童子の魔力は、姿を直視するものを死の領域に引きずり込むという伝説をも告げながら、

情夜　それ（筆者註、夕暮童子）見たら帰れないと言ったな
奥山　うん
情夜　生活に戻れず、死に体になっちまうみたいに
奥山　それが？
情夜　だったら死なん術はそれしかない。なっ、ちまう、こ、と、し、か（傍点筆者）

奥山じしんが夕暮童子になる。代わりのもう一本の夕顔になる。その瞬間がこの芝居のハイライトである。そのためにすべてが待たれ、道具立てされてきたと言っていい。ラッパ型の花に執着するこの男は、じつは傍らに大きなスーツケースを携えていた。そこに秘められてきたのは、懐かしき蓄音機のスピーカー部分。つまり、「夕顔」の形をした真鍮の巨大な花だった。

とり出して、男は叫ぶ。

奥山　そろそろ出ようか、おれの夕顔……
夕暮童子には思えぬ、さびて疲れた奥山のこの手でつかまれ。（中略）笛は鳴らせない、この冴えない男の息しか（中略）。が夕顔、おれはきみの夕陽を放つ、硬く冷たい花弁が好きだ（中略）。行くよ、おれの水中夕顔

そうしてスピーカーの根もとをくわえ、泡笛を吹き上げながら大きな水槽のなかへ沈んでいく奥山[*1]。そのとき、ギンッと絶好の夕陽が町に差し込む。待ちに待ったそれがやって来る。だが、人々の手袋は、もはや西の方角にかざされない。手袋をはめた無数の手は、夕暮童子になろうとする奥山六郎の渾身の夕顔、水中で乱反射する真鍮の巨大な夕陽に向かい、眩しそうにかざされるのだ。

3　渾身の夕暮れ

唐の筆力は、夕顔、童子、笛、スピーカーを男の一身に集約させた。不意に出現した巨大な花には、それまで語られてきた夕顔と童子、すなわち、「坂上の死空間」の伝説が充塡されている。本作の影の主人公は、終幕のこの真鍮製の物体であった。愛しく抱擁しながら水中に落ちる奥山は、謂われまみれの物体と結合することで異様に輝く。モノがひとを特権化する。樋口良澄は、「夕陽にかざす手袋という小さな物語が、巨大な妄想に転化する瞬間」(『唐十郎論』一六六頁)だと評する。ふと冷静になれば、蓄音機の一部を抱いて水槽に潜ることに白熱する青年とは、なんと奇妙なことか。ゆえにこそ、そこに幻視が具体化し、具現化し、膨張する。奇怪なモノの働きを熟知した劇作家による巧みな仕掛けである。巖谷國士は、「オブジェの危機と痙攣にこそ解放の契機をもとめるシュルレアリスムの発想」(「唐十郎のモノがたり」一六頁)を本作に見て、「廃品(筆者註、そのスピーカー部分)はだが生前の機能をかすかにのこしながら、新しい生を試される」(同頁)とこの場面を評する。

奥山の変身、「人間が夕焼けになる」をどう考えたらいいだろうか。思いも寄らないことが鮮やかに出現した劇的瞬間、真鍮の花弁は、テントの照明を集めて茜色に発光し、胸を締め付けられた観客たちもまた、眼前に手をかざしたくなってしまう。夕暮童子になろうとする男の熱い思いが、舞台いちめんの幻想の水辺の夕陽になったのだ。

サミュエル・ベケット『ゴドーを待ちながら』のゴドーが待てども待てども到来しないものであるのに対し、この戯曲は、待って待って待つことを溜めこんだなら、じぶんがなれ、とけしかける。卓袱台《ちゃぶだい》を引っくり返す痛快さ。唐の初期作『ジョン・シルバー』もしばしば『ゴドーを待ちながら』と比較されるが、本作は、シルバーの到来のような猥雑さではなく、待ちこがれた存在に「なる」、みずからが抱く妄想そのものに「なっちまう」という素朴な一点に力点がある。

さらに「人間が夕焼けになる」ことが、これほどの汗と軋轢《あつれき》で描かれるのに呆然ともする。あり得ないものへの変身は、いま、じつはごく簡単に処理されている。ほかの演劇でも、詩や小説でも、それはクリックひと押し程度の記号変換ではないか。その安易さをうすら笑って確認し合うこと、じつのところは何も変わっていない頑丈なシステム社会の不自由と虚無を、幽かに、あるいはセンセーショナルに叙情することが、今日的なリアルと言っていいのではないだろうか。

その価値はよく時代が映されていることにある。ゆえに、先鋭的とされていようが、光源である時代状況から、いわば光の到達距離分、遅れをとらざるを得ない。

4　実存主義はどこへ

唐十郎は、その反映を拒否したがっているに違いない。時代という太陽に映されるのではなく、みずからが光源になる。本作には、一九五〇年代、六〇年代のカリスマ、シャンソン歌手のジュリエット・グレコを踏まえた珍奇な人物「暮゙子」（グレコ）も登場する。

暮゙子　（寄りかかり、口紅をひく）
丘　やめろ、デカダン
暮゙子　（ふわと宙を見る）（中略）パリはどこ？
丘　（中略）夢は程々に。現実生活と、どっぷり組むんだ
暮゙子　〈実存主義〉はどこいったのかしら
（傍点筆者）

みずからが主体的に選んだ夢を胸に宿して、つぎなる状況のために果敢に行動する実存主義的人間観はどこへ行ったのか。唐は本作でそこを問おうとしたのではないだろうか。

若き時代の唐は、明治大学実験劇場に所属し、卒業論文にはジャン・ポール・サルトルの『恭しき娼婦』を中心にした戯曲論を執筆するなど、実存主義演劇の影響を受けた。サルトルの著作『実存主義とは何か』にはこのような有名な一節がある。「人間はまず先に実存し、（中略）世界内に不

意に姿をあらわし、（中略）みずからがつくったところのものになるのである」（四二頁）、「人間は何よりも先に、みずからかくあろうと投企したところのものになるのである」（四三頁、ともに傍点筆者）。人間が夕暮童子になる本作は、唐ならではのその解釈であったように思えてならない。

実存主義的人間の果てしない自由を、快活で残忍な磨赤児らが扮する登場人物に体現させたのが『ジョン・シルバー』等であるならば、二〇〇〇年代は、お人好しで偏屈で熱血な妄想家、奥山六郎を演じる稲荷卓央の汗だくで頓狂な太陽にそれは託された。お化け屋敷で働く冴えない男の密やかな妄想を、実存の光源へ唐は跳躍させようとしたのだろう。

5　花の夢芝居

それではこの戯曲の迷宮、多層性はどこにあるのだろうか。

前述したように、本作は鶯谷の坂と坂下という小空間が舞台である。朝顔と夕顔、同型の花びらをもちながら開く頃合いの異なる二種は、それぞれの「時間の主《ぬし》」でもある。一九八〇年代の『ビニールの城』では、その二つの花は腹話術師と人形の名だったが、本作では、一幕冒頭の奥山のせりふに「花かヒトかがわからなくなっている」とあるように、朝子と夕子という二人の美女によって体現される。

唐戯曲において劇中歌は芝居の要だと言っていいが、蔓のトンネルで朝顔はどんな夢を見ているかを謎かけする冒頭に引いたうたは、序幕と終幕に二度歌われる。この芝居ぜんたいを包んでいる。

つまり、じつは本作の総体が「朝顔の夢」なのである。

その花の化身の朝子は、劇中、「わたし、います」という印象的なせりふを、やはり二度くり返す。舞台上にいないときでも、この坂と坂下を見つめ続けている役まわりだろう。朝顔の蔓の回転と同じように時計を逆回しにする仕草を見せる彼女が、青色の上着を羽織って、坂の真ん中に立ち、橙色のビー玉をかざす一場はひときわ美しい。

つまり、唐十郎は、夕暮れの鶯谷をひとつの夢玉に閉じこめ、朝顔の花芯の奥に潜ませたのである。「朝顔」が見る「夕顔」の夢として。そして、幼な心を奪った笛吹童子の奏でる夕音を思い出しつつ、ラッパ型の花と笛を重ねて、この夢芝居を練り上げたのではないだろうか。

『夕坂童子』は、青い可憐な花びらの内側で輝いた夕陽夢想劇と言っていい。奥山が放った渾身の夕暮れも、じつは花の眠りのなかでの出来事だった。彼が水中に潜り、舞台がしばし暗転したのち、谷朝子、すなわち、鶯谷の花笛でもある朝顔の娘はこう叫ぶ。

谷　鳴って、この笛、この坂であった顚末を、なにもかも見ていたんなら　（傍点筆者）

フィナーレの屋台崩しは、青い朝顔がほどけて開花する瞬間だ。唐劇には珍しく、奥山はテントの外へ去るのではなく、そのとき歌いながら中へ戻ってくるが、つまり、夢のトンネルの末端に男はついにたどり着いたのだ。[*2] 夕方と夜の眠りを抜けて、鶯谷に朝が来る。本作は、唐十郎がリリカルにしたためた瀟洒な花劇でもあるのである。

註

＊1　第七病棟に唐が書き下ろした『ビニールの城』（一九八五年初演）には、「朝顔」という名の腹話術師の人形「夕顔」が、口のなかから夕顔の花を咲かせる設定がある。

＊2　扇田昭彦は『図書新聞』書評のなかで、主人公がテントのなかに帰ってくるこの幕切れに対し、「劇的解放感を封印する道を唐十郎は選んだのだろうか」と案じているが、奥山の道行きは朝顔の蔓のなかの出来事であったことが読み切れていなかったのかもしれない。このことはまるで詩のように戯曲を読み込まなければ伝わってこないほど微妙な記述である。

戯曲『夕坂童子』参考書誌

収録：唐十郎『夕坂童子』（岩波書店、二〇〇八年）

資料

J－P・サルトル著、伊吹武彦・海老坂武・石崎晴己訳『実存主義とは何か』（人文書院、一九九六年）

唐十郎『唐十郎全作品集　第一巻』（冬樹社、一九八〇年）

唐十郎＋第七病棟『ビニールの城』（沖積舎、一九八七年）

唐十郎「笛吹童子──「小さい巨像」」『特権的肉体論』（白水社、一九九七年）

巖谷國士「唐十郎のモノがたり──『夕坂童子』をめぐって」『図書』二〇〇八年七月号（岩波書店）

扇田昭彦「主人公は去るのではなく、戻ってくる」『図書新聞』（二〇〇八年七月十二日付）

樋口良澄『唐十郎論──逆襲する言葉と肉体』（未知谷、二〇一二年）

サミュエル・ベケット著、安堂信也・高橋康也訳『ゴドーを待ちながら』（白水社、二〇一三年）

唐十郎著、西堂行人編『唐十郎　特別講義──演劇・芸術・文学クロストーク』（国書刊行会、二〇一七年）

二〇〇八年唐組春公演『夕坂童子』

〈演出〉唐十郎

〈配役〉奥山六郎（稲荷卓央）、谷朝子（藤井由紀）、風間夕子（赤松由美）、谷影三郎（鳥山昌克）、蜂谷（久保井研）、丘公助（丸山厚人）、゛暮子（辻孝彦）、情夜涙子（唐十郎）、ほか唐組役者陣

縫え、記憶という絵を

──『紙芝居の絵の町で』

二〇〇六

1　汗まみれのキャラクター活劇

〽おれは、絵ドロボー
生まれた時から
絵を盗む
おまえの心の
絵を盗む
（中略）
おれは絵かっぱらい
愛と希望の
裏切り盗む

おまえの瞳の
ベニバラ盗む
（味夜の劇中歌）

春曇りの日、青梅へ行った。呉服屋や履物屋が軒をならべる商店街には昭和の雰囲気が漂い、あちこちにレトロな映画看板も掲げられていた。それによる町おこしをしているのだが、唐十郎の戯曲『紙芝居の絵の町で』には、青梅の映画看板を描く多血漢の絵師、「群青疾風《ぐんじょうはやて》」が登場する。まるでオブジェのように巨大な絵が立ちならぶその町のたたずまいも、唐にインスピレーションを授けたに違いない。本作の「紙芝居の絵の町」は、青梅という「映画看板の絵の町」をひねって発展させた面があるだろう。

数多くの唐戯曲のなかでも異彩を放つ作品である。その斬新さを一言でいうなら、劇空間そのものを紙芝居に見立てているような筆の力技。戯曲の主役「牧村真吾」は、山村惣治の傑作紙芝居『少年王者』の主人公の名でもあるが、群雄割拠する登場人物たちは、リアルな人間であると同時に、どうやら半ば紙芝居のキャラクターでもあるようだ。だが、アニメ的な清潔なファンタジーやデジタル的表現を唐は厭う。テレビやインターネットではなく、「紙芝居」というあくまで人力の劇画に基づくことで、汗と息吹のとび散る絵活劇を打ち立てた。

紙芝居は唐の創作行為の出発点である。幼い頃からそれをこよなく愛した唐十郎は、このように書いている。

学校から帰りますと、まっ先に町へ走っていくのです。紙芝居は昼下がりの主役でありました。紙芝居の親父がやってきて、それに飛びつくということが、一つの儀式であり、事件だったのです。小さな炭屋とか乾物屋の前の、日だまりのなかに立っている親父と、紙芝居と、そして子どもたちの群れに飛びこんでくる蝿、これは昼下がりのちょっとした小さな広場だったのです。

いま芝居をしたり、本を書いたりしていて忘れられないのは、ものなり、他人との出会い方の私の原点として、紙芝居があるということです。

（「昼下がりの主役――焼跡の紙芝居」一三四頁）

本作では、主な登場人物それぞれに、大事な「心の絵」を抱かせる。ホカ弁屋の「染井るいこ」には紙芝居「サーカス団の乙女」の一枚、「群青疾風」にはイタリア映画の看板絵、コンタクトレンズのセールスマンとして登場する主人公「牧村真吾」には、未完成な一枚物の紙芝居の絵。そして、世俗的には一銭の価値もないこれらのために、給料をつぎ込んだりケンカをはじめたり、奮闘する彼らはやがて世間を逸脱していく。そんな牧村を、上司の「眉川」はたしなめようとするが、じつは彼も、妹に見立てたキャラクターの人形を背中に隠し、溺愛している倒錯者だ。それがバレると、テントの客たちは大笑い。

幼い頃の昼下がりの紙芝居屋が、サッと紙を引き抜いたように、唐十郎は、心に絵を宿した登場人物たちを素早く往来させて、舞台空間そのものを紙芝居に見立てたがっているようだ。そして、あどけなくも偏執的な面々によってこのキャラクター活劇は増幅する。

2　道具のことば

「現実の町」と「紙芝居の絵の町」との往復や摩擦によって、二重性が構築された芝居である。

往年の紙芝居の名絵師「情夜涙子」は、いまや老いて落ちぶれている。介護師を騙ってすり寄ってきた悪徳金融業者の「味夜《みや》」らによって詐欺に巻きこまれ、利用されたあげくに逮捕されるのだが、情夜を慕うコンタクトレンズ売りの「牧村」やホカ弁屋の「染井」は懸命に奔走し、その結果、ようやく釈放される。このような情夜の逮捕騒動が現実の巷では起こっている。

そこに、「紙芝居の絵の町」、現実と絵空間の中間に設定されたような町が挿し入れられる。題名不詳の一枚物の紙芝居絵に強く惹かれている牧村真吾は、そのなり立ちを探るために、絵の墓場とも称される「紙芝居の絵の町」に入り込む。この絵の町では、詐欺師の味夜は、冒頭のうたに引いたように絵泥棒ともなり、情夜を救うための牧村の奔走と、心の絵の謎解きをするその彼の道行きは巧妙に二重化される。そして、味夜と激しくやり合った牧村は、絵の中と外の境界裁判の果てで、「心の絵」の師でもある情夜を助け出し、その町から駆け出していく。

以上が簡単なあらすじだが、この芝居でわたしが特筆したいのは舞台上のオブジェ、小道具や大道具についてだ。唐は、ある対談のなかでこのように述べている。

文学だったらば、言葉を伝達すればいいんです。でも舞台空間における演劇言語っていうのは言葉だけじゃない。沈黙も言語なんですよ。それからノイズ、物の音も小道具の光り方も、それも演劇言語なんです。なぜならば、それはポリフォニーの空間だからです。演劇と文学が違うのは、ポリフォニー空間というものを設営できるかどうかということにかかってる（後略）。

（『唐十郎　特別講義』二二三頁。傍点筆者）

多声空間としての舞台では、登場人物のせりふだけでなく、物の声、道具の声も響き渡っていると彼は捉える。前述した『風のほこり』の人形、『津波』の便器、『夕坂童子』の蓄音機のスピーカー等も、思えば、「沈黙のことば」を豊かに響かせていたが、本作の道具たちもきわめて饒舌である。

登場人物それぞれに大事な心の絵を追求させつつ、唐十郎は、舞台上に不思議なオブジェを配置し、むしろそのモノの声によって、記憶とは何か、それはどんな姿をしているか、つまり唐の哲学を絶妙にさし示していると思う。そこで本稿では、劇の道具を核にして、そのモノが語ろうとしていることばを推し量りながら物語を肉付けしてみたい。

3　思い出はどんな姿か

一幕の舞台上には、ひときわ美しいガラス瓶が置かれている。それは、元・紙芝居絵師の情夜涙子が使った、半年分のコンタクトレンズの溜まり瓶である。使い捨てにするべきものを捨てられず、梅酒を漬ける大きめの瓶に、消毒塩水とともにその三百六十四枚のレンズは保存されている。水中を漂いながら、きらきら浮かんだり沈んだりする、透明な一枚一枚の小さなレンズは「涙のウロコ」とも呼ばれる。

劇中、老いて絵筆がとれなくなった情夜は、「あたしにはもう描けない。でもこの一枚瞳のコンタクトが、今見ているものを映し取った（中略）、小さな絵だよ」（傍点筆者）とつぶやく。

さらに、コンタクトレンズ会社の牧村と眉川は、このようにことばを交わす。

牧村　それ（筆者註、使い捨てのレンズ）、映ってたものとともに捨ててしまう気になりませんか

眉川　きみ、記憶はそんなものにこびりついちゃいないよ（中略）

牧村　でも（中略）、一目見たものの中で、今日は、一番、このことが忘れられないから、この一幅の絵面を刻んでおこうなんて、人の気持ちと共に生き、そして一剝がしのゴミ箱行きです。一幅の絵はどうなんですか、そこにまだ体温残し、付着していませんか？　（傍点筆者）

つまり、そのレンズは巧みに異化されたのである。暮らしのなかで忘れがたい印象に出会ったとき、たしかに、わたしたちは「目に刻む」「目に焼き付ける」と喩える。それがあたかも目の絵になったように表現するわけだが、その比喩がほどこす役割を、唐は、使い捨てレンズという膜を利用して、具体的にモノ化したのである。すなわち、そのレンズは「目の絵」を宿した媒体で、そこ

には焼き付いているはずのその日の絵面《えづら》があり、言うなれば「題名不詳の絵」があるのである。牧村がその類いのなり立ちに拘っているのは、じぶんが売り歩く製品がまさにそれだからだった。

大ぶりなガラス瓶の水中に浮遊する、多数の使用済みコンタクトレンズは、絵筆を取れなくなった情夜による、三百六十四枚の「小さな絵」、その瞳に焼き付いた一瞬の紙芝居の絵としてある。「思い出瓶」とも称される、その呼び名も鮮やかではないか。現代的な視力補助の道具と、戦争直後の子どもたちを歓喜させたアナクロな紙芝居を連結させて、記憶なるもののひとひら、ひとひらを、見事にオブジェ化した。唐十郎のウィットが光る。

写真家の荒木経惟《あらきのぶよし》は、ある本のなかで、写真があるからひとは何かを思い出す、なければこんなことまで思い出さないと語っているが、たしかにアルバムは回想を引き出すよすがである。だが、ふといま、あるむかし、例えば、子ども時代の運動会をふり返ってみよう。すると、手もとに写真があろうがなかろうが、脳裏のなかの過去は、そのような姿をしていまいか。つまり、わたしたちは、動画で過去を記憶していない。静止した画像の群れとしてそれらは格納されてある。そうではないか。

例えば、わたしの場合、小学校の運動会ならば、短距離走で転んだことを思い出す。まず目に浮かぶのは、打ちつけられて、眼前に接近した校庭の地べた（イ）。そして、痛さと恥ずかしさをこらえてゴールし、まじまじ見た膝小僧の派手な傷（ロ）。鮮明に浮かぶのは、イとロの二枚。つまり、思い出とは、要所をとり出して描く紙芝居の絵に酷似していないだろうか。

劇中、牧村は絵泥棒についてこのように染井に語る。「染やん、向うは絵をとりたがってんだ。

（中略）ぼくらの目をね、欲しているだけなんだ。なぜだと思う？　この紙芝居横丁であったことを思いださせないため」（傍点筆者）。

絵泥棒の味夜は、じつは思い出泥棒でもある。

4　思い出すとはどんなしくみか

その上で、バラバラな一枚一枚をつなげるものとして、劇中に登場するのが、「夜の目」という不思議な存在。それは当初は、動物の両目が描かれた一枚の紙芝居絵として舞台奥に控えていたが、やがてスネークルビーという別称を持った紅玉の指輪に変じて、絵から飛び出す。そして、登場人物たちの間で盗ったり盗られたりをくり返すのだが、この愉快な争奪戦に、絵どうしをつなげる秘密をじつは唐は込めている。

その指輪は「針」とも呼ばれる。つまり、心の絵を抱えていたり町で紙芝居絵を見つけたりした者たちの間を往来することで、一枚一枚の「お話を縫う」存在にも仕立てられている。終幕では、舞台ぜんたいに糸がジグザグに張られ、描かれた大きな絵どうしが繋がる不思議な舞台装置が出現するのだが、それはスネークルビーによる、いわば裁縫のオブジェだと言える。この「針」はそのように絵を縫ってきたという軌跡なのである。賑々しくぶつかり合うキャラクター活劇を書き遂げることで、バラバラな要素を辛うじて物語化した劇作家の仕事のモノ化にも見える。だから、わざわざスッタモンダのとりっこをさせたんだよ……と茶目っ気たっぷりな唐十郎の声が聞こえるようだ。

では、その「縫う」とは何か。劇中、ある小箱のなかには、紙芝居の絵が印刷された本の一ページが畳まれて入っているが、その内側から、声が聞こえてくることに気付いた登場人物たちは、耳を当てがいながらこのように会話する。

染井　用心深く、もっと聞きます、この先、あたしらはどうするか（中略）

味夜　――なんだ？　太鼓も鳴って、活劇、時代劇、怪談、怪物怪人、密林、なんでもこい、今からやるぞおだって

究　いや、もうやってます（中略）。「黄金バット」のひとくさりをやってるんです（中略）

味夜　絵だけ盗ってはだめだったんだ。紙芝居には声もついいてる

（傍点筆者）

思い出泥棒の味夜は、絵だけ盗んでも片手落ちだと気付く。たしかに活弁がなければ、それはバラバラの紙にすぎない。一枚一枚を結びつけて縫う糸は、紙芝居屋の口上だ。すなわち思うに、「思い出す」とは、紙芝居の上演そのものではないだろうか。何かを思い出そうとするとき、胸中には一枚一枚の心の絵が浮かび、それらは声、あるいは声にする前の思いによって縫い合わされ、つぎを導いたり手繰りよせたりする。まるで連凧のように。わたしの運動会の記憶も、イとロの絵が恥ずかしさという糸で結ばれている。奇怪にも見える終幕の大掛かりな絵と糸の舞台装置は、じつは、思い出すというしくみの形象化そのものだった。

ある面では、『紙芝居の絵の町で』は、大脳新皮質を解剖する脳科学者とはまったく異なる、唐十郎ならではの記憶論と言っていい。かつて熊野比丘尼《くまのびくに》などの宗教者が文字を知らない者に行った絵解き、また、いま幼な子に向けられている絵本の読み聞かせなども、広義なら紙芝居だと言っていいだろうが、要所を絵で見せながら語りをする営みは、物語の補強にとどまらず、じつは、人間の記憶のしくみと相似であればこそ、普及力と説得力を持つと裏返せるのかもしれない。

5　人の気持ちと共に生き

なぜ、唐はそこにコンタクトレンズを絡めたのだろうか。あるエッセイ集のあとがきに、印象深い一節が記されている。

使い捨てコンタクトレンズを一年分貯[*1]めた男の話を芝居に書いて、今稽古をしている（中略）。劇団の鳥山昌克は、三日程に一度替えている。その鳥山と、三年前の春公演『泥人魚』に於て、あれは大阪であったか、舞台上の泥水水槽に共に潜った。浮上した時、鳥山はコンタクトを泥水の中でなくした。しばたく目に入っているのは、汚泥の砂ばかりだった（中略）。それから二十分後、芝居が終ると、もう座員は帰宅のワゴン車に乗り込みかけているのに、鳥山は、舞台に置かれた泥水の水槽をそっとゆっくり掻いて、浮かんでこないものかと、念じるように見下ろしていた。

からだ〈身体〉が一度引き受けたことのある〈破片〉について、人はこんなにも後ろ髪ひかるることもあるのか。

（『劇的痙攣』二三九頁）

劇団員のさりげない所作から、小さなレンズに後ろ髪を引かれるのはなぜか、簡単に捨て置けないのはなぜなのかという問いを得て、そこに刻まれているだろうものに唐は踏み込んだ。そうして、焼き付いているはずの一幅の小さな絵が着想されたのである。

さらに、べつのエッセイのなかでは紙芝居についてこのように書いている。

一枚の絵が目の前に立ちはだかり、それを黙って見ておりますと、その絵を媒介として、いろいろなイメージがふわりと頭のなかに展開してくる、何かイメージを試されている感じに充足し、それが何なのかを反芻しているうちに、イメージの脈絡がつかめてくる、紙芝居は私にとって遊戯の重要なモメントでありました。

（「昼下がりの主役——焼跡の紙芝居」一三四頁）

それはどうやら記憶だけではないのかもしれない。想像もまた紙芝居構造をとることがある。バラバラな目の絵がことばや思いの糸で脈絡付けられ、連凧のように連なっていくその姿は、時間論の新しい雛型とさえ言い得る気がするが、これまで書いてきたように、妄想する人間に拘って戯曲をしたためてきた唐は、妄想なるものの脳内の姿や動きについても、独自の敏感さをもっていたのだと思う。

主人公の牧村は、あっけなく使い捨てられるコンタクトレンズ、心の絵模様が刻まれているはずのそれを粗末にするふるまいにこう申し立てる。「人の気持ちと共に生き、そして一剝がしのゴミ箱行きです。一幅の絵はどうなんですか」。

物品の消費と消耗だけでなく、じぶんの思い出までをも疎かにしているのが、いまの暮らしではないのか。異形のオブジェたちを駆使して、唐はそう問いかける。

「紙芝居の絵の町」で牧村らが見つけた、ある紙芝居の表紙裏の口上書きには、一言しか記されていない。それは、

染井　「縫え」

目の絵を縫って記憶を温めよ、もっと豊かに追憶せよと、本作の道具たちは訴えるのだ。

註

＊1　本文で先述したように、戯曲では半年分貯めた設定になっている。

戯曲『紙芝居の絵の町で』参考書誌

収録：『唐組熱狂集成』（ジョルダン株式会社、二〇一二年）

資料

唐十郎『劇的痙攣』（岩波書店、二〇〇六年）

唐十郎「昼下がりの主役——焼跡の紙芝居」『KAWADE道の手帖　唐十郎　紅テント・ルネサンス！』（河出書房新社、二〇〇六年）

唐十郎著、西堂行人編『唐十郎　特別講義——演劇・美術・文学クロストーク』（国書刊行会、二〇一七年）

荒木経惟『荒木経惟、写真に生きる。』（青幻舎、二〇二〇年）

二〇〇六年唐組春公演『紙芝居の絵の町で』（初演）

〈演出〉唐十郎

〈配役〉牧村真吾（稲荷卓央）、味夜（鳥山昌克）、染井るいこ（藤井由紀）、眉川（久保井研）、群青疾風（丸山厚人）、名雲ひとみ（赤松由美）、情夜涙子（辻孝彦）、紅屋運ベェ（唐十郎）、ほか唐組役者陣

※二〇一四年秋には、「唐十郎＋久保井研」の演出として唐組で再演された。

不死身のかたまり

――『ジャガーの眼２００８』

二〇〇八（改訂版）

１　寺山修司へのオマージュ

〽この路地に来て
思い出す
あなたの好きな
ひとつの言葉
死ぬのは、皆他人
ならば
生きるのも　皆他人
死ぬのも　皆他人
愛するのも　皆他人

覗くのは　僕ばかり
そこに
見てはいけない何があるのか

（私立探偵・田口の劇中歌）

「生きるのは皆他人」とは、まちを行きかう人々がけっきょく他人ばかりであるのと同時に、生者の路地を見つめている死者の眼ざしも踏まえられてあるに違いない。唐十郎作『ジャガーの眼』初演は一九八五年。状況劇場晩期の作品である。その二年前に亡くなった寺山修司への追悼を込めた本作には、マルセル・デュシャンを好んだ彼を悼む、このうたがこだまする。唐はしばしば「兄貴」と寺山を評していたが、覗きによる彼の逮捕騒動を引き合いにした場面から芝居は立ち上がる。その死の床を唐が見舞ったとき、愛用のジーンズ地のサンダルがベッド脇に置かれていたことが、着想のきっかけのひとつになったという。

その後、旗揚げした唐組で、唐は戯曲の推敲を重ねつつ再演をくり返した。[*1] 状況劇場のために書いた戯曲を、唐組では基本的に上演しなかったことを考えると、例外的な作品である。新宿梁山泊をはじめ、ほかの劇団でもたびたび上演されている人気作だが、二〇〇八年秋の唐組公演の台本『ジャガーの眼２００８』（以下、『ジャガーの眼』とする）をもとに考察したい。

状況劇場時代の戯曲は、肉厚な大作であっても、物語は比較的追いやすい。本作は、現実と幻想が背中合わせになった二重構造というよりも、愛と眼をめぐる物語に、死と臓器をめぐる唐の哲学が織り込まれている。激しい恋愛、さらに機智に富んだ哲学的問答の果てで、「わたし」とは何か、その深淵が覗かれる。

主人公は一対の男女。その後ろに彼らを結び付ける私立探偵「田口」と幻獣のジャガーが配置されるが、激情型の女「くるみ」がなにより魅力的である。その愛と妄想が劇空間の「台風の目」になる。彼女を中心に劇空間をまず眺めてみたい。

2　恋のジャガー

かつて片目の不自由な男と内縁関係にあったくるみは、ようやく手に入れた角膜で男に移植手術を受けさせ、しばらく睦まじく暮らす。だが、彼は事故死。駆け付けたときにはその角膜は剝離されていた。そこで亡夫への未練とともに、くるみはその行方を追う旅に出る。微妙な斑紋のあるその角膜[*2]がさらに移植されているだろう眼を「ジャガーの眼」と名指し、想いを膨らませる。

やがて探偵となったその女が探し当てたのは、移植を受けたばかりの平凡な会社員「しんいち」。まだ眼帯をしている彼に、はずしてくれるよう頼み、

しんいち　（目を開き、くるみを見る）この目がなんです？
くるみ　（その目の前で、ひざ落とし）あたしです。（中略）……あなたと暮らしたくるみです！
しんいち　僕とっ？
くるみ　その眼と

角膜を追いかけてきた女は、その斑紋のある眼光を浴びることを渇望するあまり、たちまち男そのものを慕いはじめ、舞台は誘惑の嵐になる。さらに、手術を施した医師やほかの探偵による騒動にも翻弄されながら、しんいちの方もくるみに魅了され、「ジャガーの眼」の持ち主にふさわしい男に生まれ変わろうとする。かつての持ち主から自立した角膜は、ひととひとの境い目を越えて輝く眼光となるのだ。

だが、しんいちと婚約していた「夏子」が収まらない。嫉妬に駆られた彼女は、硫酸と思われる液体が入ったフラスコびんをもち込んで、

夏子　甘酒よ。苦い、苦いあたしの甘酒（中略）
　あふれた液体が、しんいちの右目に飛び散り、かすめる。しんいち、転がりまわる（中略）
しんいち　ジャガーの眼が……
夏子　あんたを傷つけた訳じゃないわ。その体の一部を傷つけたのよ（中略）
くるみ　何が一部で、何が全部なの！
（傍点筆者）

「一部」が「全部」を飲み込んでいく芝居。ある「一部」を追い求めた女が、それを宿した男に巡り合ってその「全部」を欲望し、三角関係の渦で溺れる。

一見、奇妙だが、じつは恋の本質的なしくみを唐は巧みに解析したとも言えるのではないか。わ

たしたちははじめから相手のすべてに惹かれているわけではないだろう。一目惚れという語があるが、出会ったつかのまは、目が合ったにすぎない。そのファースト・インプレッションが角膜でモノ化されていると言っていい。

つまり、なれ初めを「角膜」という物体に、相手を追い求めるふるまいを「探偵」という仕事にして、恋の炎なるものを装置化している。その要素を物質化したり職業化したりすることで再構築された恋愛劇だ。ここにも悲しみの涙はあるが、ありがちな湿り気はない。一種、機械論的で即物的な仕掛けが、突き抜けたスケール感をこの芝居に呼び込み、恋愛を高らかな冒険譚へ昇華させている。少年時代の唐は江戸川乱歩などを愛読したというが、探偵物の闊達なリズム感が活かされている。

角膜の移植先に恋する女は、もちろん日常ではあり得ない。だが唐は、「ジャガーの眼」の移動によって、恋なるものの不埒さ、恋に恋する自由な野性を表したとも言えるのではないか。本作の中空には、甘く囁く小柄な天使ではなく、獰猛な吠え声を上げる野獣の「恋のジャガー」が、真っ赤な夕陽のような瞳で疾走している。

3　旋回するせりふ

女主人公のせりふ運びの魔性にも注目したい。くるみは「台風の目」だと前述したが、彼女が男を誘惑する話術にそれは端的に表れている。

例えば、眼をむやみに追い回し、当初は疎んじられていたくるみが、しんいちをじぶんに引きずり込むやり口はこのようだ。

くるみ　こういう会い方のあたしがいやなんですか

しんいち　（中略）この目に会いたいだけでしょうっ

くるみ　引き下がります！（中略）身を引きますっ（中略）こうして、つきまとい、郊外の一軒で生きてるその目を見るのが楽しみのあたしが、うっとうしいなら（中略）

しんいち　それで、思う事さえ、やめられますか？

くるみ　思う事さえ？

しんいち　この眼を！

　間。

くるみ　（ゆっくりと見上げる）（中略）思い……

しんいち　ますか？

くるみ　……ません

しんいち　そこで、これはジャガーの眼でも何でもない。今から、僕の、僕が所有する眼になんですよ

くるみ　（向かい、眼帯を見上げ）別れよう、ジャガーの眼。（中略）誰かの眼からシンジさん（筆者註、亡夫のこと）の眼、そして、今、シンイチさんの眼へと移り住むジャガーの眼、この人な

ら、きっとうまくいく筈だ。あたしを見つけようとも思うな。おまえはこの人の中で生きるんだ。（中略）ずい分苦労して見つけたジャガーの眼だけど、これが、これまでが、にわか仕立ての探偵だった。ちゃんと目ざめ、ちゃんと眠れ、ジャガーの眼。（中略）おじゃましました（と、背を向ける）

しんいち　待って下さい

くるみ　でも、夏子さんも参りますから

しんいち　この眼が待ってと言ってるんです。（中略）前の方はシンジさんとおっしゃんですか

くるみ　ええ

しんいち　亡くなられたのは

くるみ　交通事故です（中略）

しんいち　これが、それだと分ったのは？（中略）

くるみ　ジャガーのような、その斑紋！

前のめりに睨み合ったまま。間。

しんいち　……もしよかったら、時々、覗きに来てもいいんです

くるみ　――

しんいち　（中略）一人でいる時など、来られても下さい（中略）

くるみ　いやですっ（と、睨んだまま）

しんいち　許すと言ってんですよ……

くるみ　許されたくないんです（睨んだまま）

　圧倒して。

しんいち　何が気に入らないんです？

くるみ　どう去ろうと、この眼はあたしのものなんですっ（睨んだまま）（中略）

しんいち　いて下さい！

くるみ　いてどうなる！

しんいち　見ていいですから。好きなように

（ト書きの前後の行間は略した。傍点筆者）

追い払うつもりが、しまいにはいっしょにいてほしいと懇願してしまうしんいち。くるみは、すんなり引き下がるフリをして相手の気を引き、激しく眼を純粋化することで男が同情すれば、無下に断って逆に上位に立つ。そして、圧倒して我が意を受け入れさせるのだ。その眼を見たいという女の欲望は、ぐるりとトグロを巻くように達成される。まさしく「ヘビに睨まれたカエル」を修辞化、立体化したようなせりふ展開である。

この旋回するような話術は、相思相愛になりつつある場面でも出現する。ジャガーの眼の持ち主にふさわしく、雄々しく生まれ変わろうとしているしんいちは、亡夫に対する彼女の未練が気になっている。

しんいち　じゃ、あなたも少うし変って下さい。（中略）薬指にはまった結婚指輪、ポケットにしまってくれませんか
くるみ　気になるなら（と、抜く）
しんいち　すみません（中略）
くるみ　昔の人の写真が入ったこのロケットもしまおう（中略）。何だったら捨ててもいいんだよ
しんいち　もったいないですよ
くるみ　平気、平気、こんなのポイ（と、床に）。（中略）もし、何だったら、踏みつぶそうか
しんいち　……
くるみ　こうやって、足上げるだろ、それで下ろしたらペシャンコよ
しんいち　止めて下さい（中略）
くるみ　まだあるかもしれないよ。（中略）シャツだってあたしがねだって買って貰ったもんだし、（ボタン、引き破り捨てる）（中略）
しんいち　（捨てられた物を拾い、差し出す）拾って下さいっ
くるみ　それじゃ、何で指輪を気にする！
しんいち　もう、気にしませんからっ（差し上げる）
くるみ　じゃ、あたしは変らなくていいと言えっ
しんいち　変らないで下さい

くるみ　変るのはあんただけだと
しんいち　変るのは僕だけ　（傍点筆者）

爆笑する観客たち。こんどは、男の申し出をやたらと引き受けることで逆に当て付け、けっきょく女はじぶんを押し通す。ひとつの意味を過剰に増長させれば、臨界点で反転することを彼女は知っている。そうして、このようなせりふ運びが芝居そのものを掻き回し、恋の旋風のみなもとになる。

唐戯曲では、せりふは物語の材料ではないのだ。それを説明するために、せりふが使役されるのではない。両者はともに生きて、ともに躍動する。芝居が恋の渦なら、せりふ回しも渦なのである。いや、せりふが渦を巻くから、芝居ぜんたいも嵐になる。このような発想とそれを実現する筆力は特別な才能だが、溢れるようなことばの生気がそれによって舞台にもち込まれる。

くるみは、終幕近くでもある賭けに絡んで「持って来たけど、持って来なかったと言ゃあいい」と不合理を高々と言い放つ。[*3] ハッタリ的な理不尽、一般の論理を越えた埒外な言い回しが身に付いている。美貌を具えながらも、前の男とは内縁関係だった。市井の堅気では収まりきらない、河原者の末裔として唐はくるみを立ち上げているのだろう。名探偵「フィリップ・マーロウ」にあやかった純白のタキシードの男装で颯爽と登場する彼女は、恋の無法者だ。[*4]

二〇〇八年唐組公演では、赤松由美が体当たりでこの役に挑んだ。場違いなほどの大らかさで状況を突破していく彼女は熱風そのものだった。八丈島出身の、肉付きのいいこの島女に、唐はくるみの素質を見たのだろう。しんいち役の久保井研は、ひたむきさと屈折をともに背負ってなお輝こうとするこの男の叙情を、満身創痍で熱演していた。唐十郎は、ジャガーの角膜のもともとの持ち主であり、くるみの上司でもある探偵「田口」をながらく自演してきたが、二〇〇八年度版では稲荷卓央にその役を譲り、角膜を取引するバイヤー「闇坂」を新たに書き加えて登場した。

4　死を越えて継がれるもの

この戯曲にはさらに魅力的な人物が登場する。しんいちの手術の担当医で、あらゆる移植をじぶんに試した「Dr.・弁」だ。彼は他人からもらった器官でまみれている男だが、ジャガーの眼を追い回すくるみに当惑しつつ、当初のしんいちは、その角膜に違和感を覚えてDr.・弁に相談に行く。

Dr.・弁　それは只の角膜でしょう?
しんいち　いえ、この目は誰かを探しています!　夜毎、うちの周りをうろつく気配もして、この目もらんらんと光ってそれを待ってもいますっ
Dr.・弁　肉体の一部を追う者はなく、追われようとする一部などありゃしない!!（中略）その目は君のだっ
しんいち　いえ（中略）、これは今でも、ジャガーの眼ですっ（中略）、僕と他人の谷間を越えた——
（傍点筆者）

「肉体の一部を追う者はなく、追われようとする一部などない」は、劇中で、この医師がくり返す印象的かつ反語的なせりふ。一九八五年の初演を観た扇田昭彦は、「全体としての「私」が、部分としての臓器を統御するのではない。部分としての角膜そのものが「ジャガーの眼」となり、「狼が吠える落日」を夢見る激しい意志を発動させ、青年自身に逆らってまで彼を誘導していく」(『唐十郎の劇世界』二二四頁)と劇評を記した。幻獣のジャガーが棲み付いた角膜は、激しい浸透圧を加えるかのように、それを移植した「わたし」を破壊し、猛々しいジャガーへその者を変貌させるのだ。

さらにその上で、肉体植民地と自称するほど他人の各部を寄せ集めたDr.・弁に、「「わたし」とは何か」を考えさせるのが本作の力点のひとつとなる。角膜から臓器へ、移植の問題を拡大させながら、闇探偵の親玉「扉」とDr.・弁が交わす哲学的珍問答は、頓知の華やかさにおいても名場面だ。移植した器官に、それじたいの意志があるかどうかを巡って二人はこのように言い合う。

扉　……臓器交換した肉体の一部に意志、ありや否や?

Dr.・弁　ない!(中略)

扉　拒絶反応は?　赤ん坊に移植されたヒヒの心臓が失敗したのは、拒む意志があったからではないのですか!?(中略)リスの冬眠液を猿に打っても、まだ人の体に打てない理由は、それは、眠りのゾーンが違うからです。何万年もつちかってきたリスの夢に、人の眠りが入ってゆけないからです。とすれば、あたかも、そこには意志のあるゾーンが待ちかまえていると思えませんか。そして、ドク！　肉体植民地のドク！　この体に意志のある部分が生き、それを追うものが出て来たら、あなたどうする！（中略）

Dr.・弁　そんな事は俺が許さん

動物の眠りにはゾーンの違いがあることを示しつつ、拒絶反応を擬人化することで、移植される心臓には死を越えて生き続ける「意志」が潜むと唐は訴えたいのである。そして、その意が貫かれれば、持ち主だった死者さえ追いかけてくると、この論理はやがて発展していく。つまり、唐は、医療上の手術から「移植」を脱皮させ、死者を引き継ぐ思想的方法へそれを拡張させようとしている。

先述したように、本作は、寺山修司に捧げられている。彼が愛用したジーンズ地のサンダルが大道具としても小道具としても登場する。そして、硫酸を浴びたジャガーの眼が辛うじて蘇生する劇的な終幕では、寺山のかけがえのない一部だったサンダルも運び込まれ、「何だか、温かくなって来た！」と、それに触わって少年は叫ぶ。

死者から一部をもらうということは、その死者を不死身にすることなのだ。角膜や臓器のみならず、ささやかなモノもココロも、死者から生者へ「移植」されることで、血の温もりをもって引き継がれる。さらにそれは、もらった「わたし」をじわじわと破壊し、さらなる変貌へ向かわせていく。しんいちのように。生き残るとは、そのような吸収と変容の連続だという唐の思いが込められているだろう。

5　正体不明の「わたし」

そこで、そのような移植をくり返した「わたし」とは何だろうか。皮膚は継ぎはぎ、肺はガラス、腸はホースの怪人、戯画的なDr.・弁は、それに対する唐の考察が反語的に込められた存在として登場している。

Dr.・弁　もしも、俺の体の一部一部をなつかしがる者が、集まり
扉　ええ
Dr.・弁　俺の体にしがみついたら
扉　何です
Dr.・弁　俺は何だか分らなくなる！（傍点筆者）

それぞれの部分に宿る死者たちが意思表示をはじめたら、Dr.・弁のからだは他人たちの百家争鳴になる。とどのつまり、「わたし」とは、何が何だか分らない正体不明な存在だと唐は訴えるのだ。寺山が好んだデュシャンの言葉「死ぬのはいつも他人ばかり」の裏返しでもあろう。じつは、生きているのも他人ばかり、「わたし」とは他人づくしなのだから。その寄せ集めに過ぎないのだ。

樋口良澄は「寺山の考えた普遍や無限と、唐の考える個別と有限が、臓器移植という形で相対する」(『唐十郎論』一二四頁)と本作を評したが、[*5]唐十郎は、有限な「わたし」の正体不明性を凝視することで、その小ささのなかに無限を見出そうとしたのだと思う。

本作を執筆するに当たって踏まえられた寺山の演劇評論『臓器交換序説』には、次のような一節がある。「自分のからだと他人のからだの境界線はきわめてあいまいなものだという気がします」(一六頁)、「ぼくは、何でも物語化したがる感性が現代の表現を駄目にしたという考えなんです。演劇もいつのまにか、物語の奴隷になってしまっている。そして、語り手としての「私」の内面性を神話化してしまった」(八九頁)。

狭義の演劇からの離脱を志向するコンセプチュアルな方法によって市街劇などを試み、「わたし」を解体しようとした寺山は、演劇と物語の関係を巡っては唐と厳しく対立した。二人は対談でこのようにやり合う。唐は、寺山が試みる町そのものを演劇に捉えかえす市街劇の方法を批判した上で、

唐 僕は町へ開かれるという発想でないんだ。下降する方なんだ。意識の中に眠っている町の元素の方に還元しなければ、町に放出されてもスパークも何もしないじゃないかと思うんだけれども、どうかね。

寺山 (中略)俺は「知らない人間と知らない人間が知らない場所でバッタリ出会う」ことの偶然性を想像力で組織するのがドラマツゥルギーだという考え方が根底にあるわけだ。つまり、最終的には歴史自体をも演劇としてとらえていきたい。(中略)

唐　僕はそれを演劇と見ないんです、第三帝国の行進を。あの力にはびっくりすることも何もないんだな。

寺山　唐十郎は「何ッ、太平洋を一周してきたって？　俺はコップの中で一晩で世界を渡った。」ということを考えているわけだから。（笑）

唐　僕はティーポット・ストームに徹しようと思っているんですよ。

（『乞食稼業』三〇〜三一頁。傍点筆者）

本作の「わたし」もまた、そのティーポットの内側の嵐として撹拌される。

唐は、寺山が批判した物語を握りしめ、「わたし」をひとつの苛烈な壺にした上で、それと他人の境界線を角膜や臓器の交換によって激しく揺さぶった。そうすることで、兄貴であり好敵手でもあった彼に応答しようとしたのが本作ではないだろうか。それは、「寺山修司のサンダル」の、やや屈折した自己への移植でもあったに違いない。

さらに、唐が戯曲の迷宮化を徹底しているのは、じつは演劇を物語の単純な奴隷にしないための戦略でもあるのだと思う。唐劇では物語は通例のそれに留まってはいない。その上にメタ物語があったり、その下に闇のそれがあったり、あるいは、前述したようにせりふ回しと劇構造が相似形をなしたりする。描こうとする人物の複雑さ、何だか分らなさの無限性に正直でありたいからでもあろう。唐が標榜する特権的肉体を戯曲論の立場から考えれば、限りなく錯綜する展開を果敢に背負い、寓意や皮肉や反語に富んだせりふ、諧謔やしらばくれや素っ頓狂に富んだふるまい、つまり、一筋縄では捉えられないことばの裏側までをも引き受けられる人物像の構築にほかならない。彼らは到底、物語の奴隷では収まらない。

本作の初演から三年後の一九八八年、状況劇場は解体される。いまからすれば、「わたし＝劇団」を壊すための一部が、本作によって唐に移植されていたようにも感じる。ゆえにこそ、『ジャガーの眼』は、特例的にその後も再演がくり返されたのかもしれない。[*6]

劇中、くるみはその眼に向かってこう歌いかける。

〽あたしは見ていた（中略）
その赤いかたまりを
まるで
昇りきらず
郊外の家並にかかる太陽のように[*7]

（傍点筆者）

どの公演でも、芝居の開演を待つ客が並ぶのは夕暮れどき。新宿花園神社で、雑司ヶ谷鬼子母神で、わたしたちは、西の空を染める太陽とともに紅テントを見つめる。それは、状況劇場から唐組に変貌してなお、芝居の炎を燃やし続ける唐十郎の不死身の赤いジャガーである。

註

＊1　唐組立ち上げ後、一九八九年、一九九五年、一九九七年にも再演されている。なお、一九八五年の初演台本は、『ジャガーの眼』（沖積舎、一九八六年）に収録されている。

＊2　その角膜はそもそもは「田口」のものだった。肉体の一部を売買する闇市場を調べていた探偵の彼は、あるギャンブルに負けてみずからの片目の角膜をとられてしまう。そのいざこざの際に膜は傷付き、微妙な斑紋が残った。

＊3　シンジからもらった首飾りのロケットをくるみが捨てたかどうか、つまり、前夫への未練を断ち切ったかどうかで、しんいちと探偵の「扉」は賭けをする。しんいちは捨てたほうに賭けたが、ほどなくその場に現れたくるみの胸には首飾りが……。だが、「（ロケットは）持って来たけど、持って来なかった」と彼女は言いのけ、乱闘がはじまる。じつは、その中に入れていたシンジの写真は捨て、しんいちのを入れようとしていたことがのちに明かされる。

＊4　恋の駆けひきの表れとして、くるみがしんいちに「不思議のリンゴ」を強引にとらせる場面もある。そのリンゴからは、とり戻したい青春の象徴として不思議な煙がたち昇るが、くるみに敵対するDr.・弁らは、愉快なことに掃除機をふりかざしてそれを吸い込んで消す。さらに、彼女を応援するほうの田口らは、その掃除機の中に収まった煙の粉末をこんどはストローで吸い込んでもとのリンゴに注入し直す。奇智に満ちたこの一連の展開にも、観客らは大笑いで沸き立つ。

＊5　寺山と唐の比較については樋口良澄『唐十郎論』に詳しい。

＊6　状況劇場初演でくるみを演じたのは、看板役者の李礼仙ではなく、若手の田中容子だった。それも再演をくり返した理由のひとつだろう。唐組では唐組ならではの芝居を追求して新作を書き続けたのはもちろんだが、状況劇場をともに背負い、その解体とともに離縁した李礼仙に当て書きした作品は控える思いも当時の唐にはあったのではないか。なお、彼の横浜国立大学教授時代に発足した、その教え子たちを核とする劇団唐ゼミ☆では、二〇〇〇年代初

めから状況劇場時代の戯曲も上演されている。久保井研が演出の要となった現在の唐組でもそれを上演している。

＊7　この歌詞には、寺山が『臓器交換序説』で引用した、SF詩人、D・M・トマスによる詩「適合する臓器提供者を求めて」（同書二三～二四頁）が踏まえられている。

戯曲『ジャガーの眼 2008』参考書誌

二〇〇八年上演台本収録：『唐組熱狂集成』所収（ジョルダン株式会社、二〇一二年）

資料

唐十郎『ジャガーの眼』（沖積舎、一九八六年）
唐十郎『乞食稼業――唐十郎対談集』（冬樹社、一九七九年）
寺山修司『臓器交換序説』（ファラオ企画、一九九二年）
扇田昭彦「唐版　臓器交換序説――『ジャガーの眼』劇評」『唐十郎の劇世界』（右文書院、二〇〇七年）
堀切直人『新編唐十郎ギャラクシー』（右文書院、二〇〇七年）
樋口良澄『唐十郎論――逆襲する言葉と肉体』（未知谷、二〇一二年）

二〇〇八年唐組秋公演

〈演出〉唐十郎
〈配役〉くるみ（赤松由美）、しんいち（久保井研）、田口（稲荷卓央）、扉（鳥山昌克）、サラマンダ（藤井由紀）、Dr.・弁（丸山厚人）、闇坂（唐十郎）、婦長（辻孝彦）、少年（大鶴美仁音）、夏子（多田亜由美）、ほか唐組役者陣
※二〇一九年春には、「久保井研＋唐十郎」の演出として一九八五年の初演台本が唐組で再演された。

IV 謎海篇

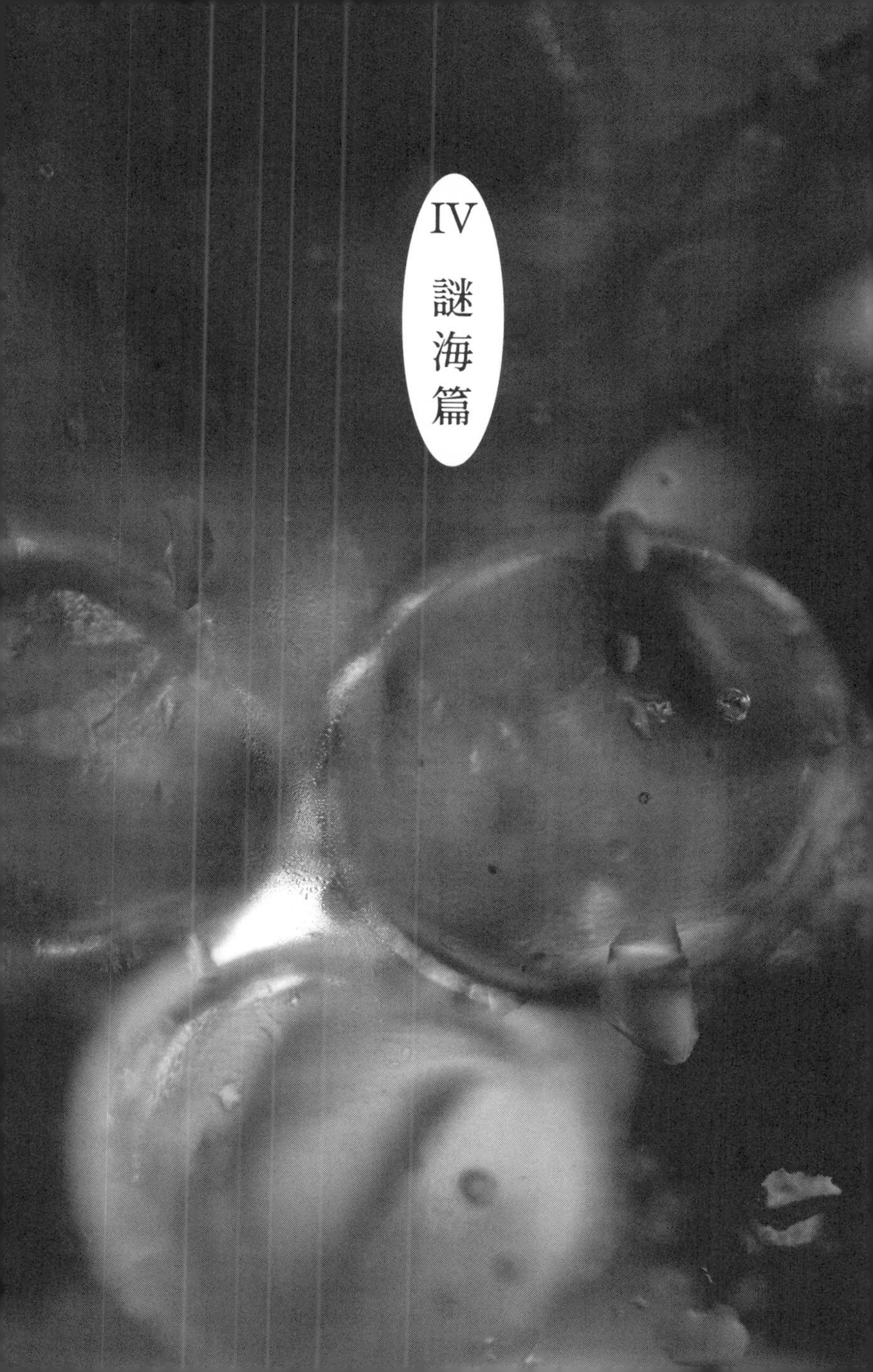

漆黒の女坑夫は、何処へ

――『黒手帳に頬紅を』

二〇〇九

1　ボタ山と紅テント

〽アカイ　お腹を見せてるけれど
お前は　やはり
黒い　羽
鏡ヶ池の
底抜けて
夕陽に　飛びたて
黒手帳

（泡之二郎の劇中歌）

芝居が撥ねたあとの宴の席で、唐十郎がよく口にした武勇伝は、一九七七年の状況劇場春公演

『蛇姫様――わが心の奈蛇《ナジャ》』で、福岡県田川市の旧糒《ほしい》炭坑のボタ山にテントを張ったときのこと。春雷とどろく大嵐となったその興行に駆け付けた作家の五木寛之は、「雨の中で、その赤テントはくっきり見えていた。ボタ山の中腹に赤い傷口が現れたような感じだった。一瞬、ぐっと胸にこたえてくる光景だった」（『深夜草紙』一〇七頁）と回想している。

ボタ山とは、石炭を掘ったときに出る捨石の山だ。それゆえ、雨に殴られれば、地盤は恐ろしいほど脆くなる。にもかかわらず、長蛇の傘の列ができる大入りだった。急遽、増やした夜中の公演では、強風で傾くテントの柱を、かつては坑夫だった威勢のいい観客たちがみずから支え、芝居が続けられたという。柱を支えながら観る客の身振りを、宴のなかで唐は眼を輝かせてしばしば実演し、ただならぬ熱気を教えてくれた。

暗黒を掘る炭坑労働に、特別な関心をもっていたに違いない。近代日本の根底に横たわる過酷な労働、命がけの活気。それは、唐が標榜する特権的肉体に繋がるものでもあったのではないだろうか。閉山を余儀なくされた戦後を踏まえつつ、五木寛之との対談でこのように述べている。

> どうしても黒の世界、ボタ山の中に眠っている黒の世界というのが、当然出て来ざるをえないんですよね。いまボタ山というのは「緑の柩」（筆者註、放置されたその山に草木が生えた状態）になってしまっていますから（中略）。結局、それじゃそこにかつてあった黒の世界、漆黒のエネルギーというのはどこに行っちまったのか（中略）。ぼくは、その黒の世界にいたみたいな住人が、いまどこに引っ越して、どこに一つの条理を感じているかということは、すごく興

味があるんですよ。ボタ山に一応テント立ててからね。（『乞食稼業』一〇〇〜一〇四頁）

炭坑で栄えた町で芝居を打った唐十郎には、漆黒のエネルギーを身に宿した人間、すなわち、公演の夜のテントに集まった元坑夫たちの力を引き継ごうとする意図があった。「そこ（筆者註、ボタ山）にぼくは赤いテントを立てた。そうすると、かつてここで漆黒の世界を見た人間のひとつの行為をジェスチュア化しているのが、うちの芝居じゃないかと思うくらいなんですよ」、旧炭坑での興行は、「一つの挑発を、いまはもうすでになくなったものを挑発しているというふうな行為」だったとも言う（ともに『乞食稼業』一〇四頁）。

黒のエネルギーはあれからどこに移動し、その気骨はどう息づいているのか。この問いは様々に変奏されながらその後の唐の創作を支え続けたに違いないが、炭坑をテーマにした『黒手帳に頰紅を』（二〇〇九年唐組春公演）は、田川公演から約三十年の時をへて、積年の問いかけにあらためて向き合った作品と言える。いま、どうすればその漆黒の世界が生きるのか、生かせるのか。

2　期限切れの手帳

東京・南千住で一人暮らしをする老いた元炭坑夫、かつて九州の炭田を掘っていた「波原」が、アパートの隣室に住む似顔絵師の青年「泡之二郎」に、じぶんの顔を描いてもらう幕前劇から芝居ははじまる。すでに衰えた波原が、絵の謝礼の代わりにさし出したのは黒い手帳だった。それは、九州で最後に残った炭田、池島の海底炭坑が二〇〇一年に閉鎖される際に支給された、失業保険受取りのための就労証明手帳だ。だが、手当の期間は切れている。にもかかわらず、波原は「使える所がどこかにある。そこではきっと働け通用する（筆者註、そこではきっと役に立つの意）。お前の眼力なら、この黒手帳を握りしめるほどに、なにかポッカリ口開ける」（傍点筆者）と、意味深長な用途を二郎に示しながらほどなく息絶える。そうして、この手帳が効力を発揮する場所を探す本作の主人公、泡之二郎の道行きがはじまる。

ところが、波原はべつの借金のカタにもそれを使っていた。そのため、彼の介護をしていた暮谷禎三を通じ、商店街幹部らによる手帳の所在探しも行われている。三ノ輪のあんみつ屋「デカダン」（二郎はその店内に似顔絵屋を間借りしている）を舞台に、手帳の返却を求める禎三らと、それに応じない二郎らの応酬が交わされながら、にわかに炭坑に興味を抱きはじめた主人公の心の旅が深まっていく。

二郎は、あるとき夢野久作の炭坑小説『斜坑』に出会う。そして、坑夫を主人公にしたその一節から画業の霊感を得る。読書好きの少年「玄児」がその内容を諳んじて、

玄児　……トロッコのブレーキは壊れていた。

斜めの坑《あな》を猛スピードで陥《お》ちていく時、乗っている荘市の眼にね、母か姉さんのように、なつかしい……又は、スバラシイ妖精、ばけものではないかと思われるくらい、婀娜《あだ》っぽいお作という女の、白々と衿化粧をした丸顔が……浮かび、息かかるほどに頬寄せ

二郎　うわあ（中略）
玄児　微笑みかけてくるのであった
二郎　死の寸前だ、（中略）これは、その荘市がトロッコで死ぬ前の描写なんだ。（中略）その女、似顔絵に描いてみたい
（傍点筆者）

二郎は、海底の斜坑に棲む「お作」、その場所の精霊のような女坑夫を描くことに拘《こだわ》りはじめる。夢野の小説をきっかけに、波原が暗示した「ポッカリ開く口」、すなわち、絵師の二郎にとっての創作の入口が見つかったのだ。

じつは、夢野の原作では、お作は坑夫の妻の設定だが、唐はあえて「誤読」することで、かつての事故で生き埋めになった女坑夫にすり替えている。そうすることで、閉山後も、海底炭坑に居続ける大母のような存在を劇に招き入れ、二郎に追いかけさせる。すると、その心の旅のなかでは、手に握りしめる波原の手帳は、黒羽の鳥、女のもとへ二郎を導く幻の蝙蝠《こうもり》「黒羽坑助」としても息づきはじめる。遺言通り、手帳には使える場所があったのだ。

前述したように、唐にとって「黒」は、炭坑の象徴だが、本作では、手帳の黒表紙という小さな物体にそれは凝縮されている。閉山ののち、東京へ流れた元坑夫が建設現場などで働く例は実際に数多くあっただろう。池島から遠く離れた東京下町のドヤ街に、その「黒」はひそかに引っ越し、ゆきずりの青年に譲られることで、現世と冥界をつなぐ「黒い斜坑潜入証」として純粋化される。

炭坑がテーマだが、舞台は東京下町。『泥人魚』などと同様に、みずからの地盤である下町に唐

は舞台を引き寄せ、その上で、絵描きの主人公に元坑夫と出会わせ、その創作意欲として、九州の海底炭鉱に住まう幻の女坑夫を想像させる。田川の坑夫の眼ざしを引き受けようとした唐十郎は、絵師の泡之二郎にじぶんを移したと言ってもいいだろう。

3 散乱する似顔絵

最晩期の唐戯曲に共通する特徴だが、芝居のせりふは簡素に削ぎ落とされている。上演時間も短い。だが、芝居を迷宮にする方法は貫かれる。つまり、そこでは、戯曲の行間はかつてにもまして広くなり、二〇一〇年前後以降の作品は、劇ぜんたいがいわば大きな「謎々」のような様相を呈す。手帳の争奪を巡った奇天烈な揉み合いが目立つ舞台は、多くの観客にとって、前述のあらすじよりも、浅草軽演劇のような喜劇的側面が強く感じられたに違いない。二郎に味方するあんみつ屋の女店員「庵《いおり》」は、大事な黒手帳を胸もとに挟むが、それをなじろうとするカタキ役の禎三たちは、強引に乳色の液体を彼女に浴びせる。また、二郎とその絵師仲間の男らは女物の着物を引っかけて、下手な歌で踊る。その一人で金粉ショーダンサーでもある「田口」は、ショーの様子をやたらと詳しく描写する。それらはなぜなのか。その理由がなかなか見えないため、ナンセンスな喜劇性のほうが露出するのだ。見方によっては凡作という評価もあっただろう。

『黒手帳に頰紅を』は、当時、読売新聞夕刊に連載された唐の小説『朝顔男』と内容が繋がっている点では、前掲の戯曲『夕坂童子』と兄弟作と言っていいが、老いた人間のいきさつを追うために若者たちが情熱をそそぐ展開は『紙芝居の絵の町で』に近い。だが、『紙芝居の絵の町で』で舞台上に表されたような異空間が、本作にはない。主人公が想い描く海底の斜坑は、その入口がほのめかされるだけで、舞台上に出現しない。ある意味、不親切な作品と言っていい。むろん、お作も、せりふで語られるばかりで登場はしない。

だが、注意深く戯曲を読むと、その不親切な欠落こそ、唐の作意、いわば謎々の仕掛けなのである。主人公のなりわいは、似顔絵師。つまり、炭坑とともに「似顔絵」というテーマも本作には宿されている。女物の着物を羽織って日本髪のかつらをつけた滑稽な二郎が、あんみつ店に駆け込むと、

二郎　どうだ玄児？（中略）
玄児　何に似せたいんでしょうか
二郎　きみが語ったあの幻（筆者註、お作の幻）なんだけど、ぜんぜん及ばない？
玄児　あれは〈脅かし〉の幻なんかじゃ、なかったんです（中略）。坑内の生活者とでもいうべきか（中略）。かつては生き、その暗い穴の中で、そんな身装《みなり》と化粧をしてみたかった。その夢が幻の形になって追っていたんです
二郎　玄ちゃん、どうして、そう判定できんの？（中略）
玄児　女だよ、全裸の（中略）。女坑夫はそうしてツルハシ振るってた（傍点筆者）

女坑夫の幻がいい着物を着て化粧しているのは、じつは、憧れた姿のほうで出現しているのだと説く玄児。

女坑夫の聞き書きをまとめた森崎和江著『まっくら』には、炭坑での身なりや労働がこのように記されている。


男は腰に手拭いをくるっと巻いて家から飛び出しよったとばい。坑内じゃ放し飼いたい。だいたい暗かとこばってん、女はマブベコ（坑内ベコ）にマブジバン（坑内着）たい。（中略）けどな、坑内に入って仕事するときは、たいがいマブベコいっちょたい。（中略）二尺ばっかし厚さの石の層を、（中略）腹ばうて奥のほうまで掘ってな。（中略）四つんばいになって坑道を上がらならん。

（『まっくら』二五〜二六頁）


マブベコとは丈三十センチくらいの短い腰巻のこと。つまり、熱い坑内では、男は裸、女もまた裸同然の姿で、狭い坑道を四つんばいになりながらツルハシをかざし、石炭を集めた。さらに爆発や落盤、トロッコ事故の危険にさらされた日常だった。だからこそ、彼女たちには、飛び抜けた明るさと逞しさがあった。

つまり、派手な着物を羽織って歌い踊る劇中の男たちは、この裸の女坑夫たちが憧れた夢の歪んだ真似だった。金粉をからだに塗ったヌードダンサーは、炭塵で真っ黒になったその裸体の似姿だった。手帳の黒蝙蝠に乳をやる半裸の庵には、二郎の脳裏にあるお作の像が秘められてあると同時に、子育てしつつ働いた様子も捩じれて投影されているのだろう。赤ん坊のいる者は、乳の張りに苦しみながら働き、ようやく坑口に出ると、汚れたからだの乳首だけ急いで拭いて、待ち構えている赤子の口に含ませたものだという。

じつは絶妙に凝った戯曲と言ってもいいのである。精巧な幻想空間を舞台上に作ってわかりやすく見せることをしない代わりに、おどけたニセモノばかりを散りばめた。正確でなく、中途半端なイカモノであるからこそ、まさしく「似顔絵」なのだと言わんばかりに。ストレートな像ではなく、いかがわしい喩えばかり提示することを、唐は敢えて選んだのである。

4　聖域の女

ゆえに、漆黒の女主人、海底炭坑の斜坑に棲むお作は、二郎の「頭のなか」にしかいない。いや、そこにいるのである。ひょうげたニセモノの群れは、この絵師がいつか描こうとする絵のための材料と言ってもいい。そして、ともにそれらを見つめつつ、せりふに耳傾ける観客もまた「頭のなか」でその像を描く。舞台上には、斜坑の入り口の穴だけが設えてある。その先は、それぞれの脳裏の想像空間に唐は託したのである。

終盤、禎三によって黒手帳は引き裂かれる。そして、裏の表紙が持ち去られたあと、失意にくれた二郎と俺は、池島にある鏡ヶ池と称される場所の静かな底にいるお作を思って、このようにことばを交わす。

二郎　あの池島の鏡ヶ池が薄れてく、その底の斜めにあいた穴さえも……（中略）
庵　いい、いい、いい
　もっとその顔、思い出して
（傍点筆者）

舞台上には現れないお作。だが、二郎の頭のなか、それを察しようとする観客の頭のなかは、その顔を思い浮かべることができる。いわば、本作は、客の脳裏をも劇空間に仕立てようとしていると言っていい。役者のせりふに聞き耳を立てる集中力に賭けた戯曲だ。当時のある対談で、唐は、「言葉の湯気に客が耳をそばだてるということが重要なのです。（中略）何言ってんだと耳をそばだてるところが一つの起点になればいい」（『すばる』一六四頁）と語る。

だが、そのおぼろな幻像が客にたしかに伝わるかどうかはわからない。斜坑にいるお作が目の奥に浮かんだとしても、幽かなそれはそのうち消えてしまうだろう。主人公の名前は泡之二郎。「じろう、お前は泡のごときじろじろだ。ぬかるみに浮かんでる水泡、ちょいとした風にフウワリなびく溜りの泡だ」と、名の由来が劇中で語られる通り、儚い水泡でもある男。その泡がつかのま宿す漆黒の女こそ、本作の真の主人公である。絵師と坑夫と言えば山本作兵衛がいる。二郎には、作兵衛の影も響いているに違いない。

九州の坑内歌の一節は、「唐津《からつ》下罪人のスラ曳《ひ》く姿、江戸の絵かきもかきゃきらぬ」（筆者註、スラは石炭を運ぶための籠）と歌われる。坑夫みずからが下罪人、囚人の労働のようだとおのれを称し、東京者の絵描きに描けるはずがないと言い放った。それは、照明が当たる舞台に上げられるものでも、上がるものでもない。役者が演じたところで嘘臭くなるばかり。その限界を唐は察知しているからこそ、舞台上には敢えてニセモノの「似顔絵」ばかりを散りばめ、あとは脳裏の泡に任せたのではないか。女坑夫は、唐にとって聖域なのだろう。この劇作家の「当て書き」とは、役者が演じられる限界を、厳密に嗅ぎ分ける方法とも言えると思う。

それは、裸一貫で地底に生きた女坑夫に対する最上級の敬意でもある。二郎が絵に描こうとする泡のなかのその姿は、炭塵をきれいに落とし、艶やかな着物を肩に掛け、黒蝙蝠に乳をやっている。白粉をはたき頬には紅をさして……。この像は、事故死した女坑夫に捧げる、唐十郎のなけなしの供花でもあるに違いない。

炭坑の黒のエネルギーは、いま、どこにあるのか。流れ、流れて、東京裏町。そこに生きる若者の、儚くも目覚ましい想像力のなかで息づけ。本作はそう挑発している。老坑夫が青年に黒手帳を渡したように、唐もまた聖域の女をつぎの世代に伝えようとしている。

落盤事故などで運ぶことさえできなかった遺体は、いまなお旧炭坑に眠り続けている。その暗黒の死者をいかに生かすか。「思い浮かべる」という営みに集中せよと、本作は訴える。劇冒頭で描かれた、ほどなく逝く波原の似顔絵は、遺影と言ってよかったが、「ほんとうの遺影」は、絵でも写真でもなく、思い浮かべようとする目蓋のうらにこそある。唐はそう言いたいに違いない。

戯曲『黒手帳に頬紅を』参考書誌

収録：『悲劇喜劇』二〇〇九年七月号（早川書房、二〇〇九年）

資料

上野英信『地の底の笑い話』（岩波新書、一九六七年）
森崎和江『まっくら――女坑夫からの聞書き』（現代思潮社、一九七〇年）
五木寛之『深夜草紙PART3』（朝日新聞社、一九七八年）
唐十郎『乞食稼業――唐十郎対談集』（冬樹社、一九七九年）
唐十郎『唐十郎全作品集　第六巻』（冬樹社、一九七九年）
夢野久作「斜坑」『夢野久作全集4』（ちくま文庫、一九九二年）
田島雅巳『炭坑美人――闇を灯す女たち』（築地書館、二〇〇〇年）
唐十郎『朝顔男』（中央公論新社、二〇〇九年）
唐十郎、吉増剛造「対談……言葉の「湯気」に耳そばだてて」『すばる』二〇〇九年八月号（集英社）
山本作兵衛『新装版 画文集 炭鉱《ヤマ》に生きる 地の底の人生記録』（講談社、二〇一一年）

二〇〇九年唐組春公演『黒手帳に頬紅を』

〈演出〉唐十郎
〈配役〉泡之二郎（稲荷卓央）、庵（赤松由美）、波原（辻孝彦）、暮谷（久保井研）、姿屋君子（藤井由紀）、暮谷禎三（鳥山昌克）、横路（高木宏）、田口（唐十郎）、チャコお婆さん（大美穂）、少年玄児（大鶴美仁音）、ほか唐組役者陣

「八重」という女
――『西陽荘』
二〇一一

1　バシュラールの焔

〽メモリー、どこへ行ったの、思い出さん
一人じゃ、あんたダメなのかい
ジィッーと、静かにうずくまり
包茎、残尿、恥かしくって、
鳥の声で鳴くのかい
ホーホケキョ

（群れの歌）

二〇一一年三月十一日の東日本大震災からしばらく、余震も停電への備えも続いていたころ、蠟燭を求めたひと、それを灯して急場をしのいだひとは、東北地方に限らず、関東でも少なくなかった。蠟燭の灯し火がつかのま身近になった暮らしがあった。

二〇一一年秋に上演された『西陽荘《にしびそう》』は、唐十郎が東日本大震災を経てしたためた戯曲である。劇中、唐が演じる「狼次郎」が、「俺は、狼の姿に転身したが、元は一人の文学青年だった。好きだったのは、ガストン・バシュラールの『蠟燭の焔《ほのお》』だ」と言い放つ場面がある。唐もまた、震災によって久しぶりにその光を引き寄せたのではないだろうか。

バシュラールのその著作は、想像力の根源として「蠟燭の焔」に注目し、イメージの発生を哲学的に紐解く。闇のなかでその炎をじっと見つめる、するといつのまにかそれは何かに変化して見える、するとまたべつの何かに変わっていく、すると……という数多なるイメージの発生、あたかも幻燈のように頭のなかに連鎖していく想像の営みを、バシュラールは本質論的な思索によって捉えた。唐にとっては前述した紙芝居論や記憶論にも繋がっているだろう。『西陽荘』は、バシュラールを踏まえた唐流のイメージ劇だと言える。

戯曲の主人公は、元コピーライターで、即興詩人的な才能もある「坂巻」。コピーライターの仕事は失職したため、いまの暮らしは落ちぶれているが、巧みなことばの使い手、豊かな想像力の担い手として設定されている。『黒手帳に頰紅を』と同じく戯曲のことばはかなり簡素だが、バシュラールの説く「蠟燭の焔」のごときものを、主人公の逆巻に見つめさせることで、唐は舞台上を自由なイメージ空間に仕立てた。

2　虚像が紡ぐ回想劇

この芝居は、幕前劇からはじまる。黒い幕の前に、ぼろアパートの一部屋が簡単に設えられてある。そこに坂巻は佇み、このように語り出す。

坂巻　西陽荘の二階には、一枚だけガラスのない窓があり、その部屋を風の忍び屋さん6号室と呼んでいた。九月の半ばまでそこに住んでいて、時折会いに来る八重に、寝にくる布団を用意していた。窓の方には、自分の敷きっ放しの布団があり、ところどころに醤油の染みが広がっていた。それは、枕元に座って、何でも食べる物にそれをかけたせいである。

小皿にパンをのせ、それに醤油をかけたこともあり、白身は茶の雑巾にみえた。

その部屋を出る二週間前から、そろそろ、彼女に部屋を渡す時が来たような気がしていた。

ガラスのない小さな窓がある部屋。風が通うそこには、「八重」という女が時折会いに来ていた。だが、からだの関係はなく、男は女の素性も知らない。つまり恋人でないことも明かされるのだが、彼女のために布団を用意していたのだから、半ば曖昧な同居人であった。

ところがある日、八重は、三十円しか残額のない貯金通帳を坂巻に渡し、部屋から飛び出してしまう。返そうとしたが、素早く突っ切っていくので追いつけない。数日後、下駄箱に入っていたおでん屋のマッチを手掛かりに、坂巻は探しに出向く。

この短いプロローグは、過去の西陽荘にじぶんを立たせることで成立している。「その部屋を風の忍び屋さん6号室と呼んでいた」（傍点筆者）と過去形で示されてあるように、語り手の坂巻は、いまではべつのアパートに越している。そこで椅子にかけながら煙草でも吹かしているかもしれないのだが、演ずる役者は「風の忍び屋さん6号室」、すなわち回想空間の内側に佇む。せりふが発される場所と舞台空間にはズレがあるわけだ。

一般の劇作家、あるいは初期の唐十郎なら、この幕前劇は、いまのアパートを背景にしたのではないか。後期の唐には軽妙に捩じれを描けてしまう洒脱さがあるので、観客もまた気付かないほどしぜんに聞き入れてしまうのだが、幕前からさりげなく「迷宮」ははじまっている。

じつは、回想にふける坂巻の実像は、一瞬たりとも舞台上に現れない。劇そのものが、彼の「頭のなか」というイメージ空間なのである。ゆえに、出演者すべてはいわば幻影だ。それでは、どこに実像の坂巻はいるのかと問われれば、あたかも走馬燈の灯心のように舞台下に埋まっているのだろう。劇中、狼次郎がバシュラールの『蠟燭の焔』から引用したとしながら、「だから、内部だ、焔の軸だ。だから、わたしはもういない。」と叫ぶ場面があるが、その口を借りながら、坂巻の実像の不在を唐十郎はほのめかしたのかもしれない。

黒幕が開くと、舞台は、坂巻のつぎなる物思いの対象、おでん屋に切り替わる。その店は、西陽荘から二つ先の駅、京成小岩にあるとされる。八重はそこで働いているが、坂巻はかつての上司たちと出くわしながら、より厳密に言えば、上司らとの遭遇を思い出したイメージを舞台上に投影しながら、八重の導きによって、さらなる過去、忘れていた過去を回想しはじめる。

　バシュラールの『蠟燭の焔』に、こんな一節がある。「点っている燈明と夢想にふけっている魂とのあいだには、ひとつの類縁関係がある。どちらにとっても時間はのろい。（中略）その時、時間は深化し、イマージュと思い出とが結びつく。焔の夢想家は、彼が現に見ているものと、過去において見たものとを結合するのだ。彼は想像力と記憶との融合を知る」（二〇頁）、さらに、「夕べの夢想で、蠟燭を前に夢想しながら、夢想家は過去をむさぼり、作りものの過去にふける。夢想家はありえたかもしれぬものを夢見る」（五四頁。傍点筆者）。

　本作では、バシュラールのこの「焔」のかわりに、唐は「風」を主人公に見つめさせ、そこからもの思いを紡がせている。坂巻は、バシュラールを愛読する狼次郎とこのようなやりとりをする。

狼　蠟燭だ、その焔が、オレを前に突き進ませる。（中略）お前の焔を持ってこい
坂巻　それは〈夜風〉だ。めらつく代りにヒューと鳴る。そして、泣いているどこかの女の、辺りを巡る
（傍点筆者）

　夢想家の逆巻は「風」を寄りどころに、実際にあった記憶と勝手に描いた想像を錯綜させながら、「ありえたかもしれぬもの」を頭のなかで巡らしていく。舞台で上演されるのは、その内容なのである。主人公の名「坂巻」には、巻き戻して再生する役柄の営みが込められているのだろう。

　舞台には、彼の行く手にいつも同行している人格、「どうしてお前は一人で記憶を思い出せない

のか」と歌いかけるお化けなど、不思議な存在が出てくるが、ここは「作りものの過去」であるがゆえ、登場するキャラクターも自在なのだ。回想とは不正確で、幻想や可笑しみがつねにとり込まれ、変形が重ねられていく。

3 震災と借景

おでん屋で働く八重に導かれながら、まず紐解かれる坂巻の記憶は、茨城県の大洗海岸近郊の村。八重との会話でそれは語られるのだが、特筆すべきは、暗黙のうちに社会状況を舞台空間にとり込む唐の劇作術である。

その頃の逆巻は、乳製品加工会社「サフラン・ミルク」に勤め、上司の森と牧場を回ることもあったが、折しも何十頭もの乳牛が放逐の憂き目に遭う。製品としてその原乳を使うことができなくなってしまったからだが、腹を揺らしながら搾乳を待っている牛たちを見て、無惨さに胸を痛める坂巻。その理由は、戯曲には一切ない。にもかかわらず、二〇一一年秋の観客は、否応なく放射能汚染を重ねてその場面を見た。福島第一原子力発電所の事故の影響が連日報道されていたさなかの上演ゆえ、客がそう捉えることを唐は最初から折り込んでいるのだ。だからこそ、説明は何もしない。

さらに導かれる記憶は、その村から近い海辺の町、涸沼《ひぬま》町。坂巻は酪農の村を回った折、涸沼町へも出向き、そこで会った漁師で八重の弟でもある「汐一」とともに、ゴミの山をあさったことが思い起こされる。彼らがその山から見つけようとしていたのは、汐一が乗っていた舟「飛沫丸」の残骸だった。が、ある木戸の前で、夜回りしていた自警団に、窃盗の不審人物として汐一は捕まってしまう。その戸の裏側にいて、要領よく逃げた坂巻は、彼だけに罪を被せたことを激しく自責する……。

じつはその裏切りの意識が、この回想劇を牽引している。劇の終盤、凋沼町の夜回りたちが、もう一人いたはずの犯人を探しにやって来ると、

影坂　ざっと見回して、その男はいませんか？（中略）

坂巻　ワ、タ、シ、です　（傍点筆者）

坂巻は名乗りを上げる。回想のなかでもう一度生き直し、「ありえたかもしれぬもの」をとり戻す瞬間と言っていい。すると、ゴミの山から、望んでいた舟が現れ、坂巻と汐一はそれぞれが見つけ出した部品と合体させて、屋台崩しの彼方へ去っていく。つまり、坂巻は、閉じこもっていた記憶の世界を脱し、その外側へじぶんを出航させていく。

ここで注目すべきは、二幕の舞台設定も、京成小岩から近い東京の内側だったこと。おでん屋からしばらく歩いただけの下町の横丁にゴミの山がある。つまり、二幕は大量のゴミを背景に演じられたのだが、この舞台空間と東日本大震災による瓦礫の山を観客がすすんで重ねることを、十二分に唐は計算している。乳牛の放逐と同じように、ゴミの山の存在理由は一切明かされない。そして、

舞台は三陸海岸ではなく、涸沼町ですらなく、また、その山も津波による瓦礫ではないのに、観客のほとんどがそう思い込んでしまう錯覚を、唐はあらかじめ見越しているのだ。まるで騙し絵のように。

樋口良澄は、「むしろ震災の被害と距離をとることによって、震災のイメージが濃厚に舞台に立ち上がり、観客は自由に連想することができる」（『唐十郎論』一八〇頁）と評しているが、さらりと芝居を見た観客は、二幕目は、津波被害のひどかった漁師町の芝居だと思って、テントをあとにしたことだろう。ゴミの山とそれを切り離して考えることは、ほぼ不可能な毎日だった。主人公と若い漁師が、津波後の瓦礫の山から大事な舟の部品を掻き出し、希望を持って巷という人海へ奮い立ったと客が思うのを、唐は折り込んでいるのである。

だが、一方で戯曲を深く読み込めば、本作は、うらぶれた男の妄想のなかでの自己回復劇だ。一見では、社会劇風に見えることこそ、「錯覚」だった。未曾有の災禍を経験した観客の脳裏を推測し、いわば震災を借景にすることで、劇空間を拡大して多重化させたのである。

巨大災害ののち、リアリズムに傾いた観客の感受性をむしろ逆手にとった劇と言える。二〇一一年以降、多数の劇作家によって震災をテーマにした戯曲は書かれたが、迷宮的な多重構造にするための借景として、それを踏まえた唐の劇作術もまた特筆に値するだろう。

4　八重という女

さらに、この回想劇に唐が投入した女、逆巻の記憶をするする引き出す「八重」もまた謎めいている。

幕前劇ののち、おでん屋の暖簾をくぐった坂巻は、「あんたにお客さんだよ」と店の主人が八重を呼び、名指したあとで、彼女と目を合わせる。つまり、初対面とも受けとれるような微妙な雰囲気で二人は出会う。どうやら、西陽荘で会っていた彼女はこれと同じ姿でなかったことが、さりげなくほのめかされる演出である。

バシュラールは、「焔はなんらかの仕方において裸のままの動物性であり、一種の極端な動物である。(中略) 焔はその時、ひとつの生きた実体」(八七〜八八頁。傍点筆者) になると、イメージの変幻を説くが、本作ではどうやら、前掛けをしたおでん屋の女が、飛躍したのちの「生きた実体」のようだ。

その八重が坂巻に思い出を手繰らせる方法がまた面白い。いま、逆巻は定職に就いていないプータローだ。そのなけなしの所持金が、残高三十円の彼女の貯金通帳にさし出されることで、さらなる回想が誘なわれる。「三十円の先の空白で、(筆者註、通帳は) お腹空かしていないかしら」と謎かける八重は、カーディガンを片袖だけ脱ぎ、白いシャツの袖を男に向かってはためかすと、

八重　この片方の袖に、ちょっと鼻を押しつけてくれませんか（中略）。何か、とろける香りはしないでしょうか（中略）

坂巻　ミルクです（中略）。それも、香りにサフランのエキスをそっと、かけてる（中略）。もう一度、嗅がしてもらえませんか

八重　じゃ、あと、三、四万のお金を、通帳に加えてくれませんか

その袖の匂いは、玉手箱の煙のように男の記憶の扉を開ける。このやり口を「振り込まれサギ」と唐は八重じしんに呼ばせているが、それによって忘れかけていた出来事をつぎつぎに思い出す男。「あれ（筆者註、お金）は、僕の記憶を、ひも解いてくれるためにお渡ししてた」とあるように、じぶんの回想のなかでみずから進んで男はそうしている。

八重　いろいろ行ったね、関東の上辺りを

坂巻　どうして、それを？

八重　もう一万入れりゃ、そのワケ話すわ

八重は坂巻のアパートはもちろん、勤務先にも出張先にも徘徊先にも出没する。つまり四六時中、付きまとっている。劇中、「記憶なら、自分で思い出せ、みぃんな、それやってんだ、違うか、皆、記憶って何なんだっ」と、坂巻が町の人に責められる場面もあるが、女は男の行いをすべて知って

いる。ほとんど一心同体の設定と言っていい。

ここで、八重が二重の役割を果たしていることにも注意が必要だろう。前述したように、舞台そのものが、逆巻の頭のなかの上映ゆえ、店の主人をはじめ、八重じしんも含めて登場人物はじつはすべて「幻」だ。さらに、彼女はその幻の群れを引き出す役回りも果たす。つまり、べつの次元にも存在している。おでん屋の女の姿で現れるけれども、それだけではない。この脳裏の「幻燈」を映している実像、映写師の坂巻を想像するならば、八重は、彼の耳もとで囁き声を発しながらつぎの場面を導いてもいる。

おそらく正体は、小鳥のような存在だろう。坂巻が見つめる「風」の変化《へんげ》として、空中を羽ばたく小動物をおくと、奇妙なふるまいの謎がほろほろと解けていくではないか。

その女は、「風の忍び屋さん6号室」の小さな窓から自由に行き来し、時には坂巻が追いつけないほど素速く移動する。行く先々のどこへでも神出鬼没で、しかも邪魔をしない。唐の初期代表作『ジョン・シルバー』には、肩にとまるオウムが出てくるが、八重も肩にとまったり手に乗ったりしながら、夢想の道へと囀《さえず》っている。そうして、その声を、人間のことばに聞き替えているのが坂巻なのである。

牛乳の匂いが染み込んだシャツの袖とは、それが白い羽に撥ねたことがあったからではないか。醤油好きの坂巻が米のご飯でなく、わざわざパンを食べていたのは、その屑をやりたかったからだろう。寝にくる布団を用意していたのは、窓辺に巣箱でも置いていたに違いないが、ある日たまたま、おそらくは落とし物だった一冊の貯金通帳を、その嘴《くちばし》がはさんで運び、三十円という残高を見つめながら男は苦笑する。

いまの住まいで、まず逆巻はその一件を思い出したのだ。「サギ」は、詐欺と同時に白い鳥の名でもあろう。唐は迷宮を作るため、その核心をあえて書かない手法をしばしばとるが、西陽荘から転居したあとでは、逆巻にとって、その愛鳥は透明な風になってしまっている。バシュラールが説く焔の変幻と同じように、風から鳥へ、鳥から女へ、男の脳裏はイメージを生きた実体へ飛躍させた。

そもそものはじまりは、こんな光景に違いない。西陽しか射さないおんぼろアパートの小さな一室に、かつてことばの仕事をしていた風采の上がらない夢想家と、よくなついた小鳥がいた。その出入りのために、男は窓ガラスを一枚外してしまい、冷たい風が吹き込んでくる。手乗りほどに親しんだ目を覗き込もうと男がうずくまると、鳥と男、いや、小鳥を相手にくり返される孤独な人間の自問自答がはじまる。

この後ろ姿が、本作の劇迷宮の秘められた中心に違いない。唐十郎の短篇小説「愛咬」には、文鳥を妻のように愛でる男が言及されるが、[*1] 坂巻もまた、かき抱くことのできないセンチメンタルな生き物を女に見立てていた。そして、西陽荘から引っ越したいまでは、夜風がその鳥を思い出させる。

晩期の戯曲では、行間は大胆に投げ出される。八重の実体は、観客や戯曲読者が劇の森に果敢に踏み込むことで、ようやく摑める。まるで謎々のような仕掛けなのである。一見、震災をモチーフのひとつにした社会劇風に見える芝居の最奥にあるのは、孤独な男のほろ苦い叙情。リアリズムに偏りやすくなった社会情況のなかで、それを踏まえながらも裏切って迷宮を構築し、芝居は幻想であるという信念を唐は貫徹したのだと思う。先述した『紙芝居の絵の町で』『黒手帳に頬紅を』で試みた記憶論、イメージ論の発展としても興味深い。
冒頭に引いたユーモラスな劇中歌、町びとの「群れ」が歌ううたも、男と小鳥の切ない佇まいを思えば、おのずと謎が解ける。それは、回想を導く鳥の存在のヒントだった。

〽メモリー、どこへ行ったの、思い出さん
一人じゃ、あんたダメなのかい
ジィッーと、静かにうずくまり
包茎、残尿、恥かしくって、
鳥の声で鳴くのかい
ホーホケキョ

註

＊1　日本における文鳥の繁殖は、幕末に尾張藩の武家屋敷でその世話をしていた娘が、つがいの文鳥をゆずり受け、嫁入り先の村（いまの愛知県弥富市）で広めたのがはじまり。たまたまかもしれないが、その娘は名を「八重」という。もちろん、本作のこの名には、多重のイメージを纏う意が込められているのは言うまでもない。

戯曲『西陽荘』参考書誌

収録：『悲劇喜劇』二〇一二年二月号（早川書房、二〇一二年）

資料

ガストン・バシュラール著、澁澤孝輔訳『蠟燭の焰』（現代思潮社、一九六六年）

唐十郎「愛咬」『安寿子《やすこ》の靴』（文藝春秋、一九八四年）

長坂拓也監修『文鳥――文鳥の飼育・医学・エサ・生態・歴史すべてがわかる』（スタジオ・エス、二〇〇二年）

樋口良澄『唐十郎論――逆襲する言葉と肉体』（未知谷、二〇一二年）

二〇一一年唐組秋公演『西陽荘』

〈演出〉唐十郎

〈配役〉坂巻（稲荷卓央）、藤巻八重（藤井由紀）、狼次郎（唐十郎）、氷雨（安保由夫）、森（久保井研）、月村（赤松由美）、汐一（気田睦）、花屋の店長＋蟬沼（辻孝彦）、おでん屋の亭主（岡田悟一）、ほか唐組役者陣

水の大工か、唐十郎は

――『海星』

二〇一二

1　紅テント最後の書き下ろし

〽水の中の鐘はどんなに響く
ゴオン　ガゴオン
淵の間を縫ってゆき
青空はそれを見下ろしてるが
音に耳は貸しはしない
でもさ、ガゴオン
胸のうずきは、いつだって
誰が叩くか　探しているよ

（町田の劇中歌）

青空のもと、水に沈んだ鐘の音が響きわたる二〇一二年春の唐組芝居『海星《ひとで》』。その劇は、それを鳴らす鐘守の存在を、川辺に棲む生きものたちを行き交わせながら、深妙かつ愉快に問いかける。公演中の五月、突然の転倒事故によって唐十郎は休演し、脳挫傷の療養がいまも続く。[*1]状況劇場から唐組に引き継がれた、約半世紀にわたる紅テントのための最後の書き下ろしとなった本作は、劇作家としての絶筆のひとつと言っていいだろう。[*2]

舞台は、唐が生まれ育った東京下町、東武伊勢崎線沿線の鐘ケ淵と向島。二幕半ば、そこの取引先にやって来た新潟県燕市の会社社長、つまり、おのぼりさんの「大林」は、東京スカイツリーを見上げて、主人公の「町田」に語りかける。

大林　うわあ、高いな、あのツリー。聳《そび》え立ってる。あれに夜は、ライトもつくんでしょ？そしたら、光り輝く塔だ。町田くん、共にあれを見上げれば、話題は、明るく好転しますよ

町田　それは、この墨田区の名物なんですね

大林　いや、この現在日本の誇りの塔だよ

町田　ここ何日は、河辺ばかりを、つんのめって歩いて、じっくり見たことはないんです

大林　見たまえ、あの塔のキッ先を。（中略）が、きみの気性は、その凡俗の観点を、ひっくり返そうとしているお天気屋さんなんだよ

（傍点筆者）

東京スカイツリーはその年の二月に完成し、五月に開業した。以来、人気を誇り続ける観光名所

だが、それには目をやらず、「河辺ばかりをつんのめって」歩く男が、本作の主人公、町田。どうやら、その影は劇作家じしんとも重なっているようだ。「きみの気性は、その凡俗の観点を、ひっくり返そうとしている」と、スカイツリーを疎んじる者として町田の人柄は描写されるが、転覆の精神はそのまま劇構造にも当てはまる。

これまで書いてきたように、最晩期の唐は、ある種の謎解きを孕んだ戯曲、まるで作品じたいが大仕掛けの謎々でもあるような戯曲に挑んでいたが、『海星』では、極限までそれが追求されたと言っていい。劇中、町田は、読書家の令嬢「六門寺律子」とこのような会話を交わす。

町田　あなたは古本屋を漁る方なんですか?

律子　ええ、埋もれている書々、ブックの中から、涙のすすり泣き雄叫びが聞こえてくるようで

町田　すばらしい読者だっ

律子　(中略)あれらの本の前を通ると、風に頁がめくれて、この一行、この間合い、さらなる役々の思い込みを、さらって行けと、誰かが言ってるような気がします。

町田　誰です?(中略)何が古本屋のブックの中から聞こえんですか

律子　野口さん、それは、主題、テーマよ、観念っ!

(傍点筆者)

戯曲の主題は、一行のその間合い、つまり行間にあることを、劇作家みずからが劇中で示唆した

くだりである。じつは本作では、はっきり書かれてある部分はまるで小島のようなものなのだ。せりふの断片を繋ぐことで醸《かも》される、暗示的な行間のほうがずっと広大で、いわば海のようにその島を囲む。

たしかに、凡俗の観点がひっくり返されている。文字と行間、明示と暗示の関係が転覆されている。本作の唐は、見えない領域を周到に、確信犯的に測量し、もっとも大きな建造物をそこにこそ建立した。

2　小島のうえで

ささやかな陸上でのあらすじからはじめよう。

合羽橋道具屋街にある洋食器店に勤務する主人公「町田」と、その同僚の「仲《なか》」は、サボタージュ癖のある社員。商売道具のスプーンを持参したまま、取引先にいく途中ではじめたのは海水浴だった。が、にわかに潮が満ちると、岸辺に置いた多数の匙が塩水に浸かり、変色や錆が出て……。

このヘマを上司の「桜部長」に隠したまま、町田は、吹き付け業者「向島クロムメッキ専用工場」に錆とりを頼もうとしているが、なかなか切り出せない。

そこで、かつて工場に勤めたことのあるオテンバ娘「チャコ（千夜子）」に、仲介を頼むことを思い付く。工場の営業担当「野口」と親しいからだが、彼女は、いまは鐘ヶ淵の川辺にある実家のパーマネント屋で働いている。

町田が訪ねると、その横顔を見つめたチャコは、「あなたはどっか野口さんに似ているわ」と呟く（町田役の稲荷卓央と野口役の岩戸秀年は、特に似ているわけではないので、客たちはむしろ失笑する）。その上、イケメン気どりで女たらしの野口と違い、まるで十字軍の騎士のように高貴だともち上げ、恋心を寄せはじめる。さらに、野口の婚約者で、工場スポンサーの令嬢「六門寺律子」も、似ているものの、下卑たところをかなぐり捨てた町田は、まさしく「裸の野口」だと褒めそやす。

そこで、町田は、彼女らのとりなしを受けつつ、匙の吹き付けを野口にひき受けてもらおうと画策する。蕎麦屋の娘で、佐々木小次郎に時おり変装する「ナナ」も[*3]、玩具の刀を振り回しながら町田を応援する。だが、状況は混乱するばかり。そこで、たかがスプーンじゃないか、こんなことをしていたら店にさえいられなくなってしまうと、同僚の仲は、町田を諌めようとするが、錆とりへの彼の執念は止まらない。

揉め事が続くうち、野口は、匙の製造元、燕市の大林工業にこの惨状を報告して、社長の「大林」を東京へ呼び寄せる。町田が勤める食器店との取り引きを中止すると通告する大林に、遮二無二すがり付くと、

大林　このどん詰まりをひっくり返す一術《いって》は、まだある
町田　何でもやります
大林　……風穴をつくってくれ（中略）。この私たちの、果てしない商売のやりとりに（中略）

町田　どんづまりを抜けていくその穴はすぐにできます（中略）
大林　か……
町田　こうして無一物の裸になって、その空気、草っぱ、土の上に飛びこめば――

（傍点筆者）

そうして一切の衣を脱ぎ捨て、まさしく無一物になる町田。度肝を抜かれるとはこのことか。急所は片手で押さえつつも、一糸まとわぬ真っ裸の主演男優が、まるで蛙のように台から跳ねて舞台の土上へ飛び込む。テントに立ちこめるのは、海鳴りのようなどよめき、笑い、そして根源的な恥ずかしさ……。呆れた大林は、あっさり立ち去る。

それは不思議な場面だった。町田の捨て身のふるまいは、奇妙な余韻を舞台に作ったのである。実を結ぶはずのないただの無茶だったからこそ、ぽかんとした「穴」が客の胸に残ったのだ。つまり、大林に対しては開かなかったからこそ、客には微妙な穴を作った。半ひねりの反語のような、深妙なせりふ回しであった。

ところで、匙の復活には活路があった。機転をめぐらしたチャコが、紙やすりを見つけてきたのだ。擦すれば、銀ピカに、まるで星のようにスプーンたちが輝き出す……。

3　壮大な謎々

本作の舞台のひとつ、鐘ヶ淵には、実際に地名伝説がある。『すみだむかしばなし』を踏まえると、こんな内容だ。「昔々、隅田川で寺の引っ越しがあった。大きな釣鐘が舟に乗せられ川を遡ったが、流れの難所に差しかかると、舟は横倒しに、大事な鐘は水底に……。手を尽くしたが、どうにも動かない。将軍の命令で何百人もの人足が集まったが、それでも引き上げられない。隅田川の水神が手離したくないかららしい。そうして、鐘は水中の主となり、いつしかここを、「鐘ヶ淵」と呼ぶようになった」。

さて、偏屈なほど錆とりに拘る町田の真意は、前述した喧騒を眺めるだけではわからない。釣鐘伝説のあるその水界へ、戯曲の行間をこじ開けて潜り込まなければわからないのである。

終幕の屋台崩しのあと、輝きをとり戻した匙を背負い、道具屋街に町田は立ち寄ると、「……店の名は〈握り屋〉、店に並んだ銀の匙。そこも、海の底に沈んだ星々で、それに僕は聞きたかった。その星を、どんな手が握んのかと」（傍点筆者）と叫ぶ。また、冒頭に引いた彼の劇中歌でも、「〽水の中の鐘はどんなに響く／ゴオン　ガゴオン／（中略）／誰が叩くか　探しているよ」（傍点筆者）と、その鳴らし手がくり返し謎かけられる。

水中空間は舞台上に出現しないにもかかわらず、いや出現しないからこそ、本作は、そこに棲まう鐘突き男は誰かを問う謎々なのだ。前述した大林との揉め事のなかで、町田は、ドサクサにまぎ

れるように、

町田　さっきは曇っていると思ったのに、銀の匙が、それを受け、太陽にその光を返してる。

（中略）鐘ヶ淵の鐘を、叩きに行きます

大林　スプーンその物自体がか

町田　夜の、あのスカイツリーの光を笑う潮流に沿って流れて。だから浪も共にです

（傍点筆者）

わざとぼかした書き方を唐はしているが、耳を澄ませば、鐘突き男は町田じしんだと察するのは、それほど難しくない。

では、なぜ、じぶんを謎かけし続けるかと言えば、じつは、正体は人間の「町田」でないから。先に解を示してしまえば、彼は、じつのところは「河童」なのである。

唐十郎は、綾瀬川、隅田川、荒川、そしてその先の東京湾の海水が交差する巨大な水界として「鐘ヶ淵」を拡大して捉え直した上で、前述した世俗の喧騒を小島のように浮かばせた。そうして、かつて沈められた鐘にまつわりながら、水中の動物、空中の鳥を行き交わせ、一見しただけでは気付けないほどの幽《かす》かさで、芝居の行間にその水界を忍ばせた。

好きな男の耳朶《じだ》を噛む癖のあるチャコは、バンパイアと劇中で冷やかされるが、じつは水界では、宵の川辺を飛ぶ蝙蝠。燕に扮装する場面のある仲は、新潟県燕市の地名とも重なりながら、昼間の

川面を飛ぶその鳥。上司の桜は、岸で立ち小便しているような土手の桜木。店が商う銀の匙は、水中ではきらきら輝く星、海星《ひとで》……。つまり、主人公の周辺にいる人物や物品に関しては、比喩や変身によって、比較的わかりやすく異界の小窓を唐は開ける。そうすることで、もうひとつの世界が戯曲に重ねられてあることを指し示す。だが、迷宮の中心、町田が住まう扉はなかなか開けない。
大林に愛想尽かしを受けたあと、仲が紙やすりで十本のスプーンを磨くと、裸の町田のもとへ、チャコも走ってくる。船頭に頼んで小舟を出してもらった彼女は、鐘が沈んでいる場所を探しに行っていたのだが、そこで水中を浮き沈みする奇妙な生きものを見たことをこのように報告する。

チャコ　小舟はグルっと回ったさ（中略）そしたらね、底の方から、潜ってた変なのが上がってきて、舟の底みて、あわてて、又、戻ってった（中略）
仲くん　だから、その上がったり沈んだりしているものは、なんだよ、チャコちゃん
チャコ　五角形の（中略）。追ってくもう一体を入れたら、十角型か（中略）。あれは、底で何を喰って生きているんだと、船頭さんに聞いたらば（中略）貝だって（中略）。いや、ゴハンだけじゃなくってね、いいいい、自分の姿を見せたいいんだって
（傍点筆者）

このやりとりの間、輝きをとり戻したスプーンを注連縄《しめなわ》に挿し込み、浮き輪のようにその縄をかぶった奇怪な町田へ、チャコたちは目を向けて、

チャコ　裸で、今、なに背負ってんの？（中略）
町田　チャコさん、それは今、陸《おか》に上がってる。きみの見てきた五角形（中略）
仲くん　なんだよ、裸でブルブル震えながら、そんな生物を背負っているのは——？

その姿の意味を問われた町田は、両手を真横に大きく広げ、全身全霊の力を込めてこう答える。

町田　海星
チャコ　だから、なんか、あたしには、水ん中で、その五角形が歌ってるような気がしたんだな。ねぇ、髭を背負ったヒトデさん　（傍点筆者）

ならば、町田は、河童でなく海星ではないか、戯曲に書いてあるではないか……。だが、意味を表層に留まらせないのが、唐のトリック。しらを切らせるように、わざと意味深長な一言を町田に言わせたのだった。

ここには、ギリギリな修辞による力技が仕掛けられている。舟から覗けた五角形は、ヒトデ（海星）、すなわち星型の棘皮動物を装いながらも、じつはそうではなく、ひとで（人手）、すなわち指を広げた水棲動物の手が込められている。つまり、右記のかけ合いは、二匹の棘皮動物が浮き沈みする描写のように見せかけて、じつのところは、二本の手で海上へ浮き上がろうと水掻きしている河童の様子を暗示している。[*4] もちろん先述したように、唐は、水面や水中の輝きそのものも海星《ひとで》

（海の星）だと言い放っているのだから、きらめくスプーンを身に付けた男の全貌をそう名指してもいい。

どうやら、唐の遊び心は、「カッパ橋で働く町田」のなかに、「町で働くカッパ」をひっくり返して忍び込ませたのだろう。[*5]本作の幻界「鐘ヶ淵」では、星のように輝く「匙＝海星」を腰飾りにした、目もと涼しいオスの河童が、水中で歌いながら鐘を揺らしている。なお、一九七〇年代後半の小説『海星』でも、海中のヒトデと手のひらを重ねるくだりを唐は書いている。

劇中、町田と野口の面ざしが似ていることが強調されるのも、これと絡む。イケメン気どりの野口は、芝居の後半、カツラがとれて禿頭がバレる。つまり、河童と同じ髪型だったのだ。チャコと律子が似ていると感じたのは、恋の魔法もあるにせよ、脳天の隠し事が同じだったせい。また、町田が、道具のなかでなぜ匙に固執したかと夢想するなら、水の化身であると同時に、河童は皿の化身でもあるからだろう。頭の皿と対ゆえにスプーンが選ばれた。

そして、その皿が干上がりだすと、たちまち体力を失う町田は、ときどき勤務を怠けて水の補給をしないといけない。サボタージュ癖はそのためだが、ある日は、燕の仲と水泳に興じた。このようにして、唐は、水界と陸上を茶目っ気たっぷりに繋げたのだ。

いや、大林に見栄を張り、素っ裸になった瞬間、その正体は、堂々と曝け出されていたと言ったほうがいいのかもしれない。あれは、「ひと」を超えた、異形の者のふるまいだった。

だが、一度しか芝居を見ない観客、一読しかしない戯曲読者には、ほとんどこの水界は伝わらない。このような謎かけの方法は、歌舞伎や浄瑠璃など、近代以前の劇作術にむしろ近しいと思う。

例えば、『助六由縁江戸桜』は、若い伊達男の発奮を描きながらも、曽我兄弟の壮大な復讐劇が秘められ、じつは助六は「曽我五郎」でもある。だが、それはほんのわずかしか出てこない。

唐の場合、演劇が一見限りの消耗品になってしまった昨今への抵抗、さらに、デジタル機器の発達がもたらしたヴァーチャル・リアリティの出現によって何でもわかりやすく可視化できると考える風潮への逆襲として、まずは編み出されたのだろうが、簡単に目に見える範囲だけが「世界」ではないという主張を激しく持つ点で、古典劇と共通している。晩期の唐は、ある意味では、芸能の始源性へ接近しつつあったのではないか。連歌師やお伽衆などを通して、近代以前の庶民文化、河原者文化が、謎々を尊んでいたことを思い返しても興味深い。

4　底にあるもの

この芝居には、水界の動物奇譚が深妙に重ねられている。屋台崩しが起こると、町田と仲とチャコ、つまり、河童と燕と蝙蝠の三匹は、「父ちゃ、留守番たのむよぉ」のチャコの声とともに、淵に沈んだ鐘のもと、すなわち「鐘ケ淵」へ帰っていく。人間世界的な陸上は、彼らがちょっと宙返りして、ひとのようにふるまってみせただけなのだ。

状況劇場時代、一九七八年の戯曲『河童』では、革命を標榜する青年を、苔色の血を流す河童志望の人間として皮肉まじりに描いたが、本作では、汗という水飛沫《みずしぶき》を全身から噴き出して演じる稲荷卓央の清い横顔とペーソスが、寓話的な河童像の手がかりのひとつになったに違いない。

では、なぜ、つかのま陸に上がったのか。終幕まぎわ、その劇中歌を町田はもう一度歌ってから、こうつぶやく。

〽水の中の鐘は、
どんなに響く
ゴオン、ガゴオン
淵の間を縫ってゆき
——海の星を、かき集めたくって。その鐘が錆びたから。……
（傍点筆者）

水中の鐘がとうとう錆びてしまったのだった。劇中、キリスト教信者の登場人物に、「神が川底に青銅の鐘をお沈めになっている」と唐は言わせ、鐘ケ淵の伝説を、仏教からキリスト教にすり替えているが、その教会の鐘の輝きをとり戻す方法が知りたくて、河童は陸に上がった。錆とりに執心していたのはそのためだった。

さらに、わたしじしんも服をぬぎ捨て、この異界に飛び込むなら、唐がそれを教会の鐘にすり替えた秘密、周到な修辞と遊び心の限りを尽くして、行間の水棲奇譚をしたためた真意が見えてくる。

ともにスカイツリーを見上げようと大林が誘ったとき、町田は頑なに断った。夜のライトアップを笑ってやると啖呵を切った。

鐘ケ淵のその底に沈んでいるのは、鐘楼を持つ教会、それもゴシック式の尖塔を持つ大聖堂なのである。中世騎士に町田が見立てられる場面があるのは、それゆえ。町田と律子が、ヴィクトル・ユーゴー著『レ・ミゼラブル』について語る場面があるのは、唐が愛するもうひとつの傑作『ノートル＝ダム・ド・パリ』に描かれた鐘突き男、カジモドへの接近もあろう。せむしの彼を見た群衆は叫ぶ。「あいつは鐘番のカジモドだ！　ノートル＝ダムのカジモドだ！　独眼のカジモドだ！　X脚のカジモドだ！」（上巻、一〇七頁）。異形の河童のイメージはそこからも出来したことだろう。

そして、水中のこのゴシック聖堂が放つ電飾こそ、数限りない「海星」。鐘ケ淵の底には、ヒトデや貝で全貌を覆われた巨大建築がろうろうと聳え立ち、その高く尖った鐘楼では、大きな鐘に河童が抱きつき、からだを揺すって妙音を鳴らしている。ノートルダム大聖堂のカジモドのように。

幼い頃から唐が馴染んできた下町の空を、東京スカイツリーは引き裂いた。建設中、界隈に佇んだ唐は、その傲慢さが我慢ならず、うつむいて隅田川の水面を眺めたに違いない。そして、その川面さえ、やがてツリーの光が照り返すことを思い、激しく石を投げたのだろう。だったら、この底に、もっと崇高な塔を建ててみせる、水界は地上よりずっと広大だから、と……。腹の底で生まれたこの意地が本作の欲望だろう。

凡俗の観点は、たしかにひっくり返された。紙やすりで匙は磨けるという素朴な洞察のように、CGも3Dも、スライドさえも使わずに建立された四次元建築。それどころか、語りや会話による描写さえも行わず、せりふの端々にヒントを散在させることだけで立ち上げた、これは謎々という暗示による「観念の大建築」なのである。

ある対談のなかで、唐は、「今は、あらかたの感受性の方向がバーチャルに傾いている。その時に、バーチャルなものの弱点、アキレス腱はどこにあるのかを考えるのが面白いし、それを追いかけるのが僕の最近の仕事になっている」(『浅草　戦後篇』四一七頁)と語る。本来、幻とは、見えないものでなかったか。容易に語り得ないものでなかったか。「世界」とは、それらを貪ることによってしか味わい得ないものでないのか。本作は、その貪婪《どんらん》をわたしたちに突きつける。紅テントを引っさげて半世紀。自前の道をひた走ってきた唐十郎ならではの含蓄《がんちく》である。

何遍も芝居に通い、行間のその楼閣が突然見えてきたとき、脳震盪《のうしんとう》のような衝撃をわたしは覚えた。水の大工か、唐十郎は。

註

＊1　転倒事故と療養については、唐十郎『ダイバダッタ』に収録された大鶴美仁音の跋文「父のこと」に詳しい。

＊2　事故前の唐は多筆であった。唐組に書き下ろした本作のほか、劇団唐ゼミ☆のための『木馬の鼻』、新宿梁山泊のための『紙芝居　アメ横のドロップ売り』も新作として書き下ろし、それぞれ二〇一二年に初演が上演された。

＊3　町田に味方するナナが「小次郎」に変装するのは、スカイツリーの高さ、六三四（ムサシ）メートルへの対抗だろう。

＊4　これに先立つ場面で、紙やすりで磨く匙の本数は十本がいいと町田がチャコに訴えたとき、その理由を「手の指数に合わせてさ（中略）。片手に五本、もう一つの手にも五本」と不思議な熱心さで説明する。それは、この場面の二体の「五角形」が手指のイメージであることとの伏線でもあるだろう。

＊5　ナナが扮する小次郎の得意技、燕返しをうける相手として、仲は時折それに変装するが、彼の設定も、「燕になる仲」が「仲よしになる燕」にひっくり返されているのだろう。

戯曲『海星』参考書誌

未収録。唐組より上演台本（二〇一二年）を拝借した。

資料

史跡あちこち第五集『すみだむかしばなし』（東京都墨田区広報室編集・発行、一九七三年）
唐十郎『海星・河童　少年小説』（大和書房、一九七八年）
唐十郎『唐十郎全作品衆　第六巻』（冬樹社、一九七九年）
ユーゴー著、豊島与志雄訳『レ・ミゼラブル（一）』（岩波文庫、一九八七年）
堀切直人『浅草　戦後篇』（右文書院、二〇〇五年）
唐十郎「木馬の鼻」『シアターアーツ』五一号（AICT日本センター、二〇一二年）
唐十郎『ダイバダッタ』（幻戯書房、二〇一五年）
ユゴー著、辻昶・松下和則訳『ノートル＝ダム・ド・

パリ（上）（下）』（岩波文庫、二〇一六年）
ジャン・ドラノワ監督映画DVD『ノートルダム・ド・パリ　HDリマスター版』（アネック、二〇一七年、映画公開一九五七年）

二〇一二年唐組春公演『海星』
〈演出〉唐十郎
〈配役〉町田（稲荷卓央）、仲（気田睦）、チャコ（土屋真衣）、六門寺律子（藤井由紀）、大林（久保井研）、ナナ（赤松由美）、野口（岩戸秀年）、ネギ（唐十郎／辻孝彦）、波さん（辻孝彦）、桜部長（岡田悟一）、下僕（大美穂）、ほか唐組役者陣
※同年秋に金沢市で再演された。その際には、唐十郎が春につとめた「ネギ」役を麿赤兒が演じた。

V 巨耳篇

唐十郎のせりふ

――二〇〇〇年代戯曲を中心に

――僕、最初に、誰のために芝居を書いたかといったら、自分という観客のために書いたんだね。なぜそんな書き方から始まったのかというと、戯曲の書き方は小説と違って、目をつぶってみると誰かの声が聞こえる。その声を追いかけていく書き方なんだよ。その声というのは、銭湯で一人喋《しゃべ》っている自分の声だったりするんだ。

（唐十郎「観客の変質」九九頁）

1　凄まじいノート

戯曲を執筆するとき、唐十郎が、極小の手書き文字を、B４版くらいの大判ノートに横書きでカリカリと刻むことはつとに知られている。劇作家としての出発期には、カレンダーの裏という巨大な白紙に向かって、その空白と闘うようにブルーブラックのインクで記していたという。蟻のようなペン字の群れにはほとんど直しがなく、帳面から立ちのぼる集中力の凄まじいこと。鬼才と呼ばれる由縁のひとつだろう。

そのとき、唐は、耳の内側で響いている声を追いかけているという。それは登場人物の声であると同時に、その役を演じるだろう紅テント等の俳優たちの声でもある。演じる役者を特定してせりふを記す「当て書き」も唐が独自に追求した手法だが、ノートに向かってペンを持ったときには、すでにあたりを芝居の声が駆けめぐっているわけだ。つまり、じぶんじしんを第一の観客として、その脳内では演劇がすでにはじまっていて、一切を聞き漏らさぬよう、驚くべき集中力で緻密に筆記しているのが、唐十郎という劇作家ということになる。

『夕坂童子』（二〇〇八年）の戯曲本には、唐自身が「小《こ》ノート」と呼ぶ、大判ノートの前段階での構想や資料などを記した取材メモがそのまま写真掲載されている。登場人物や道具、舞台装置のイメージなどが記されてあるが、多少断片的ではあるものの、せりふもかなり書きはじめられている。どうやら、大判ノートのほうは、その清書にも近い意識でしたためられたことがわかる。

そこで合わせて思い出すのは、芝居が撥ねたあとの紅テントの宴席。唐がどんなことを口にするのか、ふるまうのか、わたしは絶えず注目していたが、あるときには、もっとも大事なのはじぶんの肩掛け鞄だ、と。つぎの戯曲を書くための構想が入ったそれを、心配性なじぶんは肌身に離さず持っていると、愛しそうに黒鞄を抱きしめた。またあるときには、歩いて芝居の材料を探すのがじぶんの流儀だ、とも語っていた。

「書く前は先のことはぜんぜんわからないんです。よく取材に行くんですよ。歩きまわって。なにか面白い店がないかなと入って、そこであるものを買ってきて、部屋に置いたりして、それを見つめながらちょっと書いていくんですね。その先はわからないんですよ。そしてそのあとに、うちの劇団の役者の顔がフーッと目に浮かぶんですね。それに対して当て書きしてみよう、と。それで、伸びていくんですね、作品が」（「ラジオデイズ　ラジオの街で逢いましょう」より抜粋）と唐は言う。『泥人魚』（二〇〇三年）の単行本のあとがきには、諫早の漁業組合を取材で訪ねたとき、のちに主人公の名となる「やすみ」という魚を見かけたことが、着想のきっかけのひとつになったことが明かされている。

ここでいう取材や資料集めは、新聞記者やリアリズム演劇の劇作家がものすようなものでは、むろん、ない。すでに虚々実々な飛躍がそこからしてあるに違いないが、唐十郎ならではの、彼独自の周到さによって、しだいに練られていく粛々たる準備があるのも確かだろう。各場面の要点をあらかじめ押えてからしたためる箱書きのような通例の方法はとらないが、いくつかの状況は決めるという。「あるシチュエーションを考えるから人物が出てきて何かごそごそ言い合うんですね。シチュエーションがなかったらダメですよ。言葉が出てきません」（『唐十郎　特別講義』一八八頁）と言う。

ともあれ強調すべきは、ついに大判ノートに向かうときには、もはやじぶんが構想したというより、他者の声、役者の声がとうとうと、おのずと聞こえてくるレベルまで、意識が絞られてあるということだ。

当て書きによって、綴ろうとするせりふの声にリズムができるとも唐は語る。それは、広義の韻律と言っていいかと思うが、語り口のリズムが決まればせりふの内容がしぜんに付いていく。そして、キャラクターの声色や性格、当て書きした役者の骨柄や身のこなしに導かれることで、しかもいまだ語られたことのない未知なることばが伸びていく。もうもうと発酵した彼の意識のなかで……。それは、銭湯という広場でひとり言を言っているような状態に近いのかもしれない。シュルレアリストの巖谷國士は、シュルレアリスムの自動記述に繫がる営為がそこにあることを察し、「オートマティスムが河原物の無一物にも通じる路であった」（「往復書簡（2）」九七頁）と、唐の素手に近い劇作術に注目する。

「その俳優が気づかないだろうな、こういうキャラクター、こういう言葉、びっくりさせてやろうと思って書くんですよ。またそれを別な風に演じられるとこっちもびっくりするんです。そういうことを俳優と台本でキャッチボールやってるんですね」（『唐十郎　特別講義』一八七頁）。唐とその劇団の役者は、日々の暮らしごと、濃いつきあいのなかにある。[*1]

幻聴のような声にひたすら耳を澄ます集中力は、さらに重層的な劇迷宮をも構築していく。

2　彼方の発見

「小説の文章と戯曲の文章と比べてみると、戯曲のほうはスカスカなんです。ぼんやりしたときに、あるキャラクターの声が聞こえてくる。それを追いかけて、たどっていくということですから、こういうふうにグラフのようになります。AとBとC、いろんなキャラクターが出てくる。ブランクもありますね。そして、うたが入ったりして」（DVD「演劇曼陀羅　唐十郎の世界I」より抜粋）と唐は言う。帳面に記したせりふの列をしばしば声の棒グラフに喩えるのである。虫のように小さな文字で横書きされた大判ノートを九〇度倒せば、その一行一行はグラフになって、縦に伸びて見える、と。丁々発止の軽やかなやりとりは、広いブランクのなかに細く短い棒が連続し、唐独特の詩的な長ぜりふでは、長大な体積の文字のかたまりがページを占めることになる。

そして、戯曲を書くときには、そのグラフの列にできとうなばらつきが出るようにしているとも語る。太さや長さのバランスを見ながら書いている、と。何気ないようで大事な指摘に思う。

紅テントの芝居の特徴のひとつとして、役者たちが互いに目を見合って会話を交わす以上に、まるで歌舞伎の見得のように、正面、すなわち客席に顔を向けて語っているさまの多さを挙げることができる。

激しい思い入れやひとり言、あるいは過去の回想やパスティーシュする文学の一節などを、登場人物が吐露するときは、視線が上向きか下向きかの差はあれ、ともあれ役者はほぼ正面を向く。ほとんどの場合、ほかの登場人物もそれに耳を傾けているのだが、彼らのほうはふり向かず、客席へじぶんの思念をひたすら走らせていく。そして、そのような面ざしで語られる観念的なことばは、喩の鮮やかさとともに、観客の胸を打つ詩的な長ぜりふになることが多い。

これまでの各論で詳しく述べたように、二〇〇〇年代の唐戯曲には傑出した重層性がある。大摑みで捉えるなら、日常的な世俗空間を描く現実面と、そこから遊離した異空間的な幻想面があると言っていいが、その両面は分たれがたく結び合いながらも、前者、つまり世俗を担うせりふは主に顔を見合って話され、一方、後者、幻想を担うせりふは、客席やその頭上を見やった身ごなしで語られる傾向があることに気付く。

例えば、経営の傾いたマネキン工房を描く戯曲『夜壺』(二〇〇〇年)。そこの女工「織江」と彼女を助ける清掃局員「有霧」の恋物語を例にするなら、工房の困窮の説明や二人のふれ合いでは互いに顔を見合うことが多いが、ひたむきな恋心や織江がひねり出す工房の立て直し法が、E・T・A・ホフマンの小説『黄金の壺』、そしてそこに登場する妖精「ゼルヴェンティーナ」と結び付きながら熱を帯び、羽ばたいていく夢想の表白では、彼女は正面だけをほぼ見据えている。

つまり、マネキン工房という日常空間に身を置きながら、その想念ははるか彼方へ旅立っている。終幕の屋台崩しとも合わせ、唐演劇では、「彼方」という領域が発見され、明確に存在している点が、芝居に生命力が宿る基盤のひとつに違いない。そして、そのような夢想を受けとめる方角に観客がいることは、後述のように、その演劇が単なる表現ではなく、実存主義的なアジテーションを志向することとも呼応していく。

そこで戯曲をしたためながら、ノートをときどき唐が倒し、声の棒グラフに周到な注意を払うのは、あたかも楽譜のように声のテンポを見渡すと同時に、迷宮とも評される戯曲の錯綜性を突きはなし、超越的な視点から眺める指標のひとつになっている面もあるのではないか。緑魔子と石橋蓮司を擁する「劇団第七病棟」に書き下ろした『ビニールの城』(一九八五年)などのように、地にも理にも落ちない夢のようなせりふが掛け合いから交わされる作品もあるが、殊に二〇〇〇年代戯曲では、ノート上の声の立体のバランスに、劇空間における夢とうつつの天秤がある程度映されているように思う。

3　「せれふ」の生命力

さらに、正面を向くその特徴的なせりふ回しを、漫才のようだと感じることもある。例えば、戯曲『ジャガーの眼』（初演・一九八五年）の二幕、異形の医師「Dr.・弁」と奇怪な探偵「扉」が、臓器交換手術を巡って、賑やかに頓知問答を交わす場面などはその好例だろう。ときどき相手を見やるものの、我こそが正しいと聴衆に訴えんばかりに、ほぼ正面を見てDr.・弁は頓狂な自説を主張する。そして、まるで戯曲に含まれていたかのように、笑いと喝采が客席から立ちのぼる。

説教節や狂言をはじめとする古典芸能研究者、山本吉左右《きちぞう》の『セリフ考』によると、「せりふ」とは、そもそも「せれふ」で、語源は「せりいふ」だという。山本は、最初期の狂言の台本にはあらすじだけがあり、ひとつひとつ何を言うかは、その場の即興に任されてあったことを突き止めつつ、演者たちが滑稽なことを「競り言う」、つまり、競い合って口にするふるまいが、「せれふ」のはじまりであったと論及する。

そのようなアクティブな競争は、いまでは狂言よりむしろ漫才やコントのほうに継承されている気がするが、紅テントの芝居、ことに怪優たちによる喜劇的なせりふ回しもまた、色濃く受け継いだひとつと言えるのではないだろうか。

もちろん、それは即興ではない。唐が記した文字のことばなのだが、前述したように、執筆中の彼の脳裏は、すでにひとつの芝居小屋と言える。当て書きの役者たちが、その語り口にのって我さきに面白おかしいことを言い合う想像を、唐は追いかけ、ひたすら書き取っている意識状態にある。つまり、その脳内では、「競り言う」が実演されている。

状況劇場の最初期、『ミシンとこうもり傘の別離』（一九六五年）のような街頭劇には台本がなく、数行のあらましだけを決めて演じられたという。ある意味では、狂言の発生を無意識裡に辿ったようにも感じられるが、青年期の唐が入れ込み、影響を受けた浅草ストリップ劇場の寸劇などにも、即興的なふるまいは濃くあったに違いない。

唐十郎の演劇には、破格の生命力がある。生きたせりふ、生き生きとしたせれふが、まさしくそこにはあると感じる。それは、彼方の発見、そこへ向かう幻想の羽ばたきとともに、せりふという語の根源にある「競り言う力」が漲って、テントぜんたいを活気付けているからに違いない。

舞台空間におけることばは、近代演劇的に俳優どうしが目を見合うよりも、むしろ伝統芸能的に正面へ向かって放たれるときのほうが、そのいのちを強烈に宿していくことを、この劇作家は本能的に察知していたのだろう。

唐の演劇人生は、劇作家である前に、まず役者としてはじまった。明治大学で学生演劇をしていた頃は、上野公園でわざとけんかのシバイをし、衆目を集める実験をしたと聞いたことがある。即興劇や街頭劇などから、いかに観客を引き付けるか、そのふるまいを身の奥まで宿らせていたのだろう。

4　リズムの魔力

大判ノートを声の棒グラフに見立てる手法は、複数名による「掛け合い」と、一人で担う「語り」のバランスをとっていると捉え直してもいい。掛け合いと語りが絶妙に編成されたテキストとして、唐の戯曲を考えることもできる。語りの部分は前述したようにしばしば鮮やかな思い入れを孕むが、調子のよいリズム、五音や七音が活かされた韻律でそれが息付くことがままある。

『唐十郎全作品集　第二巻』の扇田昭彦による解題では、文芸批評家の江藤淳が、その初期作『ジョン・シルバー　愛の乞食篇』（一九七〇年）に対して「唐氏の強味は、歌舞伎的な七五調のリズムを活かした文体によって、ほとんど荒唐無稽なほど因果律を無視した舞台にある安定を与えていることである（中略）。前衛的であるが故に伝統的であり、ナンセンスであるが故に明晰なイメージを与える」（三四三頁）と評したことが紹介されている。

それは二〇〇〇年代まで一貫する特徴だ。唐戯曲を演じた役者からも「唐さんの本（筆者註、台本のこと）は、長ぜりふであろうが、すっとからだに入ってくる」「口にして気持ちがいい」というような実感をじかに幾度も聞いた。

軽妙な掛け合いから、美文的、韻文的な語りへ。その転換がよく活かされたくだりがある。例えば、『風のほこり』（二〇〇五年）で、義眼作り師「湖斑」との押し問答の末に、義眼を返して片目になった主人公の「加代」（劇中劇で「尻子」を演じる）が、玉木座の舞台下に取り残される場面は好例だろう。それまで滑稽な惚け役だった「奇々なる面影」はそこでにわかに豹変し、じつは揉め事のすべてを見渡していたかのように超然と語り出す。
加代と観客に語り掛けるその長ぜりふを拍数で切ってみる（引用冒頭の「その声」は、親しい水守三郎に呼びかける加代の声のこと）。

面影　その声が（5）いつまでも（5）響いた（4）、その面影に（7）——〈風のほこり〉も（7）舞い上る（5）この舞台下（7）。※でも（2）、尻子の旅は（7）まだつづく（5）。売れなかった（6）文芸部（5）お手伝いさんが（8）、そこに浸かって（7）、まだ何か（5）ひねりだそうと（7）しているかぎり（7）

（『風のほこり』一一五〜一一六頁。※のあとのト書きは省略し、句点を打って引用した）

立て板に水のようにきっぱり響くこの長ぜりふには、五音、七音がこのように多用されている。そして、このような美文的な調べが突如立ち上がったことで、「奇々なる面影」の変身ぶりもありありと観客に伝わる。人格と同時に、声のリズムも唐は一変させたと言っていい。
各論でリフレインが鮮烈に響くと書いた戯曲『透明人間』（初演・一九九〇年）でも、「モモ似」たちがくり返すそれ、中国福建省で起こった戦中のリンチの様子を畳みかけるくだりには、そのような韻律が活かされている。

モモ似　あたしは（4）モモと呼ぶ（5）あなたを見上げ（7）、もうモモと（5）呼ばないで（5）、そう呼ばなければ（8）、許される（5）。※ 藁をも（4）つかむ気持ちで（7）そう言って（5）おりました（5）。でも雨音で（7）、声は聞こえず（7）。※ 医務官を（5）殺せと（4）言いました（5）。※ 雨音で（5）伝わらず（5）、情しらずの（7）沼底で（5）、何度も（4）、モモと呼ぶなと（7）

（『唐組熱狂集成　迷宮彷徨篇』四〇〇頁。※のあとの相づち等は省略し、句点を打って引用した）

むろん、指を折ってこのようなせりふを書いたのではないだろう。登場人物の声を集中して追いかける執筆法のなかで、長ぜりふを殊に劇的に響かせたいとき、しぜんに五音、七音の多用が導かれたのだと思う。講談や歌舞伎などが育んできた声の古典が唐のからだに宿され、決め手のようなくだりで顔を出す。和歌的なよやかな調べのそれとは異なる、歯切れや流れのよさを尊ぶ江戸庶民的な五音、七音の感覚もあるような気がするが、芝居がかったその韻律が、それと了解した上でしぜんに操られているのだ。

一方、掛け合いにも、唐ならではの洒脱なリズムに富む場面がままある。例えば『闇の左手』（二〇〇一年）では、アパートを壊した解体業者の「田口」（まずは「青年」として登場している）と、彼に部屋を壊された芸人「片岡」が初対面でやり合うが、

片岡　なんで、他人の物、あっさりとこわしたんだ

青年　なんで、こわされるまで放っといたんだ
片岡　こわしといて、てめえ、このやろう口応え、よう言うた
青年　こわされといて、あんた、よくも叫ぶな？
片岡　いやだ、こわしちゃ
青年　いやだ、こわされちゃ
片岡　なんだ、こわしといて
青年　なんだ、こわされといて※
片岡　物の悲しみ、分ってんのか？
青年　物の喜び分ってんのか？
片岡　おうむ返しで、ごまかしやがって
青年　おうむ返しで、ヤッホッホー
片岡　そういうお前の感情が分らない
青年　そういうあんたの性格分んない
片岡　謝りたいのか
青年　怒りたいのか
片岡　あきれたよ
青年　あきられちゃったよ

（『唐組熱狂集成　迷宮彷徨篇』九一〜九二頁。※のあとのト書きは省略して引用した）

前述した「せれふ」、すなわち競り言う力が、愉快なリズムとしても成立しているではないか。「花いちもんめ」のようなわらべうたのレトリックも活かされているように感じるが、意味合いだけでなく、ことばのリズムの点でも、「片岡」と「田口」は張り合っているのである。

作者の自意識を越えるかのように、他者たちの声を追いかけて書く唐の劇作術は、ミハイル・バフチンが指摘した意味でのポリフォニーもおのずと導いているだろう。突出したくだりを引用したが、ことばのリズムの豊かさ、多彩さ、その抑揚の羽ばたきは、さまざまなかたちで全篇に響きわたる。劇作家の井上ひさしが「すぐれた劇詩人」[*2]と評した理由は、幻想性だけでなく、このような音楽性の魔力にもあるに違いない。

なお、テント興行という荒事に絡み、舞台上の「時間」にも唐は独特な感覚を持っている。風雨はもちろん、上演中に救急車や街宣車が通過することも珍しくないテント芝居では、外のノイズに囲まれるからこそ、それに負けまいとしてテントの内部や外づらをあの手この手で珍妙に設えているとした上で、唐はこのように語る。

「最初から時間のテンポっていうかね、人が吸収しながら老いていく時間のテンポ、つまりナチュラルな時間のテンポ、それに対してはもうケツまくってるというふうなことから（筆者註、じぶんの演劇は）始まってるでしょ。（中略）文学と演劇とではちがいますね。たとえば文学の場合は、プルーストに『失われた時を求めて』なんて小説がありましてね。（中略）文学にはそういうふうな選ばれた時間、忘れがたい時間ってあんだろうけど、演劇の場合は、時間がこんど身体として、肉体として見えてこなくちゃいけない。(中略)つまり、舞台で表現された身体表現ていうか、肉体のこう「やつし方」でね、(中略)化けるって。そのやり方でもって時間をこよなく、さりげなく忘れていくというほうがいいだろう、というふうに思ってるもんですからね」(『水の廊下』一九七～一九八頁)。

この時間の「テンポ」は、戯曲論の立場ではせりふの「リズム」に繋がると捉えていいかと思う。紅テントの舞台装置は細部まで拘《こだわ》った具象空間だが、そのように設定されていても、いわゆる日常的な会話はない。生活的なナチュラルな時間の刻まれ方は展開しない。つまり、いともリズミカルなせりふ回しは、そのような特別なテンポの「時間」を唐の舞台に育む礎になっている。唐の当て書きは、役者を、ふつうの日常を脱した肉体にする「化け書き」でもあるのだ。幻想をのせた音楽性豊かなことばが「化けた肉体」、そして彼らが醸《かも》す不思議な時間を舞台にもち込む。

5 うたの不思議

さらに忘れてならないのが、「うた」の存在である。唐戯曲のほとんどすべてに劇中歌がある。しかも、それが複数含まれている作品も多い。

その出現は、二十四歳で書いた第一作『24時53分「塔の下」行は竹早町の駄菓子屋の前で待っている』[*3](一九六四年)から、すでにあった。西條八十の「かなりや(うたを忘れたカナリヤ)」の引用ではあるものの、息子らしき男を背負った老婆によってそれが歌われる。そして、続く作品『月光町月光丁目三日月番地』（同年）では、わらべうたの替えうた風な曲と、男によるギター弾き歌いの曲で、唐の自作詞が登場する。さらに翌年、出世作とも言える『ジョン・シルバー』では、ふんだんに自作の劇中歌が盛り込まれ、二年後の一九六七年に、新宿のジャズ喫茶「ピット・イン」の深夜興行で、山下洋輔のピアノとともに再演された際のキャッチコピーは「新宿オペラNo.1」だった。

あるシンポジウムのなかで、多くの芝居が音楽劇と言っていいことのルーツを、演劇評論家の扇田昭彦に問われた唐はこのように答えている。「小学校の頃にラジオ文化が華やかな頃、「新諸国物語」というラジオドラマがありました。その時に必ずテーマミュージックが入るんです。その影響じゃないかと思いますね」（『シアターアーツ』三八号、一一頁）。

作曲家、武満徹との対談では、オペレッタと銘打った『ジョン・シルバー　愛の乞食篇』についてこのように語る。「うちは河原者の集まりだから、乞食の群で、大合唱するようなところからオペレッタは始まるべきだというんで、『ノートルダムのせむし男』という映画があったでしょう、あの中に乞食の群で黒パン党というのが出てくるんですよ。あの黒パン党の歌を（中略）、みんなで幕開きでうたったら（中略）、照れて、うたわないやつがいるんです。うたわないやつは鞭でたたく。そうするとね、それだけでオペレッタになっちゃうわけよ」（『乞食稼業』七六頁）。

盟友の役者、大久保鷹によると、稽古だけで本番では歌わなかったそうだが、唐演劇を象徴する興味深いエピソードではないか。その思考のなかでは、うたと芝居は地続きなのだ。ごくしぜんに交差し、浸蝕し合っている。オペレッタ、歌劇としての側面を唐演劇はおのずと纏ってきたと言っていい。ヴィクトル・ユゴーの『ノートルダムのせむし男』（ノートル＝ダム・ド・パリ）はもちろん、怪盗、娼婦、乞食が往来する歌劇、ブレヒトの『三文オペラ』などの影響もあったのではないか。「新諸国物語」などのラジオ番組のほか、娯楽性の高い浅草軽演劇などの素養も働いているに違いない。そして、その特徴は二〇〇〇年代戯曲まで一貫して続く。

うたは、物語の展開や主人公の心などが高波に達したときはもちろん、主役のみならずユニークな人物の登場、ドタバタ等による喜劇性の強調や場面転換、のちのなりゆきの伏線や謎かけなどとしても入る。『ジャガーの眼』『風のほこり』のように芝居がうたからはじまる戯曲さえあるが、観客の一人として感じるのは、舞台空間における時間の流れが、うたの出現によって一瞬で変わることの面白さである。

掛け合いも、語りも、劇の物語を前へ回転させていく。つまり、時間を進展させるが、うたはその歯車をつかのま止める。あたかも四次元のようにべつの時空が流入し、登場人物の思いが昂揚したり、いっそう謎めいたり、一人語りとは異なる角度から、さらに深められる心の何かが隆起する。はてまた、芝居のハチャメチャが合唱で弾けたりもする。つまり、強力なアクセントをうたは唐劇にもたらすのである。

興味深い場面に立ち会ったことがある。二〇一二年に明治大学客員教授に就任した唐が若い学生たちを相手に、じぶんの初期作『少女仮面』（一九六九年）の稽古を付けているのを見学したときのこと。二人の喫茶店のボーイが軽快にステップを踏みながらコミカルな劇中歌を歌う場面で、唐の演出は、「ハイ、お客さんにそこで顔を売って！」。どうしたらいいか戸惑った学生たちは、引き攣った笑顔の口をさらに横に引き、首を左右に振ってアピールをはじめたが、うたはその役者の存在じたいを引き立てるものでもあるようだ。

中原中也の詩の影響を受けていると唐じしんが言うその歌詞は意味深長で、それゆえにこそ、観劇では内容よりも役者の歌声そのものにうっとりしたり、立ち姿に痺れたり、あるいは滑稽な身振りに吹き出したりしながら、客はその存在を咀嚼する。六〇年代後半に「特権的肉体論」をものした唐が、みずからの演劇の根幹に「肉体」を据えているのは言うまでもないが、うたは、いっそう特別な光彩を役者のからだから放出させる。

唐組の主な芝居で柱を担った稲荷卓央の歌唱力を、紅テントの宴席などで唐はしばしば讃えていた。[*4] 民俗学者の柳田國男は、「人が自分の普通の者では無いこと、即ち神に憑《よ》られて居る清き者であることを示すにも、歌を口ずさむのが一番有効な方法」（『柳田國男全集』第六巻、一五八頁）だと述べているが、存在を特権化するうたの働きは、どうやら計り知れぬほど深い。

じつは、これまで記してきた戯曲の劇中歌のほとんどを、わたしは暗記している。思えば、芝居が跳ねたあと、興奮冷めやらぬあたまのなかにこだまするのは、まず、そのうたのメロディーだった。そして、同じ舞台に何度も足を運ぶうち、耳に馴染めば、意味の理解に関わらずもう口ずさむことができる。さらに簡単には忘れない。何年経っても、歌い出すなら、つぎのことばがするする出てくる。

公演からしばらくして戯曲論を推敲するときも、劇中歌は役者の声のまま耳の内側でこだまし、じぶんでもふと口ずさんだり……。すると、舞台上のその姿、表情のみならず、観劇中に掻き立てられたときめき、微妙な雰囲気、そのほかの場面などもつぎつぎと蘇ってくるではないか。極論するなら、身の内にうたさえあれば、外付けの本も写真も映像も要らない。ありありと舞台を思い出すことができる。もういちど胸を震わすことができる。世界史学者の三木亘は、あたまでなく、からだによる記憶の働きの深奥にうたがあると捉え、「うたは存在のひみつ」と語ったが、観客に対しても、それは特別な力を持っているのだと思う。

そして各論で示したように、芝居の総体を捉えた上で、うたをふり返り、その意味を噛みしめるならば、それは絶妙なエッセンス、戯曲の結晶なのだった。迷宮の奥扉をひらく鍵がそこにありもする。

唐は、せりふの次元を越える、あるいはそのすべてを支える遥かなことばとして、うたを紡いでいるのだと思う。戯曲『ビニールの城』では、人形が「遠くから来た人」と喩えられたが、唐戯曲におけるうたは、劇中人物のだれかが歌うにせよ、まるで「遠くから来たことば」のような深い含蓄をもっている。特定のだれかがその場面での気持ちを歌ったように聞こえたとしても、いつしか内容はその個人を越えて、芝居ぜんたいを包み、また作品テーマの本質をえぐりもする。例えば、愛の告白めいた場面でうたが表れる場合でも、それをじかにする歌詞ではないのだ。もっと複雑な謎かけのようなことばが歌われる。一般のミュージカルや宝塚歌劇のそれと異なる点だろう。まさしく「詩」なのである。

「演劇の最終的な目的は何なのかというと、自分のミクロコスモスを形象化させてお客さんに届けるということじゃ済まないんだね。演劇の最終目標というのは、観客をクリエイティブにするということ」（「観客の変質」九九頁）と唐は言う。ジャン＝ポール・サルトルに影響を受けた実存主義哲学が生きたことばだろう。ことに八〇年代以降、演劇が単なる文化的消耗品に堕し、つぎつぎに消費され、使い捨てられていく状況に警笛を鳴らし、抵抗しつづけた劇作家だ。彼にとって、演劇とは、人間存在の主体性を開く根本的な挑発だが、そのとき、うたは、観客の胸ぐらを摑み、脳を撹拌し、その明日を変貌させよとアジテートし続ける唐演劇じたいの「存在のひみつ」でもあろう。「子守歌の類といったらいいのかなあ、そういう、非常に何か繊細すぎるほど繊細で、すぐ消えてしまうような、そういったリリカルなメロディーが、どっちかというと好きですね」（『乞食稼業』五八頁）。デリケートな叙情性や愛くるしいメルヘンをも運びつつ……。

6　芝居の音

唐が作詞して役者が歌う劇中歌のほかに、和洋を問わず一般の歌謡曲やクラシック音楽なども唐戯曲では重用されている。蜷川幸雄演出の演劇集団「櫻社」のために書き下ろした『盲導犬』（一九七三年）では、劇中のラジオリクエストのかたちで器楽曲「カナダの夕陽」が流れ、一九八〇年代に本多劇場のこけら落としで上演された『秘密の花園』（一九八二年）では、ブラームスの弦楽六重奏曲第一番や岩崎宏美の歌謡曲「すみれ色の涙」の出だしなどが響いた。本書でとり上げた戯曲でも、二葉あき子の「フランチェスカの鐘」の一部がヌードショー場面に流れる『虹屋敷』（改訂版・二〇〇二年）、渡辺はま子が歌った映画主題歌の替えうたが作中人物によって口ずさまれる『透明人間』など、枚挙にいとまがない。ジャンルも時代も地域も多彩だが、メロディーラインが美しく映えているもの、ノスタルジーの膨らみを感じさせるものが唐のテイストとしてあるように思う。「最初に一つ二つ曲がきまってないと、やっぱり芝居書けないんですね。で、芝居の音ってね、探し歩くと逃げちゃうんですよ。いいタイミングで向こうから来るんだよね。その音を忘れないようにしてね、苦労して見つけて買ってきたレコードなんかをかけながら芝居書いたりしますね。さきに音があるわけですね」(『水の廊下』八九頁、傍点筆者)と唐は語る。

この劇作家には「芝居の音」というものがあるのだ。役者の声への当て書きとも通じる面があるように思うが、気に留まった既成の曲、その芝居の音をくり返し聴くことで、戯曲ぜんたいの雰囲気的な萌芽、音調的な核心をあらかじめ耳で摑もうとする。

状況劇場の役者であると同時に、劇中歌の中心的な作曲家であった安保《あんぼ》由夫《よしお》は、その曲探しも手伝ったことを記した上で、このように書く。「唐さんの頭の中で戯曲の様子が芽を吹くこととなる出合い方はさまざまだが、作者が関心を持った一枚の絵画、写真、楽曲がその契機になることも事実だ。実際、僕が唐さんのそばで過ごした十年のあいだ、一曲の音楽が唐さんを誘い出した例を数多く見ている。僕がまだ入団する前、一九六九年に書かれた「少女仮面」は、メアリー・ホプキンの「悲しき天使」を唐さんが耳にしたのがキッカケとなっている。その時(筆者註、唐が戯曲を執筆している時)劇団員は三日三晩、そのドーナツ盤をかけ続けたため、レコードの溝は擦り切れた」(「レコード針に吹く風は」六六頁)。「悲しき天使」は、もちろん『少女仮面』の劇中でも流れた。

そのような芝居の音は、せりふを執筆しているときの類いまれな集中力の支えにもなっている。

自宅の書斎の机よりも劇団員の粗末なアパートを戯曲の執筆場所にしていた状況劇場時代を、安保はこのように記す。「早朝から書き始めるタイプの唐さんは、朝六時には筆記用具と芝居に使う音楽が入ったカセットレコーダーを持って、そいつ（筆者註、劇団員）の部屋にやって来る。（中略）昼十二時キッカリ、唐さんは昼食を食べに自宅に戻るが、今書いている場面のイメージや頭に残っている音楽がこぼれないように頭を水平にしてソーッと歩き、静かに食べ終ると、同じ格好で書きかけの戯曲の待つボロ部屋に平行移動していく」（「同」六七頁）。

執筆中の唐のあたまのなかでは、役者たちの声がすでに鳴り響いていることは前述した。安保が記している通り、作品によってはそれが絵画や写真、あるいは映画やささやかな物品その他である場合もあるだろうが、当て書きの声々を追いかけ続けるための灯火のような役割を、「芝居の音」は果たしている。

7　路地はどこに

劇冒頭のシチュエーションは決めてから書くという唐のことばを踏まえつつ、第一幕の主な舞台設定を眺めると、状況劇場時代の代表作と唐組のそれに違いがあることが見えてくる。七〇年代前半の傑作群、『二都物語』（一九七二年）の舞台は職業安定所近くの三叉路、『ベンガルの虎』（一九七三年）は公衆便所とハンコ屋が控える路地の突きあたり、『唐版　風の又三郎』（一九七四年）は代々木月光町の探偵社「テイタン」の前。つまり、どれも、ひとが風にさらされる路上で劇が立ち上がっている。

一方、唐組の代表作と言っていい『泥人魚』（二〇〇三年）の舞台はブリキ屋の店内、翌年の『津波』（二〇〇四年）はパーマ屋、つぎの『鉛の兵隊』（二〇〇五年）はスタントマン事務所。ひとの往来はさかんにあり、すきま風が入るほど落ちぶれているとはいえ、どれも室内なのである。

一九六三年にシチュエーションの会を結成し、状況劇場と名を変えた翌年には、みずからが座長になった唐十郎。その後、前衛演劇の騎手として一世を風靡した彼は、その当時をこのように回顧する。「同世代だった、役者たちも。麿赤児、大久保鷹、四谷シモン、李礼仙。そのとき、舞台で「腰巻お仙」を展開したとき、やってくるお客さんがやはり二十代なんですね。十秒に一回、舞台に向かって叫ぶんです。「異議なし」「ナンセンス」って。……その時代は、若者のデモとかフーテン一族とか、不思議な、アナーキーな若者が多かった。若い、不思議な、乱暴な感性をこちらに投げかけてきた。カッとしながらも触発されたと思うんです」（DVD『演劇曼陀羅　唐十郎の世界Ⅲ』より抜粋）。

当時の代表作の多くが路上劇であることに、その頃の同世代の感性は影響していたに違いない。観客の若者が舞台に駆け上がってきたこともあったという当時は、いわば、テントじたいがアナーキーな路上の延長だった。評論家の堀切直人はこのように評する。「この時代、まだ「民衆」という言葉が生きていた時代ですが、多くの人が「革命」を考えていたのではないでしょうか。それは共産党が言う「革命」ではなく、普通の人たちが追いつめられた状況をバーンと逆転して、祝祭空間が出来上がる瞬間。当時「至高点」という言葉が流行りましたが、唐さんの芝居はまさに「至高点」めがけて白熱していく」（『シアターアーツ』三八号、六頁）。

そして絶頂期を経て、一九八八年に状況劇場は解散。劇団唐組が新たに結成される。無名の顔が、もう一回、ほしくなったと唐はいう。「同世代がはじめたもの（筆者註、状況劇場）を一回ゼロにして、もう一回、べつの顔つきをもった若者とやらに会ってみないと、また新たな挑戦が、書き手としてできないというふうな足掻きもあったね」（『演劇曼陀羅Ⅲ』より抜粋）。だが、久しぶりのテント公演『電子城――背中だけの騎士』（一九八九年）は空振りする。以後、しばらく低迷が続き、客足も伸びず、筆が鈍ってきたのかと自問することもあったという。

そして、ゼロから役者を作ることを進めるなかで、久保井研、鳥山昌克、辻孝彦、稲荷卓央、藤井由紀、丸山厚人、赤松由美、土屋真衣ら、二〇〇〇年代戯曲を担う面々がおいおい育っていくが、まず手応えを感じたのは、結成から五年後の一九九三年、『桃太郎の母』だったという。さらにそれから十年の年月を経て、読売文学賞、紀伊國屋演劇賞、鶴屋南北戯曲賞を受賞する『泥人魚』で、唐組の評価は大きく開花した。

だが、じつは、その手前、二〇〇〇年に差しかかろうとする頃には、親子ほど年齢の離れた役者たちとの共同作業に、唐は確かな光明を摑んでいた。彼じしんが主役の探偵を演じる「カンテン堂シリーズ」を終え、みずからは脇に回って、若い役者に主役を張らせる作品が歩みはじめた。前述の役者たちが育ちだしたのである。各論で記したように、『夜壺』（二〇〇〇年）、『闇の左手』（二〇〇一年）、『糸女郎』（二〇〇二年）も、唐組の唐十郎らしさに富んだ秀作である。そして、その舞台背景を見やれば、『夜壺』はマネキン工房、『闇の左手』はライブハウス、『糸女郎』は喫茶店と、やはり室内劇なのである。
批評家の樋口良澄は、唐演劇のこの変化を、物体に注目する視点からこのように分析している。『闇の左手』（二〇〇一）で人工身体の幻想を描いたあたりから、唐は、ここそが現代日本の主戦場だと言わんばかりに、肉体を使う労働の現場を描き始める。ものつくりの現場や、〈もの〉が肉体を使って流通する場所、すなわち、小工場や小さな商店、飲食店、職人や商人の世界である。これまでも唐はそれらを描いてきたが、情報化社会の中で、排除されようとする〈もの〉の神話性を引き出すかのようにして焦点を当て始めた」（『唐十郎論』一六〇頁）。また、堀切直人は、そもそも零細工場地帯でもある下町で唐が育ったことを踏まえた上で、「彼は初めて、今までは無意識の前提であったブルーワーカーの世界を意識的に選びとった」（『新編唐十郎ギャラクシー』二四八頁）と記す。

一方で、状況劇場と唐組のテント演劇を通し、唐は一貫して「路地」を追求し続けてもいる。市井の常識から見れば、風采の上がらない、そこからこぼれた若者たちがひしめき、往来する点では、状況劇場も唐組も変わらない。また、韓国、中東、台湾など、アジアを重んじて海外公演を仕掛けてきたのは、闇市を追いかけたからだと彼は言い、一九九七年に横浜国立大学教授に就任してからの活動をまとめた本は『教室を路地に！』と命名する。つまり彼にとって、「路地」とは、具体的な路上だけでなく、得体の知れないエネルギーの吹き溜まりをも含む。それは、唐組時代にこそ観念化され、独自の哲学になったと言える気がする。

のちに劇団唐ゼミ☆[*5]が結成される横浜国大での初講義では、このように述べている。「路地ということばを別のことばで置き換えてみたいと思っている。それは、隘路、英語ではナロー・パス（narrow path）と書きますが、辞書で調べましたらば、どんづまりのように見える細い道だというふうに書いてありました」（唐十郎講義 Youtube「KARA JURO YOKOHAMA」より抜粋）。

さらにその講義のなかで、ルイス・キャロル『不思議の国のアリス』の主人公が落ちる穴道や、十五世紀の異端画家、ヒエロニムス・ボスの楽園画なども踏まえつつ、隘路、すなわち路地を、「等身大を混乱させる時空間」だとも定義する。どんづまりなそこは、からだの大きさがわからなくなるほどの眩惑空間なのである。

状況劇場から唐組へ。その転換はバブル経済の肥大と崩壊に重なるが、思えば、バブルとその前後は、あてどない者を路上から一掃し、経済価値のもとに序列化すると同時に、吹き溜まりの空気じたいを地上げと再開発によって衛生化した。日本文学研究者のロバート・キャンベルは、日本の貧困は外から見えない点に特徴があると語っているが、ながらくそれは続いている。

つまり、そのとき、「路地」は、風吹きすさぶ町角から、しお垂れた建物の内側へ移ったと、唐は察知したのだろう。倒産寸前の零細工場や立ち退きを迫られた商店の内側で、そのしごとに甲斐を感じてきたがゆえに、右往左往する小さき者たち。抽象化された、新しい「路地」がそこに発見されたのである。

そして、そのシチュエーションのもとで、市井の経済論理から同じくこぼれたテント役者たちに職人や工人を当て書きすることで、唐組の鉱脈を掘り当てたと言っていい。客足の引いた紅テントに斜陽を感じることもあった座長のじぶんじしんも、投影されてあったのではないか。

八〇年代後半からの苦しい足掻きをくぐり抜けた紅テント。堀切直人は、「バブルに馴れ合わなかった唐十郎」と評す。衛生化と情報化に席巻された、嘘くさい路上の明るさから皮一枚で遮断された、うらぶれた工場や商店の「内側」として、そのテントは蘇生したのである。

8　妄想の果てへ

そこで、閉じられた工場や商店に、どのように「等身大を混乱させる時空」を構築するか。どんな幻惑を立ち上げたのか。

樋口良澄が指摘したように、唐がそのために重視したひとつは「もの」。「文学だったらば、言葉を伝達すればいいんです。でも舞台空間における演劇言語っていうのは言葉だけじゃない。（中略）物の音も小道具の光り方も、それも演劇言語なんです」（『唐十郎　特別講義』二一三頁）と唐じしんも言う。『夜壺』のマネキン人形、『闇の左手』の義手、『津波』の便器……。丹精されながらも、どれも経営破綻などで不要の烙印を押され、あえなく廃棄されていく物体たちだ。

この新しい「路地」では、もっとも不条理な物語性、もっとも苛烈な痛みを背負うのは、それらの物体だと唐は看破したのだ。土建業者に鞍替えした『泥人魚』の漁師たちのように、ほとんどの人間は日々の暮らしのために転身し、しがらみを引きずりながらも生き延びる。巖谷國士は、それらの物体について、「新品でも使用可能の日用品でもなく、つねに廃品である。（中略）すでに死んでいるといってもいい。だが生前の記憶をとどめ、諦念や怨念をたたえている。だから哀しくておかしい」(「唐十郎のモノがたり」一五頁)と評する。

その上で、唐は、とりわけ主人公らには、その生産や流通に深く関わらせ、執拗なまでの執着を小さい物体へ注がせる。それなくしては生きられないほどの愛情を掻き立たせる。そうすることで、物体への彼らの想像力を増幅させ、加速させ、その犠牲の苦しみや切なさをじぶんの肉体で代わりに引き受けようとさえさせるのである。ゆえに、劇展開はしばしば自傷的になる。

状況劇場時代からその芝居を見続けた扇田昭彦は、「登場人物たちが抱える妄想の量が急増している」とした上で、二〇〇〇年代の唐演劇をこのように評す。「八〇年代半ばころまでの唐戯曲の特色だった劇的ダイナミズムは今、大きく後退している。観客を陶酔的なクライマックスへと導いていった、起承転結のある物語構成、つまり古典的な劇作術に最近の唐十郎はほとんど関心を持っていないように見える。その代わりに目立つようになったのが、孤独な妄想を抱いて右往左往する淋しい男女の群像を描くカオス状の劇である。複雑な妄想の集積と過剰で孤独な告白が劇の中心を占め、分かりやすい劇的なストーリーは背景に退いた」(『唐十郎の劇世界』二八〇～二八一頁。改行は省略して引用した)。

二〇〇〇年代劇の複雑さは混沌ではなく、唐による意識的な重層的構築ゆえ、本書では入り組んだしくみそのものをとき明かすことに努めたが、ここで扇田が、夢想や幻想でなく、妄想と記したのは重要だと思う。この時期の戯曲では男女のラブ・ストーリーは描かれても、なまなましさがない。淡い。状況劇場時代と異なる点のひとつだろうが、李礼仙と根津甚八にかつて当て書きしたような、やさぐれた男女によるさすらいの愛、路上と越境のロマン主義的展開は、シチュエーションとしても、若いからだとしてもすでに消失しているのだった。

むしろできるだけその場にしがみつこうとする職人や工人など、唐演劇の新しい主人公らは、じつは、あらかじめ「もの」とつがっていると言ったほうがいい。ひと以上に、物体とエロス的関係をとり結んだ人間たち。『夕坂童子』の終幕では、主人公の奥山六郎は蓄音機のラッパと水中で抱き合うが、象徴的な場面と言える。江戸川乱歩『人でなしの恋』や泉鏡花『活人形』のような耽美性のエロスではなく、あくまで巷の底にいるプロレタリアートの視座から、捨てられゆく「もの」への情愛をむしろ飄然と描いた。

妄想とそれを評した扇田昭彦は適確に違いない。自閉的なひきこもりを見ることもできようが、唐の狙いはじつはそれを逆手にとることなのである。「二十代のときに読んだジャン・ポール・サルトルの『実存主義とは何か』という、わりと読みやすい本のどこかに、「イマジネーションとは現実を無化する力である」というすごい言葉が出てくる。僕はいまでも謎ですが、現実は無化できませんよね。そこまで言い切ってしまう想像力も、これはひきこもりじゃないですか」(『教室を路地に！』一三四頁)。唐にとっては、妄想もひきこもりも、等身大の現実空間から脱却し、自由な実存を獲得するための想像力の回路としてあるのである。

物体に対する常軌を逸した思い入れ、その妄想的想像力の穴蔵に潜り込むことが、二〇〇〇年代戯曲における「路地」と言ってもいい。そして終幕では、『夜壺』で女工が人形と一体化し、『津波』では便器を異化した未知なる生き物が出現したように、「もの」と「ひと」が合一することで、日常を破壊し、跳梁する変身譚が放たれる。「もの」の力や物語を吸収することで、「ひと」は特権的な存在になるのだ。

演劇批評家の西堂行人は「彼のドラマには私的な経験が大文字の歴史へ転換される瞬間にダイナミズムが噴出する。すなわち〈私〉的領域が歴史の通底路を開き、ここではないどこかへ想像力を飛翔させる」（「演劇革命の系譜」五二頁）と、その魅力を分析する。『透明人間』や『鉛の兵隊』など、第二次世界大戦と今日を結び付ける作品があると同時に、二〇〇〇年代戯曲の多くは、零細工場地帯としての下町などを私的領域にしながら、そこに横たわる物体の痛みを媒介に、経済盛衰というグローバル史の決裂に挑み、その埒外へ飛び立とうとしたと言えるだろう。

つまり、むしろ果敢に物体にとり憑かれるために、それを執拗に凝視し、望んで縮こまる。そうした思念の果てで、濃くなったたましいが殻破りする。観客をも胸騒ぎさせる「至高点」をそこに作ろうとするのである。たしかに、状況劇場時代の野放途な肉体からは遠い。

「なにも都市におけるナロー・パスだけが幅を利かせるだけでなく、……水というものが、じぶんの身体というナロー・パスを自由自在に駆け巡る」（Youtube「KARA JURO YOKOHAMA」より抜粋）と、唐みずからが語っているように、路上から屋内へ、そして身体へと、唐は「路地」を圧縮し、微視化したと言えるだろう。「痛みとは肉体のことだ」と説くその特権的肉体論のはじまりは、そもそも、からだの臆病な痛みや微弱なへこみを見つめようとする営為からはじまったことを思えば、思想的原点に近付いた面もあるかもしれない。

内閉と破壊のフェティシズムを通して、プロレタリア文学と幻想文学を止揚したことが、二〇〇〇年代の唐十郎の重要なしごとだと思う。

経済効率や利便性をもっぱら追求する時代に異を唱え、デジタル媒体が運ぶ安易な仮想現実を疑い、その盲点を突く思想もそこに開花した。錯綜する物語の底に、みずからの哲学を揺曳させる劇作術もこの時代の特徴である。転倒事故から約十年たつが、各論で述べたように、独自のテント興行を半世紀続けることで肥やされたその思想は、むしろいま、いっそう輝いている。「時代の申し子」として六〇年代に登場した唐十郎は、「時を越えた知恵者」としても結実したのである。

9　笑いと怪優

さらに、唐十郎のせりふの大いなる魅力に「笑い」があるのは言うまでもない。袖すり合う縁で結ばれた、すし詰めのテントの客たちはときにゲラゲラ、ときにクスクス、よく笑う。「笑いっていうのは、また幅が広いというか層が厚くてね。せつないペーソスの松葉杖の役割をになう笑いもあるし、それから笑い殺すっていうか笑殺してやるっていうような、大爆笑、大哄笑の笑いもありますし、そうかと思えばブラックユーモアのこわい笑いもあるしね。まあ、これはいろんなゾーンがありますよね」(『水の廊下』一〇六頁)と唐は語る。

二〇〇五年から近畿大学客員教授もつとめた彼は、その特別講義のなかで若き日の演劇の出発点を顧みて、暗黒舞踏の創始者、土方巽《ひじかたたつみ》に導かれてはじめた金粉ショーダンサーの日々をふり返る。それは金色の錫の粉を天ぷら油で溶いて素肌に塗り、場末のキャバレーで上演した半裸のダンスだが、不思議な響きで青年の虚無感を捉えた太宰治の小説と繫げながらこのように言う。

「ともかく一体踊るこの金ぴかの化け物はなんだろうか、わからないんです、正体が。それでおトイレに入ってしゃがむと、目の前の壁にボーっと得体の知れないものが浮かび上がっている。それは金の置物にしか見えない。で、そういうのとじーっと見つめあっているうちに、太宰治の『トカトントン』という有名な短編小説を思い出しました。虚しいことがあるとどこからか「トカトントン」と大工さんが柱を打つような音が聞こえてくる（中略）。そんな気持ちになりました。（中略）これをもし舞台化できるならば、「阿呆劇」がいいのではないかな、と。（中略）例えばその男が舞台に出てくると、その動き、行ないに「トカトントン」の調べが聞こえてくるという、今でもそんな阿呆劇をやっています」（『唐十郎　特別講義』一四〜一五頁）。

　たしかに最初期の野外劇『腰巻お仙の百個の恥丘』（一九六六年）では金粉ショーダンサーのいでたちで役者たちが登場するが、一般には中世ヨーロッパの喜劇を指す「阿呆劇」というタームを唐は独自に定義して、「モチーフ、テーマ、意味の力点に対抗するある種の演劇空間」（傍点筆者）だとする。同じ特別講義のべつの回では、「僕の場合はやっぱり俳優出身だったせいか、文脈だけでがんじがらめにされるのはやっぱり逃げたくなるんですね。だからなだらかに流れるドラマトゥルギーのなかで、なんか無意味な瞬間ってそういうものをつくりたくなっちゃうんですよ。（中略）ふざけたものを芝居のなかに応用したくなっちゃうんです」（『同』一八〇頁）とも語る。

　あるテーマにまとまりがちな芝居を切断したり、混乱させたりする合理性への対抗力のことを「阿呆」と呼んでいるのである。そのとき、役者のからだはむしろ自由に光り出すとも考えている。[*6]
金粉ショーダンサーの経験は俳優修業だったと語る唐は、舞踏的な肉体と演劇を結び付けたところに、物語から跳躍する役者の踏み台を発見した。

大別するなら幻想的側面と世俗的側面を複雑に縫い合わせた重層体として、唐戯曲は捉えられるとわたしは書いてきたわけだが、じつはそれだけでは足りないのだった。戯曲の各論ではかなり詳しくあらすじを記したつもりだが、それでも足りない。唐演劇には、すじの進展に対抗して、邪魔をしたり茶化したりする、いわば物語にとっての他者も活躍している。怪優と呼ばれる役者たちがしばしばそれを担うが、ただの脇役ではない。主人公らが編んでいく世界の補助や布石でもない。事によってはもっとも強烈に客の胸に残ることもある彼らは、幻想と世俗の間を転がったり漂ったり、弾いたり弾かれたりしながら、つまりは踊りながら、摩訶不思議なせりふとふるまいを発する。虚無で愉快で無礼なトカトントンたち。

二〇〇〇年代戯曲なら、例えば『夜壺』に登場する「分次郎+看護婦」が好例だろう。前述した各論のあらすじには登場しなかった。いや、登場させられなかった。ふれ出すと、すじがまとまらなくなってしまう。散文では容易に摑まえられない存在と言っていい。

奇怪なその「看護婦」がマネキン工房を訪問し、病院で配膳するときの四苦八苦を、店主の「奈田」にとうとうと伝えたあと、

奈田　あの、その情景まだつづきますか
看護婦　え?
奈田　だから、その病人のゴハンのね

看護婦　病人だって、あなた、ゴハン食べるわよおっ
奈田　食べちゃいけないとは言ってません
看護婦　じゃ、なに怒ってんのよ
奈田　わたし、怒ってませんよ
看護婦　笑わないでよ
奈田　笑ってますか、わたし
看護婦　何の話だったっけ
奈田　放り出されちゃう、ゴハンが
看護婦　誰が
奈田　ゴハン
看護婦　ゴハンて人間？
奈田　人間じゃないですよ
看護婦　人間は人間でしょ
奈田　どうしたんだ、この人
看護婦　犬が来た？

（『唐組熱狂集成　流体の囁き篇』二八四頁）

爆笑する観客たち。ト書きに「居そうで居ないのかも。が、今はいる」と記された箇所があるのだから、もしかするとこの看護婦は人間ではないのかもしれない。だが、妖怪や幽霊とも定まらな

い。ロジックを越えた、得体じたいが宙ぶらりんなこのような存在は、シェークスピア劇の道化役にも見当たらないのではないか。正体があろうがなかろうが、舞台では均しく並んでいられることを役者出身の唐は熟知している。意味が無意味にずり落ちていくこのせりふ展開も、格別に剽軽《ひょうきん》だ。

しかも、舞台をただすらうのではない。煙草のけむりで頭上にリングを作ったり、ハート型の蒙古斑がある尻をさらけ出したりする挙動不審なそのふるまいは、単なる馬鹿馬鹿しさで書かれているのではない。いるのではない。終幕、ゴミ置き場に捨てられた人形を見つけることで、主人公たちの恋路を結び付けるこの「看護婦」の行ないを噛みしめるなら、白衣の天使、すなわちキューピットの素姓を持つ存在として唐は設えているらしいことが見えてくる。だが、夜はナイトクラブで売れないホスト「分次郎」として働いてもいるわけで（ゆえに男優が演じる）、やはりトカトントン。

柳田國男は、笑いの文学の特徴のひとつとして構成や構造が脆弱であることを上げているが、あれこれが書き込まれていても、頑丈な理詰めの設定ではないのだ。役者の声を追いかける当て書きという方法は、ゆうゆうとした柔軟さをも劇に培う。俳優が「わざおぎ」と呼ばれた時代の面白おかしさへ回帰したような「怪優」が劇団にあればこそ、唐のノート上のせりふは活気付く。

下谷万年町の男娼や浅草芸人、黄金バットと渾名して慕った小学校時代の担任教師など、唐の原体験には雑々《ぞうぞう》とした人間群が割拠しているが、土方巽から伝授された金粉ショーダンサーに対する、唐ならではの演劇的翻訳、それをもっとも強烈に担った存在として怪優はあるのだろう。状況劇場を退団した麿赤児が舞踏家として大成するのも、しぜんな道行きなのだ。

この劇作家は、幻想と現実が縫い合わされた精巧な劇迷宮に、さらに一枚、意味では容易に割り切れない層も噛ませている。唐はこのように言う。「その世界の隙間を第一次体験するのが劇作家ですから、むしろ縫い代をきちっと合わせて縫います。ところがどこか糸がほぐれかかって縫い代がはずれちゃってポコッと穴があいちゃうみたいなところも狙いますね、戯曲としては。その中で役者がちょっと遊びすぎちゃって先はどうなっちゃうのかって思うような遊び空間をつくっちゃうところがありますね」(『KAWADE道の手帖』一八頁)。

物語を進める主役たちにさえそれは潜み、売り言葉に買い言葉のような突然のなりゆきや他愛ない意地が劇を急変させもする。

10　惚けと謎々

さらに、状況劇場時代と唐組時代の笑いについて比較するなら、毒気に濃淡があるように思う。タブーに敢えて触れ、それを笑いに変換しながら、世間なるものの盲点を突くエートスをことばの毒気とするならば、例えば状況劇場時代、一九七三年の『ベンガルの虎』に登場する元日本兵の「俗物隊長」はそれを担った代表のひとつだろう。第二次世界大戦の南洋で散った戦死者という日本社会のトラウマに触れながら、遺骨収集団でもある彼は部下たちを率いて、「馬の骨父子商会」という奇怪な一団を組んでいる。それは、集めた人骨でハンコを作って荒稼ぎする不埒な組織だ。

俗物　呼んでいる、呼んでいる。風に舞う骨のクズどもが。ハンコつくって、ハンコつくって、と。（中略）骨だ、骨のきしみだ。淋しいよお、温かいものが食べたいよおと云っておる。見よ、万物の霊長ども。骨が股開く。名前で犯して、名前で犯して、と

（『唐十郎全作品集　第三巻』一〇九頁）

置き去りになった遺骨の声を諧謔的に代弁しようとする俗物隊長。じつは、戦死者たちのその白骨に彼らが刻んでいるのは生前の名である。それをハンコにしているのだ。銭湯へも毎晩ともに行き、洗ってあげてもいるのだから、その底意は深い。部下の「天地」が湯舟に数本を落としたというと、

俗物　どなた？
天地　あのね……。
俗物　あのねじゃない！　どなたを落したか聞いてるんだ⁉　きさま、ハンコを落すくらいなら風呂屋に行かないんだぞ。いいか、てめえを落してもハンコだけは落すんじゃない！

（『同』一三八頁）

客席は大笑いだが、辛辣かつ深妙な毒である。
じつは、先に述した「分次郎＋看護婦」もこの俗物隊長も、初演で演じた役者は同じで大久保鷹だった。その声や身振りを思い浮かべて唐は当て書きしただろう。前述したように、「路地」のス

ケールが屋内に圧縮された二〇〇〇年代戯曲では、世の中なるものの矛盾やスキャンダルをカッ浚うような毒気より、むしろ飄々《ひょうひょう》とした惚けによって笑いが醸される。わずかな引用からもそれは伝わってくるだろう。後者が相対的に膨らんだと言うべきか。惚け老人でありながら午後六時を過ぎると詩人に豹変する『泥人魚』の「伊藤静雄」をはじめ、二〇〇〇年代戯曲ではみずからにもユーモラスな惚け役を唐はしばしば当て書きしている。

「あの有名な「強くなきゃ生きられない、やさしくなくちゃ生きている資格がない」っていうフィリップ・マーロウ*7の言葉につづくんですよ。笑いがなくちゃ、やっていけないって(中略)。舞台に笑いしょって出てくんですよね、うん。僕なんか、ふざけてんのか、芸なのか、あるいは間もたせなのか、なんだかわかんないような感じでね」(『水の廊下』一一九〜一二〇頁)。

なお、二〇一〇年前後の最晩期には、謎々を核にして戯曲がしたためられたのも興味深い。初期の頃からギリシア神話のスフィンクスによる謎かけなどに唐は関心を持ってきたが、各論で示したように『西陽荘』(二〇一一年)、『海星』(二〇一二年)等では、戯曲ぜんたいがあたかも大きな謎々のような設えがとられている。

中世宗教思想と芸能の研究者、山本ひろ子は、物語、和歌、能、神秘性などのハイカルチャーに対して、咄《はなし》、連歌、狂言、謎々などが、笑いの勢力として下層から拮抗していることが日本の中世文化のダイナミズムを生んだと説く。人類学者として声の芸を研究した川田順造は、「はなす」は「放す」と同根だろうとした上で、型にはまらない自由さを「はなし」の笑いに見ている。式亭三馬などの滑稽本の世界とも通じるだろうが、浅草軽演劇的なアチャラカな喜劇性が濃くなる晩期の作品のなかで、唐が謎々を追求したのは、その意味でまっとうな道すじなのだろう。[*8]
どっしりした「物語」よりも、むしろ洒脱に「咄」と呼ぶほうがふさわしいような、飄々とした笑いを醸す最晩期の劇空間は、河原乞食を標榜してきた彼が、地べたに近い基層の芸能性や精神性を追いかけ続けたことの朗らかな到達ではないか。[*9]

11　耳ことば

『紙芝居の絵の町で』（二〇〇六年）という戯曲があるように、子ども時代に熱中して以来、唐十郎はこよなく紙芝居を愛した。ほぼ同世代の巖谷國士は、その絵の造形や色調、所作や表情がとくに唐の初期作品に受け継がれていることを指摘しながら、往時の紙芝居体験を回想し、このように記す。「「芝居」といわれるのはただの絵物語ではないからだ。演者は語るだけではなく身ぶり手ぶりをまじえ、ときには全身をバネにして一場を盛りあげたり、観客の反応にアドリブでこたえたりする。子どもたちとの応酬もあれば演者の独白も身の上噺もある。紙芝居は即興のパフォーマンスをふくむ大道芸だった」（「逢魔が時のために」より）。

唐組時代に収録されたものを中心にインタビューや対談を手繰ってみると、じつにしばしば出てくるのが、名ぜりふとして唐が紹介する紙芝居の演者のことば、「テケレッツのパー」。自転車に絵と駄菓子を積んで、唐の町にやってきた紙芝居屋は、物語を語り終えて最後の一枚を引き抜くとき、そう唱えたのだという。「小学校時代に紙芝居屋さんが来るんですよ。そうすると八〇人から一〇〇人ぐらいの子どもたちが群がって、そんな中で「蛇姫様」とか「少年王者」とかをやる。紙芝居の名作の最後は「テケレッツのパー」で終わるんです、このカタカナがね。（中略）ショックでね」（『KAWADE 道の手帖』二五頁）。べつの対談でも、「子供の頃紙芝居が来まして、それがものすごく少年少女をときめかすいいストーリーなんです。終わった瞬間、最後の絵をぱって抜くときに紙芝居の親父がこう言うんですよ」（『唐十郎　特別講義』一九二頁）。

落語の「死神」にも呪文の一部として出てくる「テケレッツのパー」は、ほかの浅草芸人たちも口にした一種の流行語でもあったようだが、紙芝居屋が最後をそれで締めるのは、子どもたちの眼前に広がっていた木枠のなかの物語絵の世界が消え、そうしてもとの巷と繋がるとき、呪《まじな》いのことばを必要としたからではないだろうか。その世界はパーッと消えると同時に、そのような響きで界隈へ放たれもする。

「今でも忘れない。（中略）その（筆者註、紙芝居屋の）終りの見せ方は残酷であった。そしてあまりに芝居がかっているために、まだ何かがあるようで、私たちは帰ることができないのだ」（『特権的肉体論』一三七頁）。子どもにとってはショックだが、だからこそ冷めやらぬ興奮がながらく胸に宿る。浅草国際劇場を根城にした松竹歌劇団が、火事や地震などの場面で演出した建物などの崩壊も「屋台崩し」と呼ばれたが、唐演劇のごく初期から終幕で決まって起こるそれ、舞台奥のテントの幕が開いて劇空間と外界の町がつながる演出は、案外、唐じしんも無意識のまま、この「テケレッツのパー」の変型としてもあるような気がする。

公演が終わってほんの数日ののち、蛻《もぬけ》のからになった広場に立ちすくんだことがある。あれほどの賑わいだったのに、風のように去るテント芝居のなんと潔いことか。わたしもまた子どものように胸の高揚を秘めたまま、圧倒的な不在をそこに感じた。去る、消えるという物腰の残酷さも、唐十郎のせりふの大事な母体ではないだろうか。

樋口良澄は、あらゆる表現活動の原点に役者があることを強調しながら、「唐にとって言葉の出発は、紙の上の「文字」というより、舞台で演じられる「声」としてあったのではないだろうか」（『唐十郎論』二四頁）と記す。それは、正真正銘の声、消えることばの芝居なのである。文字でしたためられていようが、当て書きの唐戯曲にとっては声の痕跡のようなもの。動かない文字、刻印される字句とは質が違っている。まるで砂に書いたような瞬間性とともにそのせりふはあると言っていい。戯曲とは本来そうではないかという見方もあろうが、その即興性が傑出しているのである。

評論家の坪内祐三は唐との対談のなかでこのように述べる。「僕くらいから下の世代の人っていうのは東京言葉というともうＮＨＫ言葉というかまったくの全国言葉になってしまっている。そんな中で東京言葉というきちんとしたネイティブな言葉があって、それを駆使して芝居もつくっているのは唐さんしかいない」（『ＫＡＷＡＤＥ道の手帖』二五頁）。

マス・メディアに席巻される前の東京下町の地べたから、生まれて肥えた声によって記されているということだろうが、唐が育った下谷万年町の長屋には地付きの者だけでなく、故郷に帰る当てをなくして男娼で稼いだ元復員兵、浅草レビューの大道具係や髪結いなども住んでいた。唐の父、映画監督の大鶴日出栄は九州生まれだが、上野では闇市とともにコリアンタウンも歴史を刻んでいる。幼少期の数年、戦争で福島に疎開していた唐じしん、そののち忘れてしまったとはいえ、再び五歳で上京するまでは訛っていたという。

つまり、上京者や移住者などの場末の溜まり場でもあったその地には、いわゆる江戸ッ子弁だけでなく、さらに雑多な「耳ことば」がひしめいていたと考えるべきだろう。その広義の「東京言葉」は、芸能や物売りの声なども含め、時代の坩堝《るつぼ》のかたまりとしてあった。画一的な公共放送などとは違うレベルにある、雑多でありながらもある種の普遍性を宿した声々が、そこには自生していた。

東日本大震災がきっかけで、わたしは岩手県大船渡市に住む年輩の女性たちと親しくなったが、ひとづきあいを通して覚えた土地の耳ことばと、学校教育やメディアなどが運んだ標準語（当地でそれはハイカラ弁とも呼ばれる）はそもそも出どころが違うようで、その一人の金野孝子は、土地ことばは気持ちの息吹きだが、標準語はルールだと形容する。言文一致、すなわち、文章の口語への接近が試みられた近代化のなかで、じつは口語のほうも、学校教育や大量伝達媒体、つまり、近代国家的文化装置を通じて規格化し、文法化していった。わたしたちの話しことばは、気持ちがそのまま伸びていくような自由で雑多な「耳ことば」の自立性をいつのまにか挫かれ、正確な伝達優先のユニホーム的なことば遣いに均されてきたと言っていい。

一般の戯曲の多くがそのような洗礼を経た話体で記されるなかで、唐作品には、町から勝手に湧いて出た賑やかさが息づいているのだと思う。大船渡をはじめ地方語の世界には、文字化されないまま、営々と培われてきた豊饒な声の群れがあって、冗談や駄洒落が生き生きと飛び交い、鋭い皮肉が権力者をからかい、昔話や艶笑譚が独特の抑揚や間合いに乗って羽ばたく。庶民ならではの声の領地がある。それは意味伝達の正確さより、声を発すること、聴くことの快楽に満ちた音楽的な領域と言っていい。つまり、唐は、それと同様な次元にある響きのかたまりをもち合わせながらも、筆記し戯曲化する営みをなし得た劇作家と捉えていいのではないか。前述したせりふのリズムの良さは、この点とも通底しているだろう。

ある意味で、幸運だと思う。唐じしんが「兄貴」と評した好敵手、寺山修司の芝居もむろん実験的だが、せりふの生気という点では唐が勝るだろう。寺山は、じぶんにとってのネイティブな津軽弁では、日本列島ぜんたいへ発信する戯曲が書けなかった。下谷万年町、そしてそこから歩いて十五分ほどの浅草は、唐十郎にとってイメージの源泉となったと同時に、幼い頃から耳に馴染んだ雑々とした響き、地を這うような底辺の声々に導かれて書いたせりふを、列島各地にそのまま届けられる強運もまた授けたのである。

むろん、公共放送的なことば遣いも排除してはいない。ラジオドラマに齧り付いた少年時代、それさえ耳で吸収し、じぶんの垢を付けて飼いならしている。『透明人間』に登場する保健所員「田口」の語り口などはそれが活かされた好例だろう。狂犬の疑いがある「時次郎」という犬を保護するために、むさくるしい焼き鳥屋に行き着いた彼は、その押入れに住まう奇人の飼主（のちに「合田」と名乗る男）と、このようなやりとりをする。

田口　時次郎さんの飼主さんですね

飼主　へ

田口　時次郎さんは、今、そこにいらっしゃるんですか？
飼主　時さんは、今、ちょっと出かけてますがね
田口　勝手に出かけられては困るんですがね
飼主　誰が困るから困ることになるってんだ
田口　みんながです
飼主　あたしも、そのみんなの中に入ってるんだろう、そのあたしが困ってないのに、何みんなは困ってみせんだ（中略）
田口　しかし、町内は、あなたのお気持ちにそって、犬を見ませんよ
飼主　見ようと見まいと、そんな町内、犬に喰われろってんだ（中略）
田口　時さんの飼主さん、都会は犬がつくってんじゃないんです。二本足のホモ・サピエンスが苦労して営んでんです。だから、その野放しを不快に思った人がいたらば、その人の不快な気持ちを通して、犬を見なけりゃならんのです
飼主　それじゃ、愉快に思うあたしの気持ちはどこにゆくんじゃい！

（『唐組熱狂集成　迷宮彷徨篇』三六五～三六六頁）

役人らしい折り目正しさに田口の声を落とし込んだ上で、唐は、ならず者の野放図な合田と好対照に仕立てている。ひとを喰ったような、ことばの論理さえ逆撫でしているような合田の語り口は、耳ことばのなかでしか生息し得ないだろう。その屁理屈は、考えて書けるものではない。無頼な息

遺いとともに、即興的に、音楽的に捻られるもの。そしていま、この類いのせりふをありありと綴ることのできる劇作家がほかにあるだろうか。まるで蓄音機のラッパのような、巨大な耳を唐に感じる。

さらにこれらは、そもそも発されたとたんに消えるサガのことばたちだった。正真正銘の「声」だった。ゆえに奔放でもあるのだ。つるつるしたカレンダーの紙裏の白い空間に、万年筆でせりふを書いた駆け出し当時を唐はこのように思い起こしている。「つぶやきというか、ひそひそ声とかそれを全部記録していくって状態ですから、それが戯曲だと思ったんですよ。で、それ（筆者註、カレンダーの紙）を大事に持って歩いてたら、大雨が来て、だーっとブルーブラックのインクが溶けちゃったんですね」（『唐十郎　特別講義』一八六頁）。

誇張もいくらかあるかもしれないが、その戯曲が、消えるサガの「声」で綴られていることを象徴した出来事に思えてならない。唐戯曲にはしかと歴史に刻まれるような、強権を持つ王らが登場することはない。うらぶれた町角とその住人を切り取ったものばかりだ。昭和五年の浅草歓楽街を舞台にした芝居『風のほこり』という題名には、風に飛ばされる塵のごときものだと芸人を揶揄した巷の声が踏まえられているというが、じつは唐演劇ぜんたいが、頑丈な書きことばでなく、風のように去る耳ことばのほうが似合う人間像を一貫して描いている。その戯曲はたいへんに純度の高い話しことばで綴られ、しかもリズミカルに再構築されている。

ゆえに、その戯曲は、さまざまな話体や口ぶりの宝庫と言ってもいい。役者たちそれぞれの語り口に導かれる当て書きを唐が重んじることとも通じ合いながら。

12　誤読の羽ばたき

そのような耳ことばは、パスティーシュの軽やかな天賦も唐に授けている。作曲家も兼ねた安保由夫が入団する前の状況劇場初期では、例えば『アリババ』（一九六六年）の劇中歌「〽朝は海の中、昼は丘、夜は川の中、／それは誰あれ？（後略）」は、当時流行した映画『メリー・ポピンズ』のなかの有名な歌「チム・チム・チェリー」の旋律に乗った、いわゆる替えうただった。

同じ時代、『腰巻お仙　忘却篇』（一九六六年）で麿赤児に当て書きした劇中歌、愉快な脚韻が印象的なその一節は「〽オーワンダフル、ビューテフル／雨がふる」（傍点筆者）だが、これに対して、唐は「たまたま見たテレビのお笑いのなかでもって、たいしたことのないコメディアンがいってた駄ジャレで、（中略）大好きでね。それをそのままいただきまして」（『水の廊下』一一二頁）。リヤカーを引いた麿演じる「天才」が歌う設定ゆえに面白さが膨らむのだが、聞きかじったものを寄せ集める点でもその耳は巨大である。

唐的な「誤読」の才能も、これと繋がっているだろう。「積極的に誤読するのが楽しみで、それがある意味で本を読む楽しさだった」（『唐十郎　特別講義』二一頁）と語るが、その戯曲は先行する文学に対するオマージュ、パスティーシュもまた豊かだ。状況劇場時代の『鐵仮面』（一九七二年）が江戸川乱歩翻案によるフランスの少年冒険小説のそれ、『唐版　風の又三郎』が宮沢賢治のそれを踏まえているのは言うまでもないが、主に少年時代に親しんだ児童文学、探偵小説、紙芝居、あるいは愛読した幻想文学やギリシア神話などが自己流に捉え返され、大胆に換骨奪胎された上で、すなわち「誤読」された上で、それを巻き込みながら唐の迷宮は構築される。

二〇〇〇年代戯曲でも、各論で記したように、『泥人魚』ではアンデルセンの人魚姫、『鉛の兵隊』はその同名童話、『津波』ではジュール・ヴェルヌの『海底二万里』、『夜壺』ではホフマンの『黄金の壺』と、枚挙にいとまがない。『泥人魚』には伊東静雄の詩や島尾敏雄の小説も登場するように、ひとつの戯曲に複数の文学作品が引用されるのも決して珍しくなく、それがまた劇世界に錯綜をもたらす。唐の戯曲は、ほかの文学や伝承などを果敢に飲み込み、みずからの血や肉にかえて肥えふとる。いわば健啖家的な文学なのだ。今日的な現代文学の方法としてのパスティーシュの見事な結実でもあるのは言うまでもない。

冒険童話『宝島』を踏まえた初期作『ジョン・シルバー』の成立について、唐はこのように回想している。

「たとえば「ジョン・シルバー」って芝居を書いたことあるんですけど、その芝居のなかで、スティーブンソンの「宝島」っていう児童文学に出てくる海賊ジョン・シルバーが、なぜか浅草の風呂屋の番台に座ってるんです。（中略）関東大震災のころ、うちのおふくろの実家は浅草で銭湯やってたっていうんだね。その大震災のときに、うちのおふくろが少女時代ですよ、熱湯がドンブラコしててんのがすごくこわくて、（中略）足場板を湯舟に渡して、そこを渡ってきたとか、そういう話を聞いてんですよね。（中略）震災でものすごい竜巻が吹いて大八車が空を飛んでたとか、（中略）僕の体験したことのないものが。しかもその銭湯の壁絵には、海が描かれていたっていうんだよ。

もう荒波が躍るような（中略）。そうしますと、（中略）「海へ行くぞ」っていってる（中略）シルバーが番台に座ってるような感じをうけちゃうんだよ」（『水の廊下』二七〜二八頁）。銭湯と海賊が繋がることで拓けていく想像力の大海原。耳から聞いた母親の震災体験と少年の目が捉えた冒険物語が、唐のからだで溶け合って、もうひとつ別の世界が生まれている。

西堂行人は「「少年世界文学全集」などで僕らはいろいろ世界をめぐるわけですけども、それを唐さんの想像力は、日本のしかも非常に身近な日暮里とか浅草とか、その近辺に着地させてしまう」（『唐十郎　特別講義』一三二頁）と指摘する。たしかに、東京下町に手繰りよせることで、種々の事柄を自家薬籠中のものにするセンスが唐にはある。さらに、踏まえられる文学の多くが、身近なもの、子どもの頃に親しんだものであるのも重要ではないだろうか。

耳学問というと、聞きかじっただけの浅知恵のように解釈されやすいが、じつは、からだの奥深くにある多くは、耳が摑んだ記憶や知恵だろう。国文学者で詩人の藤井貞和は、古典も含めたあらゆる文学の源流として昔話があると説いているが、語り部が口伝しなくなっても、絵本の読み聞かせなど、いまなお大人は子どもにまず声でその話を伝える。すると、それはしぜんに子に染み込み、一生の財産となる。おおまかな総体を忘れることがないのと同時に、大なり小なり「誤読」も付きものだ。せがまれてくり返し聞かせているうち、いつのまにか脱線してパロディめいた話がはじまるのも、その子がじぶんに引き付けてむやみに恐がったり、思わぬところで勝手に笑ったりするのもごくふつうのことだ。

唐の「誤読」もこのように身に馴染み、いわばその物語をからだで濾過して生まれているに違いない。その大胆な換骨奪胎ぶりには、パスティーシュを駆使した前衛小説などにしばしばあるような、知的なピース交換のにおいがしない。知識よりも深く、柔らかく、ある意味でいいかげんな次元にそれはある。銭湯の番台に座る海賊はシュールだが、シュルレアリスム的な奇抜な結合が、それを支持して方法的にやり遂げられたのではなく、あたまも含めた、そのからだぜんたいから立ち上がっている。

その上でずば抜けているのは、耳だけの世界から脱し、少年時代に目で読んだ児童文学や探偵小説はむろんのこと、さらに長じてから出会ったフランス文学やロシア文学、現代思想などでさえ、「耳学問」として吸収できてしまうこと。目で読んだことも、あたかも耳で聞きかじったかように朗らかに吸い込む術が唐にはある。入念に読んだものをその鋭い耳は聞き替えて、おのずと、いや多くの場合は敢えて聞き違えることで、独自のことばや想念として抱き込むのだ。

すると、テキストはみるみる唐色に変わって、その視点と興味で融通無碍に「誤読」される。はだかの本質だけが鷲掴みされることもある。そうしてやがて、「耳ことば」で綴られる唐戯曲をこっくりと肥やすわけだが、唐十郎という劇作家のセンスには、現代の前衛であると同時に、声の世界だけで生きている文明化以前の野性の人間が持つ美質のような、ことばと発想の柔らかさ、混沌ぶりがある。

一方でその耳ことばが、書き留める者にとっても消えやすいのは言うまでもない。愛娘で俳優の大鶴美仁音の文章には、戯曲を書くときの唐がどれだけ殺気立っていたかが記されている。「書きはじめるのは必ず早朝だった。夜は書かない。コーヒーとチーズを口にするだけで食事は摂らず、何時間も二階の書斎に籠もる。（中略）子どものころ、遊んでほしくて父が書いている書斎に行くと、二度までは笑ってあしらわれたが、三度目に邪魔をしたとき、カミナリが落ちた。爆発した怒鳴り声とともにゴミ箱が吹っ飛んできて、書き損じ丸められた原稿用紙が散乱した。階段の下から望んで見れば、地獄の門番のような形相で父が仁王立ちしている」（「父のこと」『ダイバダッタ』二六七～二六八頁）。

13　おさな心の夢

また一方で、それが自由な想像力や奔放な幻想を拓くのも言うまでもない。

シュルレアリスムのイデオローグでもあった澁澤龍彦には、若き日の唐が鎌倉のその家を訪ねた様子を記したエッセイがある。そのとき澁澤は、かつて青砥藤綱がお金を落とした謂われのある川が家の脇を流れていること、さらに、辺りは中原中也とも関わりがあって、息を引き取ったときの病院がすぐ近くにあることなどを話したと言う。

そうして、しばらくのち唐に会うと、「驚くなかれ、彼はこんなことを言い出したのである。「あのネ、澁澤さん、鎌倉のお宅の前にある、中原中也が財布を落したという川ね、あれ、何ていう川でしたっけね？」。私は開いた口がふさがらなかった。唐十郎は、青砥藤綱と中原中也のエピソードを完全に混同し、私の話を勝手に継ぎはぎにして、何と言おうか、自分の愛する叙情詩人に関する、一篇の美しい幻想的なロマンのごときものを、すでに頭のなかで、でっちあげてしまっていたらしいのである！（中略）もしかしたら、唐十郎の天賦の才は、このような自分のでっちあげた夢のなかに、魚が水のなかに棲むように、いとも易易と棲めることではないだろうか」と澁澤は書く（「藤綱と中也」九五頁。改行は省略して引用した）。

その「誤読」は、経験や日常を越えたメタフィジックな唐戯曲の夢のみなもとになる。演出家の鈴木忠志が唐十郎を評した大事なことばに「おさな心の発露」があるが、それは、読む、書くという営みにも発揮されていると言っていい。まるで幼ないひとが童話に接するときのような柔らかさを最前線の思想にさえ拡張させ、唐十郎はじぶんが核心と思うものを鷲摑み、捏ね直して、幻想戯曲に投げ込むのである。

ゆえに、そのようなおさな心の夢は、イメージの活発な増殖をもたらす。戯曲『夕坂童子』で、夕顔が、女にも童子にもラッパにも蓄音機にも、そのスピーカー部分をくわえた男にも、さらには夕焼けそのものにもなったように、また、『海星』で、ヒトデが、棘皮動物にも五本指の手にもスプーンにも海中の星の輝きにもなったように、イメージが戯曲のなかでみるみる変化《へんげ》する。各論の『西陽荘』考察で述べた通り、哲学者、ガストン・バシュラールの論にもじぶんと通底するセンスを唐は嗅ぎとっているようだが、批評家の種村季弘はこのように記す。

「一般に、イメージの活動である想像力はこういうはたらき方をする。AはAでありながらAではなく、BにもなればCにもなる。しかも最終的にAはAであることはやめないのだ。（中略）物はそのものが変身した状態をも含めてそのものなのだ。子供たちはこうした七変化の遊戯に精通している」（『土方巽の方へ』一八八〜一八九頁。改行省略）とした上で、唐十郎の発想をこう評すのである。

「幼児の尻取り遊戯と同様、一つの言葉から連想にしたがって、アラジンの魔法のランプさながら、あらゆる言葉が次々に飛び出してくる。しかも、たえず増殖して行くイメージ言語は、これまた尻取り遊戯のように、結局は背中の方から出発点になった語のところに戻ってくる。（中略）幕はちゃんと下りるのである。（中略）自由な空想はしぶとい現実感覚と紙一重のところで演じられている」（『同』一九二頁。改行省略）。

巖谷國士は、シュルレアリスムで言えばアナロジーの作用が唐戯曲で重要だと説く。たしかにそこでは、「夕顔のような蓄音機」「海星のようなスプーン」と称された瞬間から、蓄音機は夕顔で、スプーンは海星としてまかり通るのである。このようなイメージ変幻の回路はむろん、戯曲の重層化、すなわち、裏ぶれた巷に鮮やかなメタフィジック空間が立ち上がる礎になる。物体たちは、通常のそれを平気で超え、変幻した状態も孕んで存在している。

と同時に、現実層と幻想層の連結としても働く。例えば、各論で詳述したように、『黒手帳に頬紅を』（二〇〇九年）で大事な小さな手帳は、現実面では期限の切れた炭坑の就労証明証だが、主人公の絵師「泡之二郎」の心象世界、すなわち幻想面では、冥界の女坑夫のもとへ導く蝙蝠《こうもり》に化けて羽ばたく。が、ともあれ、石炭エネルギーの凝縮体として両面を結びながら、黒革のその物体は、東京下町のあんみつ屋でさかんにやりとりされる。あるいは、『津波』では、主人公「照屋照」が工場で日々、製作にいそしんできた便器は、その廃品を集める影の主人公「夢尻・丈」の夢幻のなかでは、やがて大海原に乗り出す潜水艦「ノーチラス号」に変身する。夢の馬とも呼ばれる。さらに欠片を繋ぎ合わせた照屋のボロ便器は、ゲイジュツ品とも評される。そうして、陶製の純白な物体はさまざまなイメージを吸収しながら、ついに終幕には、彼方への出航と巷での転倒をともに担うのである。

天稟としてはむろんのこと、おさな心をいわば戦略にすることで、独自のやり方でシュルレアリスムを飼いならすことができるのを、劇作家としての早い時期に本能的に勘付いたのではないだろうか。

巖谷の指摘の通り、それらの物体はほぼ廃品であればこそ、かつての用途の名残りをわずかにとどめながらも、イマジネーションの果敢な力によって新しいいのちを吹き込まれる。幻像として羽ばたいていく。「耳のひと」であるのはむろん、唐は多彩なイメージやオブジェを自在に操る想像の「目のひと」でもある。

本章の冒頭に記した取材や資料集めは、情報をそのまま使うのではない。唐流の汗やにおいの付いた奔放なイメージが出現するための踏み台やきっかけなのである。ゆえに、それらは、過激でありながら懐かしい。

回想談によれば、少年時代の唐は文学青年の叔父からその手ほどきを受けたものの、高校・大学時代になると読書量や知識量の点でほかの学生に劣等感を抱くようになったと言う。むしろそれがおさな心の深みに気付くきっかけのひとつになったというのは、あながち的外れでないかもしれない。

14　原点の痛み

「昔、中原中也という詩人がいた。この人の詩と行状と死にざまを調べながら、私は、こりゃ詩人じゃない、もう一つ格が上の、病者《びょうじゃ》だ、と思ったことがある。（中略）この病者を思う度に、私はこう考える――痛みとは肉体のことだと。（中略）そして、もし、特権的肉体などというものが存在するならば、その範疇における一単位の特権的病者に、中原中也は位を置く」（『腰巻お仙』三〜四頁、傍点筆者）。

唐十郎の演劇哲学として有名な「特権的肉体論」の冒頭である。二十代の若き日に書かれたそれは、戯曲「腰巻お仙　忘却篇」「腰巻お仙　義理人情いろはにほへと篇」が入った『腰巻お仙』（一九六八年）に当初は収録され、『特権的肉体論』として編み直されて単行本化されたのは一九九七年のことだった。麿赤児、四谷シモン、大久保鷹など、怪優と評される状況劇場役者たちの大胆不敵さを表す語として広く流布したが、その意味を保ちながらも、じつは、そもそもの著作のなかでは、中原中也というどちらかと言えば幼な顔の、夭折詩人の暗いからだを唐が慮《おもんぱか》るところから出発している。闇を抱えたその小柄な肉体を「病者」だと唐は名指す。

その難解な文章を久しぶりに読み返すと、「例えば、中原の肌の白さを、中原がいかに恥かしがったか」（『同』一二頁）、「檀一雄に雪の中で投げ飛ばされ、「お前は強いよ」と言って立ち上がった彼は、投げとばされる自らの体を常にいじくっていたので一つも淋しくなかったかもしれぬ」（三頁）などというくだりを追いながら、機動隊に囲まれて上演した新宿西口中央公園事件[*10]（一九六九年）やパレスチナ難民キャンプでの興行[*11]（一九七四年）など、型破りな所業の数々をやがて引き起こすとしても、同じく色白な小男でもある唐は、中原にじぶんを重ねる傾きも当時はあったのだと思う。「役者としても背が足らないし、日活のニューフェースにはなれないし（中略）、どうしようかって思っているときが二十歳ですから」（『水の廊下』七五頁）。

二〇〇〇年代の対談では、「特権的肉体論」についてこのように述べている。「冒頭から中原中也のことを書いてるんです。中原中也の詩のなかで「ホラホラ、これが僕の骨だ[*12]」っていう中也のこの詩は病人ではないだろうか、病んだ熱っぽい時間じゃないかってことを書いているんですよ。そういうものを俳優がある演劇形式としたときにどこにいくのかっていうことを探ってるんです」（『唐十郎　特別講義』一八五頁、傍点筆者）。

中原中也は、霊魂になったような「僕」がおのれの白骨を半ば愉快げに見つめる深妙な詩を書いた。そのあやうい眼ざしに、痛みと苛立たしさと不思議な居直りを発見した唐は、さらにその痛覚を他者の目線と自己演技性も含めて捉え直すことで、その論は、肉体を突き抜けた「特権的肉体」という仮面と観念にたどり付こうとする役者論となった。当時の劇団員の破天荒さはむろん、幼少期から下谷万年町でふれ合った者たちの異形ぶりをも吸収しつつ[*13]、ある意味で、まず誰よりじぶんじしんのための論と言ってよかったのではないか。

さらに、その病んだ熱や痛みの劣等感は劇作家としての根にもなったようである。もの書きになる以前は、じつは下谷万年町の暗さを嫌悪していたという。『作家の自伝20　唐十郎』には、「長屋には悲しみの亡者が棲みついている。（中略）江戸の頃より、「山の手は狸穴《まみあな》、下谷は万年町」と云われた程に、下司な屑屋部落の末裔が僕の棲家《すみか》」（三頁）だとみずから記す。長い名の第一作『24時53分「塔の下」行は竹早町の駄菓子屋の前で待っている』（一九六四年。以下、『24時53分』と略す）は、自殺者を招き寄せる高い塔を持つ町を描いた戯曲だが、その作品の暗い感情は、万年町に対する思いを拡大して書いたという。

「コンプレックスがないと、なかなか虚構をつくるなんて作業はしにくいんじゃないか（中略）。痛覚で覚えちまった記憶、そこから脱出できなくて、それを何度も何度も心のなかで反芻してる状態が地獄でしょ。と、その記憶をつくり変えるっていうかなあ、再構築みたいなもんだといってもいいんでしょうか」（『水の廊下』二二一頁、傍点筆者）。痛覚から記憶を貯金しているとも唐はいうが、埋められたわけではないものの、戯曲の執筆はコンプレックスからのある種の「浮游」をもたらしたと語る。

当時、ある浅草芸人に入れ込んでもいた。それは、エノケン（榎本健一）でもシミキン（清水金一）でも渥美清でもなく、唐の回想以外のところでは名を目にしたことのない、売れないミトキン（美戸金二）だった。彼は、浅草ストリップ劇場でショーとショーのあいだに演じられる数分の寸劇の役者だ。三木のり平や渥美清ら、当時の売れっ子たちに悶々とした劣等感を持っていただろうと唐じしんが推し量り、ゆえに好きだったとふり返っているが、そのミトキンが出演するカジノ座に通い詰めていた。はじまると、ほかの客たちは舞台を見ずにスポーツ紙を読み出すが、誰も笑わないその寸劇に、ベケットの不条理劇にも匹敵するものを感じとったという。

「ストリッパーの舞台が終わると、また出てくるんですよ、ミトキンともうひとり（筆者註、はなる太郎）が。（中略）チャンバラが始まるんですよ。で、チャンバラやりながらおたがいツバぜり合いで、いつまでも押しくらまんじゅうやってんですね。そして片っぽうがドーンと（中略）押しのけると、ミトキンがそのまま花道をすっ飛んでって（中略）、入口から外へ出ていっちゃって、浅草雷門のほうまで行くらしいんですよ。そして雷門の柱に刀を打ちつけて、その反動でまた返ってきてって、そんなの客が追いかけなきゃわかんないでしょうが。ほんで（中略）舞台で間をもたしてる相手役の刀に、またツバぜり合いでぶつけるってだけなんですけどね」（『水の廊下』一一五～一一六頁）。

この観客のいない自虐的な寸劇に強烈な興味を感じた唐は、このように評する。「彼（筆者註、ミトキン）の顔が青ざめていくのは怖かったんですよ。（中略）この状態は非常に怖い神経が破裂する寸前。そこまで追い込んでる。他者にめぐりあわない演じ方ばっかり詰めていくと、そういう風なある地獄っていうか発狂状態におちいることもある」（『唐十郎　特別講義』二六五頁）。

そして、けっきょく断られたものの、粗末な楽屋を訪ねて親しくもなっていた唐は、最初の戯曲『24時53分』への出演をミトキンに依頼したと言う。「地獄を這いずり回るような、ものすごい舞台芸をしているんだなと思いまして、この二人に惚れてしまいました。それで、『24時53分～』の「なんてじめじめした陽気だろう」の役を片方やってくれないかと台本を持って行き、三日後に返事をもらうということで読んでもらった」（『シアター・アーツ』三八号、一二頁）。

かなうことはなかったが、ほかの初期作品でも唐は出演を頼んだと言う。つまりミトキンは、

『24時53分』に出演した星山初子（のちの李礼仙）とともに、最初期に「当て書き」をした大事な役者の一人なのである。暗い劣等感と狂気があることを見抜いた、いや共感して慕った唐は、みずからのそれを引き延ばした初期作を綴るとき、その声を耳に浮かべていたのではないか。「イヨネスコもベケットも自分たちのそういう芝居をパリのおちぶれた役者を使って上演した、なんて記事を読んだもんですからね。日本的な不条理演劇は浅草のストリップの寸劇役者がやったら面白いんじゃないかな、と思ったことがありまして」（『水の廊下』一一七頁）。

ある対談では、浅草の若者群像を川端康成が描いた小説『浅草紅団』に絡んでこう語る。「僕も、あれを読み直して、なんとか芝居にしようと思ったけど、あまりにも颯爽としてあっぱれで、シャドーがないからできなかった。どこかに闇の部分はあるんだろうけど、見抜けなかったんだよ」（『浅草　戦後篇』四一八頁）。外に題材を求めて作品化する場合でも、闇があること、それを見つけることが執筆のはじまりにあることをさりげなく伝えている。

自作の悲喜劇の根底にある闇を託すことのできるはじまりの役者として、この狂気のボードヴィリアンを選んでいた唐の屈折は深い。樋口良澄も『唐十郎論』のなかで闇とミトキンを論じ、「一九六〇年代初めのにぎわう浅草、すなわち、生の世界よりも、それが反転した死の世界に唐は魅き寄せられたようだ」（『唐十郎論』五六頁）と記すが、その箇所にも引用された『24時53分』の公演パンフレットに唐がしたためた文章には、当時の浅草の衛生博覧会の様子が綴られている。その博覧会とは、性病などの伝染病を予防する名目を謳いつつ、病人や不具者の蠟人形、剝製などを展示する猟奇的な見世物小屋だった。

「片手のない者、性器の腐った者――頭のない者――みんな片輪者である。（中略）僕は一人の女のざくろのように割れて、熟んだ乳房に、何年もたまりつづけた埃りを拭いていると、その向うの暗がりで誰かが笑った。／木男がそこに居るらしい。／あの黒い静かな笑い……。／ここにはお前の死んだ弟もいる。／ここにはお前に凌辱された老母もいる。／ここにはお前の探している'60年の死者もいる。／天上のシートが風にハタハタと鳴った。／――そうか。お前は、こんな衛生博覧会の倉庫のような日本的暗闇で僕を待っていたのか……」（『状況劇場全記録』二〇頁に再録されたものから引用。改行は「／」で示した。傍点筆者）。

「お前」と「僕」がドッペルゲンガーのように重なる目眩をわたしはこの文章に感じる。公演に来る観客への呼びかけであると同時に、じぶんじしんのためにも出発のパンフレットに原像のひとつを刻んだのではないか。男娼の町、万年町には業病も不具の傷痍軍人も這いずっていただろうが、疎開先の福島では幼い弟を肺炎と栄養失調で亡くしている。文中のその木男の笑いには、闇をもて余して狂ったときのミトキン、そうしたときのじぶんの顔が映っているに違いない。

　ことばから考える戯曲論の立場からすれば、「何よりも、肉体を」という『少女仮面』中の名ぜりふは「何よりも、痛みを」と言い替えていいように思う。そののち、唐十郎の劇世界は、この陰々滅々とした闇を突き抜け、猥雑な巷へも嵐の大海原へも闊達な諧謔へも羽ばたいていくのだが、原点にある深い痛覚と影は、どれほど精巧なレトリックを駆使しようとも、いわく言いがたい人恋しさ、慕わしさ、胸が締め付けられるもの狂おしさを戯曲に授け続ける。その作品は、それを抱えた登場人間たちによるどんづまりの場所なのだ。

二〇〇〇年代戯曲では、経営破綻する小さな店や町工場で働く人間、そこで扱われる物体、さらにそれらに執着するひきこもり的身体に果敢に影が見い出されたことは前述したが、父親の亡霊にとり憑かれてその代役に命を賭した『透明人間』、最新医療の代理母出産が引き起こす母子関係を問いかけた『糸女郎』、借りを返すため友の代役をかって出る『鉛の兵隊』など、「代理」というふるまいによっても、時代の暗い心象を唐が見出してきたことを書き留めておきたい。

本人になり代わってなにかをする代理、それをつとめる代理人にはおのれを虚しくする虚無や哀愁が付きまとうが、本体的なもの、本質的なもの、根本的なものから遊離した身体、遊離せざるを得ないからだの痛覚のなかに、唐十郎は、情報や技術が高度化しすぎたこの時代の劣等感や僭さを嗅ぎとったのではないだろうか。同じく『透明人間』の「モモ」と「モモ似」のいかにもキッチュな入れ替えを踏まえれば、容易に交換可能になった現代の人間群が皮肉られている気もする。さらに、「わたし」とは他人のかたまり、なかんずく死者の寄せ集めであることが描かれた『ジャガーの眼』などを思えば、代理とは、生きてこの世に残ってあることの本質のひとつかもしれない。

ミトキンを語るとき、べつの下町のひとの話を唐はしばしば添える。しばらく患って寝込んでいたそのひとは、皆に囲まれて身罷ろうとする刹那、上体を起こし「テケレッツのパー」と言ってから息絶えたのだという。闇もまた鈍重ではない。それは、風塵のように消えるサガの人間たちが、そうと飲み込んだ上でかき抱いた痛みだ。いや、どれほど富んでいようが誇っていようが、じつは人間とは、根源的に遍くそのような実体であることをこの劇作家は知り抜いている。

15　無上のまぶしさ

さらにその上で、唐演劇のなんとまばゆいことか。

戯曲『闇の左手』では、不具を偽って日銭を乞うていた失業中の女工「ギッチョ」が、いのちがけで義手が似合うからだになることで、終幕、全き存在としてこうこうと昇華する。『夕坂童子』では、お化け屋敷で働くうだつの上がらない青年「奥山六郎」が、胸に宿してきた幻の童子になり切ろうとすることで、その町の夕焼けそのものになる。『透明人間』では、父の傀儡と化した男「辻」が戦時中の中国福建省をいまの巷に強引に持ち込むことで、幻想の水中花を輝かせる。ここに痛みや窪みがあればこそ、まばゆい夢へ、それはきりきりと逆回転するのだ。そのときの唐演劇のなんと崇高なことよ。屋台崩しが劇空間を水平に放つと同時に、その夢は竜巻のように上へ上へ旋回する。

なにかが叶ったのではない。主人公らの日常はさらに追い詰められているのだが、ゆえにこそ、錯綜するレトリックとパスティーシュの限りを尽くして、唐十郎が劇中に広げたメタフィジックな次元に大輪の花が咲く。ギッチョは箱に入って遠のくだけ、六郎は蓄音機のラッパをくわえて水槽に潜っただけ、辻の胸はピストルに射られただけ。つまり、しがない顛末に無上のまぶしさを感じることじたい、ほんとうに「夢」なのだ。ことばと肉体の限りを絞って唐が咲かせた観念の幻惑が、客の目性を変え、そう見させている。だが、そのように見えることのなんともの狂おしいことよ。

血と汗の通った観念、それを宿してぶつかり合った肉体が、わたしたちの眼前でさんさんと幻花する。

長きにわたって伴走者でもあった扇田昭彦は、「唐さんの芝居を見終わって、テントの外に出てくると、現実が違って見えてくるということがあります。それがとても魅力です」(『シアターアーツ』三八号、一八頁)と語る。笑って泣いて、役者ととり交わしたのは空騒ぎではなかった。観客はじぶんのこころの鬱蒼とした箇所をも探られ、唐十郎の火はそこに移される。

わたしがその芝居をはじめて見たのは、二〇〇四年の唐組春公演『津波』だった。じつはそのしばらく前、織物工場を営む実家が破綻し、敷地のほとんどが更地になる経験をしていた。それを引きずりながらも、うまくことばにできずにいたわたしを、『津波』は直撃した。競売に掛けられた土地でもがく小便臭い女主人公「照屋」はじぶんそのものだったのだ。終幕手前の暗転のなか、突如、号泣した。じぶんではじめて聞くどす黒い醜い声が、吐瀉物のように腹から突き上がって。

照屋の闇をも抱え込んで浮上する終幕の潜水艦人間、唐十郎演じる「夢尻《ムッチリ》」が、どれだけまぶしかったことか。芝居が撥ねたあと、どんなに胸ぐらを摑まれたか、打ちのめされたか、破天荒なこの劇が同じ境遇のこころの真実をどれほど具《つぶ》さに描いているか、厚顔なことにわたしは唐に伝えにいった。

筵《むしろ》に胡座《あぐら》をかいていたそのひとは、目を合わせることはなかった。ずっと下を向いていた。まとまらない奇妙な告白はなかなか止まらず、眠くならせてしまったかもしれないと案じたが、焼酎の碗を握りしめる右手の筋ばかりはときどき青くうねった。

それが本書のはじまりであった。

註

＊1　唐が劇団員と酒をくみ交わすのは生活の一部だったが、稲荷卓央によると、ただ呑むのではなく、劇団員に何か表現をさせようとしていたと言う。「おい、何かやってみろ」とけしかけ、その役者がどうするかをよく見ていたそうだ。それで何か面白い事が立ち上がったりすると、それが膨らんで当て書きになったと言う。「キャッチボール」は舞台上のみならず、暮らしのなかでも息づいていた。

＊2　井上ひさしは、単行本『泥人魚』の帯文に、「独特の詩情と叙情とユーモア。すぐれた劇詩人で舞台の魔術師、唐十郎の集大成」と記している。

＊3　唐十郎の第一作を何と捉えるかについては、43頁の註4を参照のこと。

＊4　稲荷卓央によると、唐組作品で彼のうたが増えたのは、新宿梁山泊が二〇〇〇年に、状況劇場時代の戯曲『吸血姫』を再演した折、「肥後守」を客演で演じた彼がその劇中歌を歌ってからだと言う。それを聞いた唐は稲荷の歌唱力を実感したのだろう。

＊5　劇団唐ゼミ☆は、唐が横国大で教鞭をとる二〇〇〇年に発足した。演出家の中野敦之、役者の椎野裕美子、禿恵らが育ち、唐十郎戯曲を上演する重要な劇団のひとつである。

＊6　ある意味では、歌舞伎の早変わりなども、役者の輝きが物語のすじに埋没しないようにする知恵と言っていいのだろう。

＊7　レイモンド・チャンドラーの探偵小説の主人公マーロウは、なぜそれほどやさしくなれるのかと問われて、このように答える。

＊8　喜劇を得意とした役者であり、演出家でもあった三木のり平は、浅草のオペレッタは西洋のオペラを喜劇化したものゆえ、外国のものを茶化す、つまり「あちゃら（あちら）をちゃかす」から、アチャラカということばが生まれたのだと語っている。そこから、パロディの意味にも使われるようになった、と。

＊9　七〇年代前半の物語的ピークを終えた時期、一九七八年春の状況劇場公演『ユニコン物語――台東区篇』に寄せて、巖谷國士は、「上昇のあやかしを知ってしまった舞台は、もはや下町・下谷のカツ丼

の下半身にこびる「悲劇」なんぞではありえない。それは迷宮パズルの（中略）いっそさっぱりと乾いたノンセンスに傾く、今日の私たちにふさわしい抽象めいた遊戯世界なのだ」（『宇宙模型としての書物』一五七頁）と記す。「物語」という視点から見るなら、唐は、その上昇期と下降期をくり返した劇作家なのかもしれない。そして、その後者の時期であっても決して休まず書き続けたことが、ナンセンスや謎々などの「遊び」を謳歌する作品群をもたらしたと捉えることもできると思う。

＊10　一九六九年一月、東京都の許可が下りないまま、新宿西口中央公園で『腰巻お仙　振袖火事の巻』をテント公演した。機動隊に囲まれたものの、唐は陽動作戦によってテントを立てることに成功した。公演後、唐十郎、李礼仙らが逮捕された。

＊11　一九七四年に『唐版　風の又三郎』をレバノン、シリアのパレスチナ難民キャンプで公演した。なお、七二年には『二都物語』を戒厳令下のソウルで、七三年には『ベンガルの虎』をバングラデシュでと、七〇年代前半の状況劇場は政治的緊張を抱えたアジア各地へ遠行し、公演を打った。

＊12　中原中也の詩「骨」は以下。「ホラホラ、これが僕の骨だ、／生きてゐた時の苦労にみちた／あのけがらはしい肉を破つて、／しらじらと雨に洗はれ／ヌックと出た、骨の尖《さき》。／（中略）／生きてゐた時に、／これが食堂の雑踏の中に、／坐つてゐたこともある、／みつばのおしたしを食つたこともある、／と思へばなんとも可笑《おか》しい。／／ホラホラ、これが僕の骨――／見てゐるのは僕？　可笑しなことだ。／霊魂はあとに残つて、／また骨の処にやつて来て、／見てゐるのかしら？（後略）」（『中原中也詩集』一九四～一九五頁）

＊13　トーク「新宿梁山泊星雲in唐十郎ギャラクシー」では、大久保鷹が奇形の身体の観点から特権的肉体論について語っている。当時の唐が衛生博覧会に強い関心をもっていたこととも合わせ、興味深い。

資料

唐十郎『腰巻お仙』（現代思潮社、一九六八年）
澁澤龍彦「藤綱と中也」『別冊新評「唐十郎の世界」』

（新評社、一九七四年）
鈴木忠志「おさな心の発露」『別冊新評「唐十郎の世界」』（同）
唐十郎、巖谷國士「往復書簡」『新劇』二九六、二九七、二九九号（白水社、一九七七〜七八年）
巖谷國士『宇宙模型としての書物』（青土社、一九七九年）
唐十郎『唐十郎全作品集』全六巻（冬樹社、一九七九〜八〇年）
唐十郎『乞食稼業――唐十郎対談集』（冬樹社、一九七九年）
劇団状況劇場編『状況劇場全記録　写真集　唐組Karagumi』（パルコ出版、一九八二年）
唐十郎＋第七病棟『ビニールの城』（沖積舎、一九八七年）
扇田昭彦『現代演劇の航海』（リブロポート、一九八八年）
唐十郎『作家の自叙伝20　唐十郎』（日本図書センター、一九九四年）
唐十郎『水の廊下』（エー・ジー出版、一九九五年）
ミハイル・バフチン著、望月哲男・鈴木淳一訳『ドストエフスキーの詩学』（ちくま学芸文庫、一九九五年）
大岡昇平編『中原中也詩集』（岩波文庫、一九九七年）
唐十郎『特権的肉体論』（白水社、一九九七年）
柳田國男『柳田國男全集』第六巻、第十五巻（筑摩書房、一九九八年）
三木のり平、小田豊二『のり平のパーッといきましょう』（小学館、一九九九年）
川田順造「「はなし」が文字になるとき」『「文学」増刊　円朝の世界』（岩波書店、二〇〇〇年）
種村季弘『土方巽の方へ　肉体の六〇年代』（河出書房新社、二〇〇一年）
唐十郎『泥人魚』（新潮社、二〇〇四年）
唐十郎「観客の変質」『せりふの時代』二〇〇四年春号（小学館）
唐十郎へのインタビュー「アングラの源流を探る　連載第一回唐十郎（聞き手　西堂行人）」『シアターアーツ』一九号（AICT日本センター、二〇〇四年）

堀切直人編著『唐十郎がいる唐組がある二十一世紀』（青弓社、二〇〇四年）
唐十郎作演劇DVD『秘密の花園』（カズモ、二〇〇四年）
唐十郎、室井尚『教室を路地に！――横浜国大vs紅テント2739日』（岩波書店、二〇〇五年）
堀切直人『浅草　戦後篇』（右文書院、二〇〇五年）
山本吉左右『セリフ考　付・有若亡』（和光大学表現学部、二〇〇六年）
唐十郎＋新宿梁山泊『風のほこり』（右文書院、二〇〇六年）
坪内祐三、唐十郎対談「先を見せるな、先をのぞかせるな、今だけを、今しかないものを演じよう！――永遠の「現在形」をめぐって」『KAWADE道の手帖　唐十郎　紅テント・ルネサンス！』（河出書房新社、二〇〇六年）
西堂行人「演劇革命の系譜――シェイクスピア／唐十郎／ハイナー・ミュラー」『KAWADE道の手帖　唐十郎　紅テント・ルネサンス！』（同）
安保由夫「レコード針に吹く風は」『KAWADE道の手帖　唐十郎　紅テント・ルネサンス！』（同）
扇田昭彦『唐十郎の劇世界』（右文書院、二〇〇七年）
堀切直人『新編唐十郎ギャラクシー』（右文書院、二〇〇七年）
唐十郎『夕坂童子』（岩波書店、二〇〇八年）
巖谷國士「唐十郎のモノがたり――『夕坂童子』をめぐって」『図書』二〇〇八年七月号（岩波書店）
大島新監督映画DVD『シアトリカル　唐十郎と劇団唐組の記録』（いまじん、二〇〇八年）
扇田昭彦、唐十郎、金守珍、堀切直人、中野敦之、西堂行人「シンポジウム　唐十郎の劇世界」『シアターアーツ』三八号（AICT日本センター、二〇〇九年）
西堂行人「唐十郎から始まった現代演劇の行方」『シアターアーツ』三八号（同）
唐十郎出演DVD『演劇曼陀羅　唐十郎の世界』全三巻（紀伊國屋書店、二〇〇九年）
松山俊太郎『綺想礼讃』（国書刊行会、二〇一〇年）
唐十郎講演「詩人の兄貴たち――土方巽と寺山修司」『交響する東北――その民俗・芸能・文学』（明治大

学人文科学研究所主催公開文化講座・青森、於・青森市文化会館、二〇一〇年十一月二十三日）
唐十郎出演ラジオ『ラジオデイズ　ラジオの街で逢いましょう　第二〇二回　虚実皮膜の演劇人生』（二〇一一年二月六日放送）http://www.radiodays.jp/radio_program/show/283
樋口良澄『唐十郎論——逆襲する言葉と肉体』（未知谷、二〇一二年）
唐十郎『唐組熱狂集成』（ジョルダン株式会社、二〇一二年）
川端康成『浅草紅団』（新潮社、二〇一二年）
巖谷國士「逢魔が時のために」『紙芝居の絵の町で』公演パンフレット（劇団唐組、二〇一四年）
唐十郎出演動画「KARA JURO YOKOHAMA」（横浜国立大学一九九七年初講義）（YouTube、二〇一四年）https://www.youtube.com/watch?v=G70j0xDgxmU
ブレヒト著、谷川道子訳『三文オペラ』（光文社文庫、二〇一四年）
唐十郎『ダイバダッタ』（幻戯書房、二〇一五年）
藤井貞和『日本文学源流史』（青土社、二〇一六年）
ユゴー著、辻昶・松下和則訳『ノートル＝ダム・ド・パリ（上・下）』（岩波文庫、二〇一六年）
唐十郎著、西堂行人編『唐十郎　特別講義——演劇・芸術・文学クロストーク』（国書刊行会、二〇一七年）
新井高子『東北おんば訳 石川啄木のうた』（未來社、二〇一七年）
金守珍、大久保鷹、堀切直人、浦野興治「新宿梁山泊星雲in唐十郎ギャラクシー——状況劇場末期の混沌から産声をあげた新宿梁山泊」『紅テント劇場　唐十郎ギャラクシー／トーク篇』（テクネ編集室編、レック研究所、二〇一八年）
久保井研、西堂行人、浦野興治「新生唐組の誕生　唐十郎・象徴としての紅テント」『紅テント劇場　唐十郎ギャラクシー／トーク篇』（同）
劇団唐組『劇団唐組ライブ』（千代田組、二〇二〇年）
樋口良澄「唐十郎の演劇世界とアーカイヴ」『芸術とアーカイヴ——ジェネティック・エンジン』（慶應義塾大学アート・センター、二〇二〇年）
樋口良澄監修『「実験劇場」と唐十郎 1958-1962』（明

治大学唐十郎アーカイヴ、二〇二〇年）
新井高子「たぐい稀れな「声のひと」――歴史家・三木亘のセンス」『UTCMESニューズレター』一七号（東京大学大学院総合文化研究科附属グローバル地域研究機構中東地域研究センター、二〇二〇年）
「日本の貧困は見えない　ロバート・キャンベルさんの提案」『朝日新聞』（二〇二〇年十月十九日付）
新井高子「「東北おんば」の屹立――土地ことばの精霊」『現代詩手帖』二〇二一年三月号（思潮社）
新井高子「声の豊穣――震災後文学が拓く東北弁の可能性」『世界文学としての〈震災後文学〉』（木村朗子、アンヌ・バヤール＝坂井編著、明石書店、二〇二一年）
山本ひろ子「旅する女たちの伝説」（和光大学公開講座オープン・カレッジぱいでいあ、二〇二一年度開講）
菊地史彦「紅のヒロイン、李麗仙は虚空に向かって叫んだ」『論座』（朝日新聞社、二〇二一年七月七日付）
https://webronza.asahi.com/culture/articles/2021070600008.html

詩のように読む

――あとがきにかえて

唐十郎のせりふは、濃いつきあいが培ったことばだ。それぞれの登場人物たちも、それをしたためる唐の当て書きも、舞台を見上げる観客と芝居の関係も、それが跳ねたあとのテントの飲み会も……つきあいを育む。つきあいによって育まれる。むろん、ただの和気あいあいではない。亀裂も怒号も、騙りもしらばっくれも、大笑いも拍手喝采もある。そうして、そんななかで、つぎなる幻想の種子が唐から発芽していく。

紅テントでどれだけ多くのひとに巡り合っただろうか。どれほど語らいの花を咲かせただろうか。ひとどうしの距離が遠くなっているいま、どうしようもなく失われようとしているものが唐戯曲にはとうとうと息づいている。出会いとつきあいのエートス、それを宿した肉体のぶつかり合いで満ち満ちている。本書にしたためた唐の知恵と思想の数々は、その営みで肥された。いまこそ噛みしめるべきだろう。

わたしはくり返しその戯曲を読んできた。深い行間を夢中で追いかけた。それは当世でもっとも面白く、貴い長篇詩だと惚れ込んだからでもあるが、歯が立たず、呆然としたのもいくたびか……。いや、そのわからなさも魅力なのだった。

唐劇前半期の理解者の一人、批評家の松山俊太郎はこのように書いている。「「わからない」ものをわかろうとするのは、基本的な人情である。だが、唐とその作品をわかろうとすることは、唐より年長の者は、負担に耐えきれない。若い世代の人が、一生を賭してとりかかるべき仕事であろう。(中略)稀代の「わからなさ」と格闘した喜びは永遠のものである」(『綺想礼讃』五四一頁)。この一節にどれだけ勇気付けられたことか。

唐の戯曲はただ難しいのではなく、その奥に何らかの核心がある。生きることの心髄に触れられるような、血の通う験《しるし》がある。わたしは深い詩性をそこに感じて、なんとか掴もうとし続けた。

拙稿を記すようになったのは昨今のことではない。みずから編集する詩誌『ミて』(ミて・プレス刊行)に、断続的であれ、「唐十郎ノート」をながらく連載してきた。本書の刊行にあたっては、幾度となく、あるいは抜本的に、どの文章も書き直したが、草稿のほとんどはまずそこに載せていた。当初はつぶやきのような随想に過ぎなかったものの、唐のもとにも届けていた。目を通してくれていることを知ったときは赤面するほど嬉しかった。

それは事故の直前、二〇一二年五月初めのこと。水戸芸術館で催された唐組春公演『海星』を観劇し、飲み会にもひょっこりくわわったが、そこのスタッフが見知らぬ顔にきょとんとしているのを察した唐は、「演劇評論家の新井高子さんです」と紹介してくれたのである。

尊敬する唐十郎が、キリッとした口調で。そのような紹介は初めてのことだった。湯が沸いたようにわたしの胸は熱くなった。むろん、下駄を履かせてくれたのだが、評論の芽吹きを見てくれたのだと思う。いくらか読みごたえのある文章に変わってきたときだった。書き出して、そのとき七年経っていた。役者だけでなく、テントに集う面々とも唐は辛抱強くつきあって、さりげなく育てる。わたしもその一人だったのだ。

それからたった三週間後、唐の転倒事故は起こる。ゆえに、のちのちもその声は耳で蘇った。わたしの視野では演劇評論は書けない。だが、詩の書き手の立場から、いつか、唐十郎のことばの魅力を綴る戯曲論を一冊にして世に出したい。そう念ずるようになったのである。

さらなる執筆と練り直しの道のりはなだらかではなかった。どうにかその迷宮の奥に近づけたと思っても、どのように記せば、奇想天外で複雑なありようを読者に伝えられるか、頭を抱えた。できるかぎり噛み砕いたつもりだが、すべての難解さが拭《ぬぐ》えるはずがない。迷宮と妄想の旅へ、本書が誘《いざな》って、新しい読み手、解き手が生まれればなお幸甚である。

ともかく、その戯曲も演劇もこの上なく愉快なのだ。頭を抱えながらも、わたしは同時に吹き出していた。舞台のときめきを思い出し、いつのまにか劇中歌を口ずさんでいた。すると、何かがほぐれるのだった。

東北弁のプロジェクトやアメリカ滞在などで中断することもあったが、この探究にとっても、一種の「無茶《ムチャ》修行」（武者《ムシャ》修行を駄洒落にして唐はむしろ本質を突く）であった気がする。それらの経験によって、唐十郎に向き合うためのわたしなりの角度が得られたと思う。

大靏美和子さん、大久保鷹さん、久保井研さん、稲荷卓央さん、藤井由紀さん、鳥山昌克さん、梶村ともみさん、堀切直人さん、浦野興治さん、富岡幸一郎さん、山内則史さん、新井学さん、樋口良澄さん……。本書のために、温かい励ましや資料提供をしてくださったみなさんに感謝したい。同世代の唐組役者、辻孝彦さんの早逝には、何としても本にまとめたい思いが募った。また、『ミて』にノートを書くたび、欠かさず感想をくださった阿部日奈子さんの厚情も忘れられない。総論をどう書くか悩んでいたとき、山本吉左右『セリフ考』をさし出してくれたのは、山本ひろ子さんだった。

巖谷國士さんから鮮烈な帯文と貴重な助言をいただけたことは、この上ない幸運であった。カバー、章扉の唐的オブジェの麗しい写真は、その劇を撮り続ける首藤幹夫さんの作品だ。

さらに、こうして一冊にすることができたのは伴走の編集者、名嘉真春紀さんが、的確な助言とともに支えてくれたからだ。巨人の迷宮を前に、ようやく出版の自信がもてたのは、名嘉真さんがしずかに背中を押してくれたからだった。幻戯書房とその美しい装本にも感謝する。

奇跡的にいのちをとり留めた唐十郎さんに本書を捧げたい。

二〇二一年十一月

新井高子

【唐十郎略歴】

1940年東京生まれ。明治大学文学部演劇学専攻卒業。劇作家、演出家、俳優、小説家。劇団唐組座長。63年結成の「シチュエーションの会」を母体に、翌年、座長として劇団「状況劇場」を旗揚げする。「特権的肉体」という新しいテーゼを掲げつつ、67年の『腰巻お仙　義理人情いろはにほへと篇』(於・新宿花園神社)以来、独自のテント興行を続け、前衛演劇の騎手に。『二都物語』『ベンガルの虎』『唐版　風の又三郎』など数多くの作・演出を手掛ける。88年、状況劇場を解散し、劇団「唐組」を結成。紅テント公演を継続し、『透明人間』『泥人魚』『鉛の兵隊』『夕坂童子』などの新作を発表して、現代演劇に多大な影響を与える。

横浜国立大学教授(1997〜2005)、近畿大学客員教授(05〜10)、明治大学客員教授(12)を歴任。

1970年、『少女仮面』で岸田國士戯曲賞。78年、『海星・河童』で泉鏡花文学賞。82年、『佐川君からの手紙』で芥川賞。2003年発表の『泥人魚』によって、翌年、紀伊國屋演劇賞、鶴屋南北戯曲賞、読売文学賞。05年、紫綬褒章を内示されるが辞退。06年、読売演劇大賞芸術栄誉賞。13年、朝日賞。21年、文化功労者。

戯曲集成として『唐十郎全作品集』全六巻(1979-80)、『唐組熱狂集成』(2012)など。ほか戯曲、小説、評論、詩集など、著書多数。

装幀　幻戯書房
カバー・扉写真　首藤幹夫

新井高子（あらい・たかこ）一九六六年、群馬県桐生市生まれ。慶應義塾大学大学院修士課程修了。詩人。埼玉大学准教授。詩誌『ミて』編集人。詩集に『タマシイ・ダンス』（未知谷、第四十一回小熊秀雄賞受賞）、『ベットと織機』（未知谷）等。英訳詩集に『Factory Girls』（Action Books、Jeffrey Angles編、第1回Sarah Maguire Prize最終候補）等。編著に『東北おんば訳　石川啄木のうた』（未來社）。共著に『世界文学としての〈震災後文学〉』（明石書店）等。企画制作した映画に『東北おんばのうた――つなみの浜辺で』（監督・鈴木余位、山形国際ドキュメンタリー映画祭2021アジア千波万波部門入選）。アイオワ大学国際創作プログラム2019招待参加。

唐十郎のせりふ
二〇〇〇年代戯曲をひらく

二〇二一年十二月十二日　第一刷発行

著者　新井高子
発行者　田尻勉
発行所　幻戯書房
郵便番号一〇一―〇〇五二
東京都千代田区神田小川町三―十二
岩崎ビル二階
電話　〇三（五二八三）三九三四
FAX　〇三（五二八三）三九三五
URL　http://www.genkishobo.co.jp/

印刷・製本　中央精版印刷

ISBN978-4-86488-239-2　C0095